BEGRAVEN GEHEIMEN

NORA ROBERTS

Begraven geheimen

Vertaling Els Papelard

HarperCollins

MIX
Papier van
verantwoorde herkomst
FSC® C083411

Voor dit boek is papier gebruikt dat onafhankelijk is gecertificeerd door FSC®
om verantwoord bosbeheer te waarborgen.
Kijk voor meer informatie op www.harpercollins.co.uk/green.

HarperCollins is een imprint van Uitgeverij HarperCollins Holland, Amsterdam.

Oorspronkelijke titel: *Night Moves*

Vertaling: Els Papelard
Omslagontwerp: HarperCollins Holland
Omslagbeeld: © EricVega / Getty Images
Zetwerk: Mat-Zet B.V., Huizen
Druk: CPI Books GmbH, Germany, met gebruik van 100% groene stroom

ISBN 978 94 027 1235 3
NUR 302
Eerste druk in deze editie april 2023

Originele uitgave verschenen bij Harlequin Enterprises ULC, Toronto, Canada.
Deze uitgave is uitgegeven in samenwerking met Harlequin Enterprises ULC.
HarperCollins Holland is een divisie van Harlequin Enterprises ULC.

www.harpercollins.nl

Hoofdstuk 1

'Wat heb je in vredesnaam in deze uithoek te zoeken?'

Maggie, die op haar knieën in de aarde zat te wroeten, keek niet eens op. 'C.J., je klinkt als een gebarsten grammofoonplaat.'

C.J. trok het boord van zijn kasjmier trui recht. Hij was een man die het zich zorgen maken tot een kunst had verheven, en op dat moment was Maggie het onderwerp van zijn bezorgdheid. Iemand moest zich per slot van rekening om haar bekommeren, vond hij. Gefrustreerd keek hij neer op haar donkerbruine haren, die ze in een slordige knot had opgestoken. Haar nek was slank en bleek, en haar schouders waren een beetje voorovergebogen doordat ze haar gewicht op haar onderarmen liet rusten. Ze was tenger gebouwd en bezat het soort teerheid dat C.J. altijd associeerde met negentiende-eeuwse Engelse aristocratische dames. Hoewel die, ondanks hun tere botten en hun porseleinen huid, misschien net als Maggie hadden beschikt over een onuitputtelijke voorraad kracht en uithoudingsvermogen.

Ze droeg een T-shirt en een spijkerbroek, beide verschoten en nat van het zweet. Toen hij naar haar handen keek, haar slanke elegante handen, en zag hoe vuil ze waren, liep er een rilling van afgrijzen over zijn rug. Hij wist tenslotte tot wat voor magie die handen in staat waren.

Een fase, dacht hij hoopvol. Ze ging alleen maar door een fase. Na twee huwelijken en enkele kortstondige verhoudingen begreep C.J. dat vrouwen af en toe te lijden hadden van vreemde stemmingen. Met een wijsvinger streek hij over zijn goed verzorgde zandkleurige snor. Zijn taak was het haar met zachte, maar resolute hand terug te brengen naar de echte wereld.

Om zich heen kijkend, zag hij niets dan bomen en rotsblokken, en hij vroeg zich ongerust af of er misschien beren in het bos leefden.

In de echte wereld kwam je dat soort dieren alleen in dierentuinen tegen. Met een zenuwachtig oog gericht op het bos, beducht voor verdachte bewegingen, probeerde hij het nog een keer.

'Maggie, hoelang ben je van plan om zo door te gaan?'

'Wat bedoel je met "zo", C.J.?' Haar stem was zacht en hees, alsof ze zojuist wakker was geworden. Het was een stem die menig man deed wensen dat híj het was die haar wakker had gemaakt.

De vrouw was gekmakend, dacht hij, door zijn zorgvuldig in model geföhnde haren strijkend. Waarom zat ze zich vijfduizend kilometer van Los Angeles te vergooien aan dergelijk laag-bij-de-gronds werk? Hij had een zekere verantwoordelijkheid voor haar en hij mocht zijn eigen belangen trouwens ook niet uit het oog verliezen.

C.J. zuchtte diep, een oude gewoonte wanneer hij op tegenstand stuitte. Onderhandelen was per slot van rekening zijn werk, en er was niemand die haar beter tot rede zou kunnen brengen dan hij. Voorzichtig verplaatste zijn voeten, ervoor zorgend dat zijn glimmend gepoetste loafers niet onder het zand kwamen te zitten.

'Schatje, ik houd van je. Dat weet je toch? Kom naar huis.'

Ditmaal draaide Maggie haar hoofd om, en ze keek hem aan met een glimlach waarbij haar hele gezicht betrokken was – de mond die net niet te breed was, de enigszins puntige kin, de jukbeenderen die haar gezicht ruitvormig maakten. Haar ogen, groot, rond en een paar tinten donkerder dan haar haren, maakten haar gezicht geanimeerd. Geen verbluffend mooi gezicht; dat hield je jezelf tenminste voor terwijl je probeerde te bedenken waarom je zo verbluft was. Zelfs nu, zonder make-up en met op de wang een veeg aarde, hield haar gezicht je aandacht gevangen. Maggie Fitzgerald hield je aandacht gevangen, omdat ze precies was wat ze leek. Interessant. Geïnteresseerd.

Nu zat ze op haar hurken, en ze streek een haarlok uit haar gezicht, terwijl ze opkeek naar de man die met gefronste wenkbrauwen op haar neerkeek. Ze voelde een vleugje genegenheid, een vleugje geamuseerdheid. Beide gevoelens waren altijd ergens aanwezig. 'C.J., ik houd ook van jou. En houd nu op je te gedragen als een oude vrouw.'

'Je hoort hier niet,' zei hij, eerder geërgerd dan beledigd. 'Je hoort niet op je handen en knieën rond te kruipen in –'

'Ik vind het leuk,' zei ze eenvoudig.

Het was de eenvoud van haar antwoord die hem duidelijk maakte dat hij met een echt probleem zat. Als ze had geschreeuwd of gediscussieerd, zou hij haar zo goed als zeker op andere gedachten hebben kunnen brengen. Wanneer ze echter was zoals nu, koppig maar beheerst, zou haar ompraten gelijkstaan aan het beklimmen van Mount Everest. Verraderlijk en uitputtend. Omdat hij een intelligente man was, veranderde hij van tactiek.

'Maggie, ik begrijp volkomen waarom je er graag even tussenuit wilt, een beetje rust wilt. Niemand verdient dat meer dan jij.' Dat was een goede zet, dacht hij, en het was nog waar ook. 'Waarom ga je niet een paar weken naar Cancún, of winkelen in Parijs?'

'Mmm.' Ze verplaatste haar knieën en schudde de blaadjes van de viooltjes op die ze net had geplant. Volgens haar zagen ze er niet al te florissant uit. 'Wil je me die gieter even geven?'

'Je luistert niet.'

'Jawel.' Toen hij niet reageerde op haar verzoek, strekte ze een arm uit om zelf de gieter te pakken. 'Ik ben al in Cancún geweest en ik heb zoveel kleren dat ik de helft ervan in Los Angeles moest laten opslaan.'

Nog niet ontmoedigd, probeerde C.J. een andere strategie. 'Ik ben niet de enige die zich zorgen over je maakt,' zei hij, toekijkend toen ze de viooltjes begoot. 'Iedereen die je kent, iedereen die hiervan weet, denkt dat –'

'– er een steekje bij me loszit?' opperde ze. Ik heb ze te veel water gegeven, dacht ze toen de druipnatte bloemen slap naar beneden hingen. Over het buitenleven moest ze nog heel wat leren. 'C.J., in plaats van tegen me te zeuren en me te proberen over te halen om iets te doen wat ik niet van plan ben, kun je beter dichterbij komen en me een handje helpen.'

'Een handje helpen?' vroeg hij ontsteld, alsof ze hem had voorgesteld zijn eersteklas Schotse whisky aan te lengen met kraanwater.

Grinnikend zei ze: 'Geef me dat kistje met petunia's.' Daarna stak ze het schepje opnieuw in de grond om de keiharde aarde los te woelen. 'Tuinieren is goed voor je. Het brengt je weer in contact met de natuur.'

'Ik heb geen behoefte aan contact met de natuur.'

Met haar gezicht naar de zon geheven schaterde ze het uit. Nee, C.J.'s nauwste contact met de natuur bestond uit een zwembad met chloorwater dat werd verwarmd door middel van zonnecellen. Tot een paar maanden geleden was haar contact met de natuur niet veel intiemer geweest. Ze had de natuur beslist niet opgezocht. Nu had ze echter iets gevonden – iets waarnaar ze zelfs niet had gezocht. Als ze niet naar de oostkust was gekomen om mee te werken aan de muziek voor een nieuwe musical, en als ze na afloop van de lange afmattende sessies niet in een opwelling naar het zuiden was gereden, was ze nooit gestuit op het slaperige dorp dat verscholen lag in de Blue Ridge.

Komen we er eigenlijk wel ooit achter waar we thuishoren, tenzij we zo veel geluk hebben dat we bij toeval op onze eigen persoonlijke ruimte stuiten? vroeg ze zich af. Ze wist slechts dat ze zonder een bepaald doel voor ogen had rondgereden en zodoende was thuisgekomen.

Misschien had het lot haar wel naar Morganville gebracht, een groepje huizen met honderdtweeënveertig inwoners, verscholen in de heuvels. Afgezien van het eigenlijke dorp omvatte de gemeente nog een paar boerderijen en afgelegen huizen in de bergen. Als het lot haar naar Morganville had gebracht, had het haar tevens langs het bord gebracht waarop stond aangegeven dat er een huis met vijf hectare grond te koop was. Ze had geen ogenblik geaarzeld, niet over de prijs gemarchandeerd, en zelfs niet op het laatste moment getwijfeld. Nadat ze de vraagprijs had overgemaakt, had ze binnen dertig dagen het koopcontract in haar bezit gehad.

Omhoogkijkend naar het twee verdiepingen hoge oude huis met zolder waarvan de horren scheef voor de ramen hingen, kon ze zich maar al te goed voorstellen dat haar vrienden en collega's zich afvroegen of ze wel goed bij haar hoofd was. Ze had haar hal van Italiaans marmer en haar met mozaïektegels belegde zwembad verruild voor roestige scharnieren en grote rotsblokken. Zonder ook maar één keer om te kijken.

Nadat ze de aarde om de petunia's had aangeklopt, ging ze op haar hurken zitten om het resultaat van haar werk te bekijken. De petunia's zagen er een beetje beter uit dan de viooltjes. Misschien kreeg ze de slag te pakken. 'Wat vind jij ervan?'

'Ik vind dat je moet terugkomen naar Los Angeles en je partituur moet afmaken.'

'Ik bedoelde van de bloemen.' Nadat ze was opgestaan, veegde ze de aarde van haar spijkerbroek. 'Ik ben trouwens bezig met die partituur – hier.'

'Maggie, hoe kun je hier in vredesnaam werken?' vroeg C.J. ten einde raad. Hij spreidde zijn armen in een theatraal gebaar, dat ze altijd had bewonderd om het onverbloemde effectbejag. 'Hoe kun je hier wonen? Het is hier niet eens geciviliseerd.'

'Hoezo niet? Omdat er niet op iedere straathoek een fitnessclub of een boetiek staat?' Om haar woorden minder scherp te laten klinken, schoof ze een hand onder zijn arm. 'Kom op, haal diep adem. De zuivere lucht zal je geen kwaad doen.'

'Smog is onderschat,' mompelde hij, terwijl hij opnieuw zijn voeten verzette. Beroepsmatig was hij haar impresario, maar privé beschouwde hij zich als haar vriend, misschien wel haar beste vriend sinds Jerry was overleden. Bij die gedachte veranderde hij opnieuw van toon. Ditmaal klonk zijn stem vriendelijk. 'Luister, Maggie, ik weet dat je een moeilijke tijd achter de rug hebt. Misschien zijn er in Los Angeles te veel herinneringen waar je nog niet tegen kunt, maar je kunt jezelf niet levend begraven.'

'Ik begraaf mezelf niet.' Zowel om haar woorden kracht bij te zetten als om steun te zoeken, legde ze haar handen op zijn onderarmen. 'Jerry heb ik al bijna twee jaar geleden begraven. Dat was een ander deel van mijn leven, C.J., en het heeft hier niets te maken. Dit is mijn thuis, ik weet niet hoe ik het anders moet uitleggen.' Ze liet haar handen naar die van hem glijden, vergetend dat die van haar vuil waren van de aarde. 'Dit is nu míjn heuvel, en ik ben hier gelukkiger, meer op mijn gemak dan ik ooit in Los Angeles ben geweest.'

Hoewel hij bij voorbaat wist dat hij net zo goed tegen een muur kon praten, besloot hij nog één poging te wagen. 'Maggie,' zei hij, een arm om haar schouders slaand alsof ze een klein kind was dat leiding nodig had. 'Kijk eens naar dat huis.'

Zonder iets te zeggen keken ze beiden omhoog naar het huis. Hij zag dat er een paar planken van de veranda ontbraken en dat de verf van het houtwerk afbladderde. Zij zag de zon in alle kleuren van de regenboog in de ramen weerkaatsen.

'Je kunt onmogelijk serieus van plan zijn om hier te gaan wonen.'

'Een likje verf, een paar spijkers,' zei ze schouderophalend. Langgeleden had ze geleerd dat oppervlakkige problemen het best genegeerd konden worden. Het waren de problemen die onder de oppervlakte smeulden, net niet helemaal zichtbaar, die moesten worden aangepakt. 'Het heeft zo veel mogelijkheden, C.J..'

'De meest in het oog springende mogelijkheid is dat het instort op je hoofd.'

'Vorige week heb ik het dak laten repareren door een man uit de buurt.'

'Maggie, ik betwijfel ten zeerste of er hier in een straal van vijftien kilometer mannen of vrouwen te vinden zijn. Volgens mij wonen hier alleen maar elfen en kabouters.'

'Misschien was hij dan een kabouter.' Nu kreeg haar gevoel voor humor de overhand. 'Hij was ongeveer een meter vijfenzestig lang, gedrongen als een stier, en hij woog minstens honderd kilo. Hij heette Bog.'

'Maggie –'

'Hij was erg behulpzaam,' zei ze, zonder hem uit te laten spreken. 'Hij en zijn knecht komen nog een keer terug om de veranda en een paar andere dingen te repareren.'

'Oké, je hebt dus een kabouter gevonden om voor je te timmeren en te zagen. Maar wat zeg je daar dan van?' Hij gebaarde naar het omringende terrein. Dat was rotsachtig, oneffen, en overwoekerd door onkruid en struikgewas. Zelfs een geboren optimist zou het niet als een gazon hebben kunnen bestempelen. Een dikke boom helde gevaarlijk over naar het huis, terwijl doornige klimplanten en wilde bloemen elkaar bijna verstikten. Het rook doordringend naar aarde en gras.

'Het is als het kasteel van Doornroosje,' zei Maggie zacht. 'Enerzijds zal het me spijten die boom om te laten hakken, maar Mr. Bog heeft ook dat onder controle.'

'Doet hij ook aan opgravingen?'

Ze hield haar hoofd schuin en trok haar wenkbrauwen op. Het was een houding die iedereen boven de veertig aan haar moeder zou doen denken. 'Hij heeft me een tuinarchitect aanbevolen en me verzekerd dat Cliff Delaney de beste in het hele district is. Vanmiddag komt hij langs om een kijkje te nemen.'

'Als hij slim is, heeft hij aan één blik op de greppel die jij een weg noemt, genoeg om door te rijden.'

'Jij hebt ook je gehuurde Mercedes helemaal hierheen gereden.' Ze draaide zich om, sloeg haar armen om zijn nek en gaf hem een klinkende zoen. 'Denk niet dat ik dat niet waardeer, en ik waardeer het ook dat je helemaal van de westkust hierheen bent gevlogen en dat je genoeg om me geeft om je zorgen te maken. Dat waardeer ik allemaal echt. Ik waardeer jou.' Ze woelde door zijn haren, iets wat niemand anders dan zij ongestraft had kunnen doen. 'Vertrouw op mijn oordeel, C.J.. Ik weet echt wel wat ik doe, en beroepsmatig gezien kan ik hier alleen maar beter worden.'

'Dat valt nog te bezien,' zei hij zuur, maar met zijn hand raakte hij haar wang aan. Ze was nog jong genoeg om dwaze dromen te hebben, dacht hij. Nog naïef genoeg om in ze te geloven. 'Je weet dat ik me over je werk geen zorgen maak.'

'Dat weet ik.' Haar stem werd zacht, en daarmee verzachtten ook haar ogen en haar mond. Ze was niet een vrouw die haar emoties in bedwang had, maar iemand die zich door ze liet leiden. 'Ik heb de rust hier nodig. Weet je dat ik voor het eerst in mijn leven uit de mallemolen ben gestapt? Die vaste grond onder mijn voeten, daar geniet ik van, C.J..'

Hij kende haar goed en begreep dat hij haar, voorlopig in ieder geval, niet op andere gedachten zou kunnen brengen. Bovendien wist hij dat haar leven vanaf haar geboorte doorwrocht was geweest met gebeurtenissen die alleen in dromen – en nachtmerries – voorkwamen. Misschien moest ze dat compenseren, een tijdje althans.

'Ik moet nu weg, anders mis ik mijn vlucht,' zei hij met tegenzin. 'Als je dan toch met alle geweld hier wilt blijven, wil ik dat je me iedere dag opbelt.'

Ze gaf hem nog een zoen. 'Eén keer per week,' zei ze. 'Over tien dagen krijg je de voltooide partituur voor Heat Dance.' Met haar arm om zijn middel geslagen liep ze met hem mee naar het einde van het oneffen overwoekerde pad waar zijn Mercedes detonerend stond te glanzen. 'Ik houd van die film, C.J.; hij is zelfs beter dan ik had gedacht toen ik het script las. De muziek schrijft zich bijna zelf.'

Met een onverstaanbare grom keek hij nog een keer om naar het huis. 'Als je je eenzaam gaat voelen –'

'Dat gebeurt niet.' Lachend duwde ze hem in zijn auto. 'Het was een openbaring te ontdekken hoe onafhankelijk ik kan zijn. Nu wens ik je een goede reis, en houd alsjeblieft op je zorgen over me te maken.'

Geen schijn van kans, dacht hij, automatisch in zijn aktetas voelend of zijn maagtabletten erin zaten. 'Stuur me de partituur, en als die spectaculair is, houd ik misschien op me zorgen te maken... een beetje.'

'Ze ís spectaculáir,' zei ze, achteruitlopend om hem de ruimte te geven om te keren. 'Ik ben spectaculair!' riep ze toen de auto langzaam draaide. 'Vertel iedereen aan de westkust dat ik heb besloten een paar geiten en kippen te kopen.'

De auto kwam abrupt tot stilstand. 'Maggie...'

Lachend zwaaide ze naar hem, voordat ze achteruit terugliep over het pad. 'Nu nog niet, maar misschien in de herfst.' Het leek haar het beste om hem gerust te stellen, voordat hij uit zou stappen om opnieuw te gaan preken. 'O ja, wil je me een doos kersenbonbons sturen?'

Dat klonk beter, dacht C.J., en opgemonterd zette hij de versnelling weer in zijn één. Binnen zes weken zou ze terug zijn in Los Angeles. Toen hij wegreed, keek hij in het achteruitkijkspiegeltje. Hij kon haar zien staan, klein en tenger, nog steeds lachend, tegen de achtergrond van het overwoekerde land, de uitbottende bomen en het vervallen huis. Opnieuw liep er een rilling over zijn rug, maar ditmaal niet omdat de omgeving indruiste tegen zijn fijngevoeligheid. Ditmaal rilde hij van iets wat verdacht veel op angst leek. Plotseling was hij er zeker van dat ze daar niet veilig was.

Hoofdschuddend haalde hij een doosje maagzuurremmers uit zijn tas, terwijl de auto met veel lawaai over een grote kei hobbelde. Iedereen zei altijd dat hij te veel piekerde.

Eenzaam, dacht Maggie toen de Mercedes hotsend en botsend wegreed over haar armzalige oprit. Nee, ze was niet eenzaam. Ze was er honderd procent zeker van dat ze hier nooit eenzaam zou zijn. Onverwacht bekroop haar een akelig voorgevoel, dat ze echter onmiddellijk afdeed als belachelijk.

Met haar armen om zichzelf heen geslagen draaide ze langzaam twee keer in het rond. Uit de rotsachtige helling rezen bomen op. De blaadjes waren nog nauwelijks meer dan knoppen, maar over een paar weken zouden ze groeien en dichter worden, zodat de bomen in een welige groene overkapping veranderden. In gedachten zag ze het bos graag op die manier, en daarna probeerde ze het zich voor te stellen in het hartje van de winter – wit, helemaal wit en zwart, met ijs dat aan de takken kleefde en glinsterde op de rotsblokken. In de herfst zou er buiten ieder raam als het ware een wandkleed hangen. Ze was verre van eenzaam.

Voor het eerst in haar leven had ze de kans om haar eigen stempel op een woonplaats te drukken. Haar huis zou geen kopie zijn van iets wat ze eerder had gehad of iets wat aan haar was gegeven. Het was van haar, onvoorwaardelijk, net als alle vergissingen die ze hier zou begaan of alle overwinningen die ze hier zou behalen. Er zou geen pers zijn die deze afgelegen plek in het westen van Maryland vergeleek met het herenhuis van haar moeder in Beverly Hills of de villa van haar vader in het zuiden van Frankrijk. Als ze geluk had, heel veel geluk, dacht ze met een tevreden zucht, zou er helemaal geen pers zijn. Ze kon haar muziek maken en haar leven leiden in rust en eenzaamheid.

Als ze erg stil stond, als ze haar ogen dichtdeed en zich niet bewoog, kon ze overal om zich heen muziek horen. Niet het gezang van vogels, maar het ruisen van de wind door de takken en de uitbottende blaadjes. Als ze zich concentreerde, kon ze het zwakke geklater van het beekje horen dat aan de andere kant van het pad stroomde. De stilte was rijk en overspoelde haar als een symfonie.

Er was een plaats voor glitter en glamour, maar zij wilde die plaats domweg niet meer. Eerlijk gezegd had ze die plaats al heel lang niet meer gewild, maar ze had geen uitweg geweten. Wanneer je geboorte was gevierd door de internationale pers, je eerste stapjes en je eerste woorden waren vastgelegd voor het publiek, was het niet meer dan normaal dat je vergat dat er ook nog een andere manier van leven was.

Haar moeder was een van de grootste blues- en balladezangeressen van Amerika geweest, en haar vader een kindsterretje dat zich had ontpopt tot een succesvol filmregisseur. Hun verkering en hun huwelijk waren nauwgezet gevolgd door fans over de hele wereld. De geboorte van hun dochter was een gebeurtenis geweest die werd verslagen als de geboorte van iemand van koninklijken bloede. Maggie had het leven geleid van een verwende prinses, met gouden draaimolens en witte bontjassen. Ze had geboft, omdat haar ouders zielsveel van haar, en van elkaar, hadden gehouden. Dat had compensatie geboden voor de vaak harde schijnwereld van de showbusiness met al zijn eisen en wisselvalligheid. Haar wereld was beschut geweest door rijkdom en liefde, maar voortdurend in deining gebracht door publiciteit.

In haar tienertijd hadden de paparazzi haar zelfs gevolgd wanneer ze een afspraakje had – tot haar geamuseerdheid, maar vaak tot frustratie van de betreffende jongens. Ze had zich neergelegd bij het feit dat haar leven publiek eigendom was. Het was nooit anders geweest.

Toen het privé-vliegtuig van haar ouders was neergestort in de Zwitserse Alpen, had de pers haar verdriet vastgelegd in tijdschriften en kranten. Dat had ze niet geprobeerd te verhinderen, want ze had beseft dat de hele wereld met haar mee rouwde. Op haar achttiende was het fundament onder haar wereld weggeslagen.

En daar was Jerry geweest. Eerst een vriend, toen haar minnaar, vervolgens haar echtgenoot. Met hem was er nog meer fantasie en nog meer tragedie in haar leven gekomen.

Aan dat alles moest ze nu niet denken, vermaande ze zichzelf, en ze raapte haar schep op om opnieuw een aanval te doen op de harde aarde. Het enige wat werkelijk was overgebleven van dat deel van haar leven, was haar muziek. Die zou ze nooit opgeven. Zelfs als ze het had geprobeerd, zou ze het trouwens niet hebben gekund. De muziek vormde net zo'n onlosmakelijk deel van haar als haar ogen en haar oren. Ze schreef tekst en muziek en maakte daar een geheel van, niet moeiteloos zoals het vloeiende eindproduct soms deed vermoeden, maar bezeten, met ontzag, voortdurend. In tegenstelling tot haar moeder gaf ze zelf geen uitvoeringen, maar stelde ze haar gave ter beschikking aan andere uitvoerders.

Op haar achtentwintigste had ze twee Oscars, vijf Grammy's en een Tony gewonnen. Ze kon aan de piano zitten en elk liedje dat ze ooit had geschreven uit haar hoofd spelen. De prijzen zaten nog in de kisten die ze had opgestuurd vanuit Los Angeles.

Het bloembed dat ze aanlegde op een plek die misschien niemand anders dan zijzelf ooit zou zien, was liefdewerk zonder de zekerheid van succes. Dat het haar plezier deed haar eigen speciale stukje kleur toe te voegen aan het land dat ze zich had toegeëigend, was voldoende. Onder het werken begon ze te zingen, haar eerdere bange voorgevoel volkomen vergeten.

Normaalgesproken stelde hij niet zelf de offerte en de eerste planning voor een klus op. Niet meer. De afgelopen zes jaar had Cliff Delaney zich in de positie bevonden dat hij een of twee van zijn beste mannen het eerste stadium van een project kon laten uitvoeren. Pas daarna ging hij er zelf heen om de laatste hand eraan te leggen. Als het karwei interessant genoeg was, bracht hij een bezoek aan de plek wanneer het werk nog in volle gang was en hij hielp soms met het egaliseren van de grond en het beplanten. Die dag maakte hij echter een uitzondering op de regel.

Hij kende het oude Morgan-huis. Het was gebouwd door een Morgan, in dezelfde tijd dat de kleine gemeenschap een paar kilometer verderop naar een lid van diezelfde familie was vernoemd. Tien jaar lang, sinds de auto van William Morgan in de Potomac was gestort, had het huis leeggestaan. Het huis was altijd ongastvrij geweest, het land ontzagwekkend. Cliff wist echter dat het er met de juiste aanpak, met het juiste inzicht, magnifiek kon uitzien. Hij betwijfelde echter of de vrouw uit Los Angeles het juiste inzicht had.

Hij had van haar gehoord. Natuurlijk had hij van haar gehoord. Iedereen die de laatste achtentwintig jaar niet als een kluizenaar in een grot had geleefd, kende Maggie Fitzgerald. Op het ogenblik was haar komst naar Morganville het grootste nieuws, zo groot dat het zelfs de roddelpraatjes over Lloyd Messners vrouw, die er met de bankmanager vandoor was gegaan, overstemde.

Morganville was een eenvoudig dorpje, het soort dorp waar het leven traag verliep. Het soort gemeente waar iedereen trots was op de aanschaf van een nieuwe brandweerauto en de jaarlijkse optocht op Founder's Day. Daarom had Cliff verkozen er terug te komen nadat hij het punt had bereikt dat hij had kunnen wonen waar hij maar wilde. Hij was er opgegroeid en begreep de mensen, hun solidariteit en hun bezitterigheid. Hij kende hun tekortkomingen. Beter, misschien zelfs veel beter dan dat, begreep hij het land. Hij betwijfelde dan ook ten zeerste of de glamoureuze songtekstschrijfster uit Californië dat begrip zou hebben.

Naar C.J.'s inschatting zou ze over hoogstens zes weken terugkeren naar Los Angeles. Zonder haar zelfs maar te hebben ontmoet, deed Cliff daar de helft af. Voordat Maggie Fitzgerald echter genoeg kreeg van haar poging om landelijk te leven, kon hij zijn eigen stempel op haar land drukken.

Hij sloeg van de geplaveide weg af en reed het vierhonderd meter lange weggetje op dat naar het Morgan-huis leidde. Hij was er al jaren niet meer geweest, en het pad was in slechtere staat dan hij zich herinnerde. Regen en verwaarlozing hadden geulen in de aarde gesleten, en de takken van de bomen aan weerszijden van het pad hingen ver over en sloegen tegen de pick-up. Als eerste moest de toegangsweg zelf onder handen genomen worden, dacht hij toen zijn kleine pick-up over de geulen hobbelde. Hij zou genivelleerd, geëgaliseerd en opgevuld moeten worden. Er moesten afwateringsgreppels gegraven worden en er moest grind gestrooid worden.

Langzaam reed hij verder, niet om zijn pick-up te ontzien, maar omdat het landschap aan weerszijden van het weggetje hem boeide. Het was woest en primitief, tijdloos. Daarmee wilde hij werken, zijn eigen talent in dienst stellen van de genialiteit van de natuur. Als Maggie Fitzgerald asfaltbekleding en kasplanten wenste, was ze naar het verkeerde adres gekomen. Hij zou de eerste zijn om haar daarop te wijzen.

Dat hij wantrouwen koesterde tegen buitenstaanders, was volgens hem niet meer dan terecht. Ze kwamen bij bosjes naar deze streek, dikwijls uit de rijke voorsteden van Washington DC, en wilden egale gazons, die ontdaan waren van de populieren en de eiken die het eerste recht op het land hadden. Ze wilden aangeharkte perkjes waar de bloemen keurig in het gelid stonden. Gazons moesten vlak zijn, zodat hun grasmaaiers elk weekend zonder moeite het gras konden maaien. Wat ze in feite wilden, dacht Cliff laatdunkend, was kunnen zeggen dat ze op het platteland woonden, terwijl ze eigenlijk hun grotestadsmanieren en hun grotestadssmaak hadden meegebracht. Tegen de tijd dat hij de laatste bocht had genomen, had hij zijn geduld met Maggie Fitzgerald al verloren.

Nog voordat ze hem kon zien, hoorde Maggie de pick-up aankomen. Dat was nog iets wat haar aan haar nieuwe woonplaats beviel. Het was er stil – zo stil dat het geluid van een auto dat ze in de stad zou hebben genegeerd, haar aandacht trok. Afwezig haar handen afvegend aan de achterkant van haar spijkerbroek, stond ze op, en met een hand boven haar ogen tegen de zon keek ze naar het pad.

Op dat moment kwam de pick-up de bocht om, en hij parkeerde waar nog maar een uur geleden de Mercedes van C.J. had gestaan. Een beetje stoffig van de weg, met zijn chroom eerder dof dan glanzend, paste de pick-up veel beter in de omgeving dan de luxeauto. Hoewel ze de bestuurder nog niet kon zien omdat de zon tegen de voorruit weerkaatste, tilde ze ter begroeting glimlachend een hand op.

Cliffs eerste gedachte was dat ze kleiner was dan hij had verwacht, tengerder gebouwd. Vanwege hun beroemdheid hadden de Fitzgeralds altijd meer dan levensgroot geleken. Kregelig vroeg hij zich af of ze, om in haar stijl te blijven, orchideeën zou willen kweken. Hij stapte uit, er bij voorbaat van overtuigd dat ze hem zou irriteren.

Misschien kwam het doordat ze een equivalent van Mr. Bog had verwacht dat ze aangenaam verrast was toen Cliff uitstapte. Of misschien, dacht ze met haar gebruikelijke hang naar eerlijkheid, kwam het doordat hij een magnifieke man was om te zien. Haast een meter negentig, schatte ze, met indrukwekkend brede schouders. Zwarte haren, in de war gebracht door de wind die door de open raampjes naar binnen was gekomen, vielen in losse golven over zijn voorhoofd en zijn oren. Hij glimlachte niet, maar zijn mond was goed gevormd en sensueel. Het speet haar dat hij een zonnebril op had zodat ze zijn ogen niet kon zien. Ze beoordeelde mensen altijd op grond van hun ogen.

In plaats daarvan vormde ze zich nu een oordeel aan de hand van zijn manier van lopen – soepel, zelfverzekerd. Atletisch, concludeerde ze toen hij over de oneffen grond beende. Zonder enige twijfel vol zelfvertrouwen. Toen hij haar op een meter genaderd was, kreeg ze echter de onmiskenbare indruk dat hij haar niet bijster vriendschappelijk gezind was.

'Miss Fitzgerald?'

'Ja.' Met een neutraal lachje stak ze een hand uit. 'Bent u van het bedrijf van Delaney?'

'Ja.' Hun handen raakten elkaar even aan, die van haar zacht, die van hem hard, beide competent. Zonder de moeite te nemen zich voor te stellen, keek hij om zich heen. 'U wilde een prijsopgave voor het aanleggen van een tuin?'

Ze volgde zijn blik, en ditmaal was haar glimlach geamuseerd. 'Het is duidelijk dat er iets aan gedaan moet worden. Kan uw bedrijf wonderen doen?'

'We doen ons werk.' Hij keek naar de kleurige plek achter haar, met de verlepte viooltjes en de doorweekte petunia's. Haar poging om iets van de tuin te maken vertederde hem, maar die zachtere gevoelens onderdrukte hij snel, zichzelf voorhoudend dat ze er genoeg van zou hebben, lang voordat het tijd was om het eerste onkruid te wieden. 'Waarom vertelt u me niet wat u in gedachten hebt?'

'Op het moment een glas ijsthee. Kijkt u alvast rond, dan haal ik iets te drinken. Daarna kunnen we erover praten.' Haar hele leven had ze bevelen gegeven zonder erbij na te denken. Na dit bevel te hebben gegeven, draaide ze zich dus om, en ze beklom het gammele trapje naar de veranda. Achter de gekleurde glazen van zijn zonnebril kneep Cliff zijn ogen samen.

Een designspijkerbroek, concludeerde hij meesmuilend bij het zien van haar sierlijk wiegende heupen voordat de hordeur achter haar dichtsloeg. En het diamantje aan het dunne kettinkje om haar hals was niet minder dan één karaat. Wat voor spelletje speelde Miss Hollywood eigenlijk? Een vleugje van haar parfum hing nog in de lucht, iets zachts en subtiels dat bedoeld was om de zintuigen van een man te prikkelen. Schouderophalend draaide hij het huis de rug toe om het omringende land te bekijken.

Het kon worden vormgegeven en beplant zonder te worden getemd. Het terrein mocht niet zijn fundamentele natuurlijke structuur verliezen door te veel verzorging, al moest hij toegeven dat al die jaren van verwaarlozing de ruigere kanten van de natuur te veel voordeel hadden gegeven. Toch was hij niet van plan om het hele terrein voor haar te egaliseren en er een gazon van te maken. Meer dan eens had hij een opdracht afgeslagen omdat de klant erop had gestaan dat hij het karakter van het land aantastte. Al zou hij zichzelf daarom niet een kunstenaar durven noemen. Hij was een zakenman. Zijn zaak was het land.

Hij liep verder bij het huis vandaan, naar een groepje bomen waartussen verwarde klimop, struikgewas en distels stonden. Zonder moeite kon hij het voor zich zien zonder kreupelhout, bedekt met een dikke laag mulch en misschien met narcissen onder de bomen. Dat ene gedeelte zou volgens hem rust moeten uitstralen. Met zijn duimen in zijn achterzakken gestoken, bedacht hij dat Maggie Fitzgerald, afgaande op de massa's artikelen die door de jaren heen over haar waren geschreven, niet bijster geïnteresseerd zou zijn in rust.

Ze was een jetsetter met een hectisch leven, aantrekkelijk en glamoureus. Waarom was ze in vredesnaam hierheen verhuisd?

Voordat hij haar hoorde, ving hij een vleugje van haar parfum op. Toen hij zich omdraaide, stond ze een paar passen bij hem vandaan met twee glazen in haar handen. Ze nam hem op met onverholen nieuwsgierigheid. Zoals ze met haar ogen op zijn gezicht en de zon in haar rug voor hem stond, kwam hij nog iets over haar te weten: ze was de verleidelijkste vrouw die hij ooit had ontmoet, al had hij geen idee waarom.

Ze kwam dichterbij en gaf hem een glas ijsthee. 'Wilt u mijn ideeën horen?'

Haar stem had er iets mee te maken, concludeerde hij. Een nog zo onschuldige vraag uitgesproken met die zwoele stem, en een man haalde zich tientallen duistere genoegens voor de geest.

Nadat hij een slok thee had genomen, antwoordde hij, norser dan hij ooit tegen een potentiële klant had gesproken: 'Daarvoor ben ik hierheen gekomen.'

Haar wenkbrauwen gingen omhoog, maar dat was het enige teken dat ze zijn onbeleefdheid had opgemerkt. Met die houding, dacht ze, zou hij zijn baan niet lang houden. Daar stond echter tegenover dat hij niet op haar overkwam als een man die in loondienst werkte. 'Dat klopt, Mr., eh...'

'Delaney.'

'Aha, de baas in hoogsteigen persoon.' Dat was meer in overeenstemming met zijn houding, al bleef zijn manier van doen haar bevreemden. 'Mr. Delaney, men heeft mij verteld dat u de beste tuinarchitect in dit district bent. Ik geef de voorkeur aan het beste, dus...' Peinzend streek ze met een vingertop over haar beslagen glas. 'Ik zal u vertellen wat ik wil, en dan kunt u me vertellen of u dat kunt leveren.'

'Dat is niet meer dan redelijk.' Hij begreep net zomin waarom haar eenvoudige opmerking hem zo irriteerde als waarom het hem opviel hoe glad haar huid was en hoe aantrekkelijk haar grote fluwelen ogen waren. Als de ogen van een ree. 'Voordat we beginnen, zal ik u het beleid van mijn bedrijf uiteenzetten. We zijn tegen het vernietigen van het natuurlijke terrein om er iets van te maken wat het niet is. Dit is ruig land, Miss Fitzgerald. Dat is het altijd geweest en dat moet het ook blijven. Als u een paar hectaren gazon wilt, hebt u het verkeerde land gekocht en de verkeerde tuinarchitect laten komen.'

Haar kwaad maken was bijzonder moeilijk. Om niet het etiket opgeplakt te krijgen van temperamentvolle dochter van temperamentvolle artiesten, had ze lang en hard gewerkt aan het in toom houden van haar aangeboren opvliegendheid. 'Fijn dat u het zegt,' zei ze, pas kalm nadat ze drie keer diep had ademgehaald.

'Ik weet niet waarom u dit huis hebt gekocht,' zei hij vervolgens.

'Die informatie heb ik ook niet verstrekt.'

'En het gaat me niet aan,' zei hij met een knikje. 'Maar dit...' hij gebaarde met een hand naar het terrein, '...gaat me wel aan.'

'Bent u niet een beetje te voorbarig in uw oordeel, Mr. Delaney?' Om haar woede in bedwang te houden nam ze een slok thee. Die was koud en smaakte zwak naar citroen. 'Ik heb u immers nog niet gevraagd om de bulldozers en de kettingzagen te brengen.' Eigenlijk kon ze hem beter zeggen dat hij in zijn pick-up moest stappen en wegrijden. Bijna voordat ze zich kon afvragen waarom ze dat niet deed, kwam het antwoord al bij haar op.

Intuïtie. Intuïtie had haar naar Morganville gebracht en naar het land waar ze nu stond. Nu was het intuïtie die haar zei dat hij inderdaad de beste was, en niets dan het beste was goed genoeg voor haar stuk grond. Om te voorkomen dat ze iets overhaasts deed, nam ze nog een slokje thee.

'Dat groepje bomen daar,' zei ze vervolgens kortaf. 'Ik wil dat het kreupelhout verwijderd wordt. Je kunt niet van die bomen genieten als je je voor een wandeling eerst een weg moet banen door doorns en struikgewas.' Ze keek hem aan. 'Maakt u geen aantekeningen?'

Nadenkend nam hij haar op. 'Nee. Ga verder.'

'Oké. Dat stuk daar – ik veronderstel dat het vroeger een soort gazon was.' Ze draaide zich om en keek naar het kniehoge onkruid. 'Dat moet het weer worden, maar ik wil genoeg ruimte overhouden om iets te planten, misschien pijnbomen, om te voorkomen dat de grens tussen het gazon en het bos te uitgesproken is. Verder is er dat gedeelte dat van hier steil naar beneden loopt naar de weg.'

Een ogenblik haar ergernis vergetend, liep ze over het betrekkelijk vlakke stuk land naar de steile helling. Onkruid, op sommige plaatsen manshoog, groeide overal waar de rotsen het toelieten. 'Het is te steil voor gras,' zei ze meer tegen zichzelf dan tegen hem, 'maar ik kan al dat onkruid niet ongebreideld laten groeien. Ik wil er graag wat kleur, maar geen uniformiteit.'

'U moet daar groenblijvende planten zetten,' zei hij vanachter haar. 'Wat kruipende jeneverbes langs de onderkant van de hele helling, een paar wat hogerop daar, en ertussenin forsythia. Hier, waar de helling niet zo steil is, kunt u wat lage bodembedekkers planten.' In gedachten zag hij de floxen al over de rotsen groeien. 'Die boom moet worden omgehakt,' vervolgde hij, kijkend naar de boom die gevaarlijk overhelde naar haar dak. 'Er staan er twee, misschien drie, op de helling achter het huis die ook moeten worden gekapt voordat ze omvallen.'

Ze keek hem nu fronsend aan, maar bedacht toen dat ze nu eenmaal een expert het ontwerp had willen laten maken. 'Oké, maar ik wil niet dat u meer omhakt dan per se nodig is.'

Toen hij zijn hoofd naar haar toe draaide, kon ze alleen haar spiegelbeeld in zijn brillenglazen zien. 'Dat doe ik nooit.' Hij draaide zich om en begon om de zijkant van het huis heen te lopen. 'Dat is een ander probleem,' zei hij, zonder te kijken of ze achter hem aan kwam. 'Die aarden wal daar wordt langzaam weggespoeld door het regenwater. Als u daar niets aan doet, komt er te zijner tijd onverwacht een boom of een rotsblok uw keuken in.'

'Dus?' Ze hield haar hoofd schuin, zodat ze de richel achter haar huis kon zien. 'U bent de expert.'

'Hij moet opnieuw opgeworpen worden, maar wel een beetje lager. Daarna zou ik een steunmuur van één, misschien anderhalve meter hoog optrekken. Daarbij zou ik kroonkruid planten om de aarde erboven vast te houden. Plant het langs de hele helling. Het is winterhard en het groeit snel.'

'Oké.' Zijn advies klonk redelijk. Hijzelf klonk trouwens ook redelijker wanneer hij over zijn werk praatte. Een man van het land, dacht ze, en opnieuw wenste ze dat ze zijn ogen kon zien. 'Dit gedeelte achter het huis moet vrijgemaakt worden.' Onder het praten begon ze zich een weg te banen door het onkruid en de doornstruiken.

'Als ik een pad had van hier naar het weggetje, zou ik een rotstuin kunnen aanleggen… hier.' Met een vaag handgebaar wees ze de plek aan die ze in gedachten had. 'Er zijn genoeg stenen,' mompelde ze, bijna over een ervan struikelend. 'En dan wil ik daar beneden –'

Cliff greep haar bij de arm voordat ze de helling kon afdalen. Het contact bezorgde hun beiden een schok. Eerder verbaasd dan geschrokken, draaide ze haar hoofd om.

'Dat zou ik niet doen,' zei hij zacht.

Ze voelde een rilling van opwinding over haar rug lopen. 'Wat niet?' Haar kin ging automatisch omhoog, en er kwam een uitdagende blik in haar ogen.

'Naar beneden gaan.' Haar huid was zacht, merkte hij. Met zijn hand om haar arm geslagen kon hij met zijn vingertoppen zijn duim aanraken. Klein en zacht, dacht hij, genietend van het gevoel van haar huid tegen die van hem. Te klein en te zacht voor het ruige land dat zich tegen haar zou verzetten.

Maggie keek naar zijn hand om haar arm: groot en sterk, en de rug gebruind door de zon. Haar pols klopte onregelmatig, en ze richtte haar blik weer omhoog. 'Mr. Delaney –'

'Slangen,' zei hij alleen maar, en tot zijn voldoening zag hij haar snel twee stappen achteruit doen. 'Op een plek als deze zitten ze zo goed als zeker daar beneden. Eigenlijk, gezien de manier waarop alles is overwoekerd, zitten ze waarschijnlijk overal.'

'O, dan…' Ze slikte en deed een manhaftige poging om niet te rillen. '…kunt u misschien beter meteen beginnen.'

Voor het eerst glimlachte hij, heel flauwtjes, heel voorzichtig. Ze waren beiden vergeten dat hij haar nog steeds vasthield, maar ze stonden nu veel dichter bij elkaar dan eerst. Haar reactie was beslist niet geweest zoals hij had verwacht. Het zou hem niet hebben verbaasd als ze gillend naar binnen was gerend, de deur achter zich had dichtgeslagen en die op slot had gedaan. Haar huid was wel zacht, dacht hij, onbewust met zijn duim erover strijkend, maar zij blijkbaar niet.

'Volgende week kan ik een ploeg arbeiders sturen, maar eerst moet uw weg verhard worden.'

Schouderophalend zei ze: 'Doe met de weg wat u het beste lijkt, afgezien van hem asfalteren. Voor mij is het alleen maar een middel om naar binnen en naar buiten te kunnen. Ik wil me concentreren op het huis en de grond.'

'De weg zal u twaalfhonderd, misschien wel vijftienhonderd dollar kosten,' begon hij, maar ze viel hem opnieuw in de rede.

'Doe wat u goeddunkt,' zei ze met de onbewuste arrogantie van iemand die zich nooit zorgen heeft hoeven maken over geld. 'Dit gedeelte hier...' Ze wees naar de steil aflopende grond voor hen, maar ditmaal maakte ze geen aanstalten om naar beneden te gaan. De bodem van het ondiepe, door het regenwater uitgeslepen bekken had een oppervlakte van ongeveer zes bij negen meter en was bedekt met doornige klimop en onkruid met stengels zo dik als haar duim. 'Daar wil ik een vijver.'

'Een vijver?' vroeg hij verbouwereerd.

Met een vastberaden blik in haar ogen zei ze: 'Sta me één buitenissigheid toe, Mr. Delaney. Een kleintje.' Voordat hij commentaar kon leveren, voegde ze eraan toe: 'Er is genoeg ruimte, en volgens mij is dit gedeelte het ergst. Het is nauwelijks meer dan een kuil op een erg onhandige plaats. Hebt u bezwaar tegen water?'

In plaats van antwoord te geven, bestudeerde hij de grond beneden hen, in gedachten de mogelijkheden overwegend. Om de waarheid te zeggen had ze geen betere plek kunnen kiezen waar het de ligging ten opzichte van het huis betrof. Het kon uitgevoerd worden, dacht hij. Het zou niet makkelijk zijn, maar het was te doen. En het zou erg indrukwekkend zijn.

'Het gaat u een aardige duit kosten,' zei hij ten slotte. 'U gaat veel geld in dit huis steken. Als u dat afweegt tegen de verkoopwaarde, kan ik u vertellen dat het niet makkelijk zal zijn om dit huis weer te verkopen.'

Dat was de druppel die de emmer deed overlopen. Ze was het

meer dan zat dat iedereen suggereerde dat ze niet wist wat ze deed. 'Mr. Delaney, ik huur u in om een tuin voor me aan te leggen, niet om me advies te geven over onroerend goed of mijn financiën. Als de opdracht te moeilijk voor u is, zegt u het dan, dan zoek ik iemand anders.'

Opnieuw kneep hij zijn ogen tot spleetjes, en de vingers om haar arm verstrakten een beetje. 'De opdracht is niet te moeilijk voor me, Miss Fitzgerald. Ik zal een begroting maken en een contract opstellen. Morgen doe ik die op de post. Als u het werk nog steeds wilt laten uitvoeren nadat u ze hebt bekeken, kunt u mijn kantoor bellen.' Hij liet langzaam haar arm los en gaf haar het nog bijna volle glas thee terug. Daarna beende hij naar zijn pick-up. Halverwege zei hij zonder zich om te draaien: 'Tussen twee haakjes, u hebt die viooltjes te veel water gegeven.'

Maggie slaakte een diepe zucht en goot de inmiddels lauw geworden thee op de grond.

Hoofdstuk 2

Toen Cliffs auto om de bocht van het weggetje uit het zicht was verdwenen, ging Maggie naar binnen door de achterdeur, waarvan de scharnieren vervaarlijk piepten. Waarom hij zo duidelijk had laten merken dat hij haar niet mocht, was iets waarover ze haar hoofd niet wilde breken. Ze betwijfelde trouwens of ze hem zou terugzien. Het feitelijke werk zou worden verricht door zijn werknemers, en wat er te bespreken viel, konden ze afhandelen over de telefoon of per brief. Des te beter, dacht ze. Hij was onaardig, onbeleefd en irritant geweest, ook al had hij een aantrekkelijke en zelfs vriendelijke mond.

Al halverwege de keuken, realiseerde ze zich dat ze de lege theeglazen nog in haar handen had. Nadat ze was teruggegaan naar het aanrecht en ze in de gootsteen had gezet, leunde ze tegen de vensterbank om naar de heuvel achter haar huis te kijken. Ze stond er nog geen minuut of er gleden al een paar losse stenen en wat brokken aarde langs de wal naar beneden. Een paar stevige regenbuien en de halve aardwal zou voor haar achterdeur liggen. Een steunmuur, dacht ze instemmend. Wat Cliff Delaney verder nog mocht zijn, hij was in ieder geval een vakman.

Er stond precies genoeg wind om de geur van de lente naar binnen te brengen. Verscholen in het bos zong een vogel het hoogste lied. Terwijl ze stond te luisteren, vergat ze de eroderende aardwal en de blootliggende wortels van de bomen die te dicht bij de rand stonden. Ze vergat zelfs de onbeleefdheid – en de aantrekkelijkheid – van de tuinarchitect. Als ze ver genoeg omhoogkeek, kon ze de boomtoppen zien afsteken tegen de blauwe lucht.

Ze vroeg zich af hoe het uitzicht met het verstrijken van de seizoenen zou veranderen en popelde van ongeduld om het bos in al zijn gedaanten te zien. Misschien had ze nooit ten volle beseft hoeveel behoefte ze had gehad aan een plaats voor zichzelf, aan tijd voor zichzelf, totdat ze dit huis had gevonden.

Met een zucht liep ze bij het raam vandaan. Het was tijd om aan het werk te gaan, wilde ze de voltooide partituur op de afgesproken datum inleveren. Ze liep door de gang, waar het behang aan de hoeken losliet en omkrulde, en ging de kamer binnen die vroeger de salon was geweest. Nu deed hij dienst als haar muziekkamer.

Tegen een van de muren stond een stapel dozen die ze zelfs nog niet had opengemaakt. Een paar niet bij elkaar passende meubelstukken, achtergelaten door de vorige bewoners, waren afgedekt met stoflakens. Voor de ramen hingen geen gordijnen, en er lag geen kleed op de vloer. Op de muren zaten hier en daar lichtere plekken waar vroeger schilderijen hadden gehangen. Midden in de kale kamer stond glanzend en sierlijk haar kleine vleugel, met ernaast een open doos met muziekpapier. Nadat ze er een blad uit had gepakt en een potlood achter haar oor had gestoken, ging ze op de pianokruk zitten.

Een ogenblik bleef ze onbeweeglijk zitten, terwijl ze de muziek in haar hoofd liet opkomen. Ze wist wat vereist was voor de passage: iets aangrijpends, iets met kracht. Achter haar gesloten oogleden kon ze de scène van de film voor zich zien. Het was haar taak om accenten aan te brengen, om de sfeer te pakken en om te zetten in muziek.

Nadat ze de bandrecorder had aangezet, ging ze aan de slag. Terwijl de scène zich voor haar geestesoog ontvouwde, liet ze de muziek in kracht toenemen. Ze werkte alleen voor films die haar aanspraken. Hoewel de Oscars bewezen dat ze uitblonk op het gebied van filmmuziek, ging haar ware liefde uit naar het schrijven van op zichzelf staande liedjes – zowel de tekst als de muziek.

Het componeren van filmmuziek vergeleek ze altijd met het bouwen van een brug. Eerst maakte je de blauwdruk, het globale ontwerp. Daarna moest de brug geconstrueerd worden, langzaam en nauwkeurig, totdat de uiteinden stevig op de grond stonden, met een onberispelijke boog ertussenin. Het was precisiewerk.

Een op zichzelf staand liedje was als een schilderij, geschapen zoals de stemming van het moment ingaf. Het kon ontstaan uit niets meer dan een simpel samenspel van een paar woorden of noten. In enkele minuten kon het een stemming, een emotie of een verhaal samenvatten. Het was liefdewerk.

De tijd vergetend, werkte ze door. Ze concentreerde zich uitsluitend op het zodanig structureren van de noten dat ze de stemming volmaakt weergaven. Haar vingers gleden over de toetsen terwijl ze hetzelfde fragment steeds opnieuw herhaalde, soms niet meer dan een enkele noot veranderend, totdat haar intuïtie haar zei dat het goed was. Er verstreek een uur; er verstreken twee uren. De voortdurende herhaling verveelde haar niet, noch maakte ze haar ongeduldig. Muziek was niet alleen haar werk, maar ook haar grote liefde.

Als ze niet had gepauzeerd om de geluidsband terug te spoelen, zou ze het klopje op de voordeur niet eens hebben gehoord. Gedesoriënteerd negeerde ze het, in de verwachting dat het dienstmeisje wel open zou doen. Toen realiseerde ze zich plotseling waar ze was.

Ze had geen dienstmeisje. Ze had geen tuinman en ook geen kok. Ze moest zelf de handen uit de mouwen steken. Die gedachte deed haar plezier. Als niemand rekenschap hoefde af te leggen bij haar, was zij ook aan niemand rekenschap verschuldigd.

Ze stond op en liep door de gang naar de grote voordeur. De gewoonte van het platteland om de deur niet op slot te doen hoefde ze niet aan te leren, omdat het in Los Angeles de taak van de bedienden was geweest om de deuren af te sluiten met grendels en kettingen en het alarmsysteem in te schakelen. Zelf had ze zich daar nooit om bekommerd. Nadat ze met beide handen de knop had beetgepakt, gaf ze een flinke ruk. Toen de deur eindelijk openzwaaide, bedacht ze dat ze Mr. Bog moest vertellen dat de deur klemde.

Op de veranda stond een lange, goed verzorgde vrouw van begin vijftig. Haar haren waren wit, en gekapt met meer oog voor netheid dan voor stijl. Met haar fletse blauwe ogen keek ze Maggie aan vanachter een bril met een roze montuur. Als dat de vrouw was die nieuwe inwoners kwam begroeten met een mandje met welkomstgeschenken, dacht Maggie na een blik op haar strakke mond, leek ze geen plezier te hebben in haar werk. Gewend als ze was aan toenaderingspogingen van vreemden, keek ze de vrouw echter glimlachend aan.

'Goedemiddag, kan ik u ergens mee helpen?'

'Bent u Miss Fitzgerald?' De stem was zacht en vast, even kleurloos en onopvallend als haar eenvoudige beige doorknoopjurk.

'Ja.'

'Ik ben Louella Morgan.'

Maggie moest even nadenken voordat de naam haar iets zei. Louella Morgan, de weduwe van William Morgan, de voormalige eigenaresse van het huis dat nu van haar was. Een ogenblik voelde ze zich een indringster. Vrijwel direct zette ze dat gevoel van zich af, en ze stak haar hand uit. 'Aangenaam kennis te maken, Mrs. Morgan. Wilt u binnenkomen?'

'Ik wil u niet storen.'

'Dat doet u niet. Komt u alstublieft binnen.' Onder het praten deed ze de deur een beetje verder open. 'Ik heb uw dochter ontmoet toen ik het koopcontract tekende.'

'Joyce heeft het me verteld.' Toen Louella over de drempel stapte, gleed haar blik langs Maggie heen de gang in. 'Ze had niet verwacht het huis zo snel te verkopen. Het stond pas een week te koop.'

'Ik houd het erop dat het door het lot bepaald was.' Maggie leunde met haar rug tegen de deur en duwde net zolang tot ze hem dicht had gekregen. Beslist een karweitje voor Bog, dacht ze.

'Het lot?' Louella, die met overdreven aandacht de lange lege gang in had gekeken, draaide zich weer om naar Maggie.

'Het leek alsof het op me had gewacht.' Hoewel ze de strakke blik van de vrouw merkwaardig vond, ging ze haar voor naar de woonkamer. 'Kom binnen en ga zitten,' zei ze uitnodigend. Wilt u koffie? Of liever iets kouds?'

'Nee, dank u. Ik blijf maar heel even.' Louella ging de woonkamer binnen, maar hoewel er een bank met dikke uitnodigende kussens stond, nam ze Maggies uitnodiging om te gaan zitten niet aan. Ze keek naar het loslatende behang, de afbladderende verf, en de ramen die glommen van Maggies behandeling met ammoniak. 'Ik wilde het huis alleen nog een keertje zien nu het weer bewoond is.'

Maggie keek de zo goed als lege kamer rond. Misschien moest ze de volgende week beginnen met het verwijderen van het behang. 'Ik denk dat het nog wel een paar weken zal duren voordat het er bewoond uitziet.'

Louella leek haar niet te horen. 'Ik ben hier komen wonen toen ik pasgetrouwd was.' Hoewel ze nu eindelijk glimlachte, zag ze er nog steeds niet gelukkig uit. In haar ogen lag een afwezige blik, alsof ze al jaren het contact met de werkelijkheid kwijt was. 'Maar daarna wilde mijn man iets moderners, dichter bij de stad en zijn zaak. Dus zijn we verhuisd en hebben we dit huis verhuurd.'

Ze richtte haar blik weer op Maggie. 'Zo'n mooi rustig plekje,' zei ze zacht. 'Wat zonde dat het al die jaren zo verwaarloosd is.'

'Het is een mooi plekje,' beaamde Maggie. Het kostte haar moeite om haar onbehagen niet in haar stem te laten doorklinken. 'Ik laat wat werk verrichten aan zowel het huis als het land...' Haar stem stierf weg toen Louella naar het voorraam liep en naar buiten keek. Hemeltje, dacht Maggie terwijl ze probeerde te bedenken wat ze verder nog kon zeggen. Wat moet ik met haar aan? 'Eh... ik ben natuurlijk van plan om zo veel mogelijk van het schilderwerk en het behangen en zo zelf te doen.'

'Het onkruid heeft alles overwoekerd,' zei Louella met haar rug naar de kamer.

Maggie trok haar wenkbrauwen op, zich afvragend hoe ze daarop moest reageren. 'Inderdaad. Cliff Delaney was vanmiddag hier om een kijkje te nemen.'

'Cliff.' Louella draaide zich om en leek er opeens weer met haar gedachten bij. Het licht dat door de ramen naar binnen viel, deed haar er bleker en zwakker uitzien dan ze toch al was. 'Een interessante jongeman, nogal onbeleefd, maar wel erg intelligent. Hij zal goed zijn voor u, voor het land. Hij is een neef van de Morgans, moet u weten.' Ze hield even op met praten en het leek alsof ze lachte, heel zacht. 'Maar ja, in dit district wonen veel Morgans en hun familie.'

Een neef, dacht Maggie. Misschien was hij zo onvriendelijk geweest omdat hij vond dat het huis niet verkocht had mogen worden aan een buitenstaander. Toen zette ze hem resoluut uit haar gedachten. Ze had zijn goedkeuring niet nodig. Het huis en het land waren nu van haar.

'Het gazon aan de voorkant was prachtig,' fluisterde Louella.

Plotseling kreeg Maggie medelijden met haar. 'Dat zal het weer worden. Het onkruid wordt weggehaald en er komen planten. Aan de achterkant ook.' In een poging de vrouw op haar gemak te stellen, ging ze naast haar voor het raam staan. 'Verder ga ik een rotstuin aanleggen, en het bekken aan de zijkant wordt een vijver.'

'Een vijver?' vroeg Louella, haar lang en strak aankijkend. 'Gaat u het bekken schoonmaken?'

'Ja.' Opnieuw niet op haar gemak, schuifelde Maggie met haar voeten. 'Het is de volmaakte plaats voor een vijver.'

Louella streek over de voorkant van haar handtas alsof ze stof wegveegde. 'Ik had ook een rotstuin. Met duizendschoon en gentiaan. Onder mijn slaapkamerraam groeide wisteria, en rozen, rode rozen, klommen langs een lattenframe omhoog.'

'Ik wou dat ik het had gezien,' zei Maggie vriendelijk. 'Het moet prachtig geweest zijn.'

'Ik heb er foto's van.'

'O ja?' Er kwam een idee bij haar op dat haar even haar onbehagen deed vergeten. 'Zou ik ze mogen zien? Dan kan ik misschien beter beslissen wat ik moet planten.'

'Ik zal ervoor zorgen dat u ze krijgt. Het is erg aardig dat u me zomaar binnen hebt gelaten,' zei Louella met een laatste blik door de kamer. 'Dit huis bevat herinneringen.' Toen ze de gang in liep, ging

Maggie met haar mee om de voordeur weer open te trekken. 'Dag, Miss Fitzgerald.'

'Dag, Mrs. Morgan.' Opnieuw bevangen door medelijden, legde ze een hand op de schouder van de vrouw. 'Komt u gerust nog een keer langs.'

Met een flauw lachje en een vermoeide blik in haar ogen keek Louella om. 'Dank u.'

Door Maggie nagekeken liep ze naar een oude maar goed onderhouden Lincoln. Nadat ze was ingestapt en om de bocht van de weg was verdwenen, liep Maggie, een beetje in de war, terug naar de muziekkamer. Ze had nog niet veel inwoners van Morganville ontmoet, dacht ze, maar de paar die ze wel had ontmoet, waren bepaald intrigerend.

Het lawaai wekte Maggie uit een diepe slaap. Zich even in New York wanend, trok ze doezelig en geïrriteerd het kussen over haar hoofd. Het gepiep en het geronk klonken als een grote irritante vuilniswagen. Maar ze was niet in New York, dacht ze toen ze helemaal wakker werd en haar ogen uitwreef. Ze was in Morganville, en daar waren geen vuilnisauto's. In Morganville laadde je je afval in de kofferbak van je auto of de laadbak van je pick-up, en je bracht het zelf naar de vuilstortplaats van het district. Ze had het beschouwd als het toppunt van onafhankelijkheid.

Toch was er buiten iets aan de hand.

Een volle minuut bleef ze op haar rug naar het plafond liggen kijken. Het zonlicht viel schuin op haar nieuw gekochte dekbed. Ze was nooit een ochtendmens geweest, en ze was ook niet van plan om dat aspect van haar aard door het landleven te laten veranderen. Voorzichtig draaide ze haar hoofd om, om op de wekker te kijken: vijf over zeven!

Hoewel het haar moeite kostte, kwam ze overeind, en ze keek wezenloos om zich heen. Ook in de slaapkamer stonden de dozen ongeopend opgestapeld. Naast het bed stond een wankele stapel kisten vol met boeken en tijdschriften over woninginrichting en tuinieren. Aan de muur erachter hingen drie nieuwe stroken behang, piepkleine viooltjes op een ivoorkleurige achtergrond, die ze eigenhandig had aangebracht. Meer rollen behang en een grote emmer plaksel stonden in een hoek. Het irritante geronk buiten ging zonder onderbreking door.

Gelaten stapte ze uit bed. Ze struikelde over een paar schoenen, vloekte hartgrondig en strompelde naar het raam. Ze had die kamer als haar slaapkamer gekozen omdat hij uitkeek over het golvende terrein dat haar voortuin zou worden, en over de toppen van de bomen heen naar het dal erachter.

In de verte stond een boerderij met een rood dak en een rokende schoorsteen. Ernaast lag een lange brede akker die onlangs was geploegd en gezaaid. Als ze nog verder keek, kon ze de bergtoppen vaalblauw en wazig zien oprijzen in de ochtendmist. Het raam in de zijmuur bood uitzicht op de toekomstige vijver en de rij pijnbomen die te zijner tijd langs het grasveld geplant zou worden.

Ze duwde het raam verder omhoog, zij het met enige moeite, want ook dat klemde een beetje. Zo vroeg in het voorjaar was de lucht nog aangenaam koel. Nog steeds kon ze het constante gebrom van een motor horen, maar ze kon niet zien waardoor het werd voortgebracht. Nieuwsgierig drukte ze haar gezicht zo stevig tegen de hor, dat die uit de raamlijst viel en kletterend op de veranda beneden terechtkwam. Nog een karweitje voor Mr. Bog, dacht ze met een zucht, leunend uit het grote raam.

Precies op dat moment kwam een grote gele bulldozer om de bocht van haar laantje in het zicht. Cliff Delaney was dus een man van zijn woord. Het voertuig kroop ronkend voort, de weg achter zich geëgaliseerd achterlatend en stenen en aarde voor zich uit schuivend. Twee dagen na zijn bezoek had ze de beloofde offerte en het contract ontvangen. Toen ze zijn kantoor had gebeld, had ze gesproken met een efficiënt klinkende vrouw die had aangekondigd dat het werk op de eerste dag van de volgende week zou beginnen.

Het is maandag, dacht ze, met haar ellebogen op de vensterbank leunend. Bijzonder stipt. Haar ogen tot spleetjes geknepen, keek ze aandachtiger naar de bestuurder van de bulldozer. Hij was te tenger gebouwd, concludeerde ze, en zijn haren waren niet donker genoeg. Zijn gezicht hoefde ze niet eens te zien om te weten dat het Cliff niet was. Schouderophalend keerde ze zich af van het raam. Waarom zou ze hebben verwacht dat Cliff Delaney zijn eigen machines bediende? Waarom zou ze dat hebben gewild? Was ze niet al tot de conclusie gekomen dat ze hem nooit meer zou of zelfs maar wilde zien? Ze had zijn bedrijf ingehuurd om werk voor haar te verrichten. Het werk zou worden verricht, en zij zou een cheque uitschrijven. Dat was alles.

Haar chagrijn toeschrijvend aan het vroege uur, pakte ze haar ochtendjas, en ze liep naar de badkamer om te douchen.

Twee uur later, opgekikkerd door de koffie die ze had gezet voor zichzelf en de bulldozermachinist, zat ze op haar knieën op de keukenvloer. Omdat ze op zo'n onchristelijk uur op was gestaan, leek het haar beter om geen geestelijke maar lichamelijke arbeid te verrichten. Op het aanrecht boven haar stond de bandrecorder. Het geluid van haar filmmuziek, die inmiddels zo goed als voltooid was, overstemde bijna het gierende geluid van de bulldozer. Ze liet zich meevoeren door de muziek, terwijl de woorden van de titelsong die ze nog moest schrijven door haar hoofd speelden.

Haar gedachten de vrije loop latend, bikte ze de versleten linoleumtegels van de keukenvloer af. Weliswaar was één muur van haar slaapkamer slechts gedeeltelijk behangen en was alleen het plafond van de badkamer boven gewit, én moesten er nog twee treden worden geschuurd en gelakt voordat de trap klaar was, toch werkte ze enkel op haar eigen manier en in haar eigen tempo. Ze switchte van het ene project naar het andere, het ene gedeeltelijk onvoltooid latend en zich halsoverkop in het volgende stortend. Op die manier, was haar redenatie, kon ze het huis in zijn geheel stukje bij beetje compleet zien worden, in plaats van dat ze zo dadelijk één uit de toon vallende kamer had die helemaal af was.

Bovendien had ze een glimp van de vloer onder het linoleum opgevangen toen ze per ongeluk een hoekje van een tegel eraf had gestoten. Nieuwsgierigheid had de rest gedaan.

Toen Cliff naar de achterdeur liep, was hij al behoorlijk geïrriteerd. Het was belachelijk dat hij zijn tijd hier verdeed terwijl zijn bedrijf nog zoveel ander werk onder handen had. Desondanks was hij er en hij had bijna vijf minuten tevergeefs op de voordeur staan kloppen. Hij wist dat Maggie thuis was, want haar auto stond op de oprit, en de bulldozermachinist had hem verteld dat ze hem ongeveer een uur geleden koffie had gebracht. Kwam het niet bij haar op dat mensen die iets van iemand wilden gewoonlijk aanklopten?

De muziek die door het open keukenraam kwam, trok zijn aandacht en sprak tot zijn verbeelding. Hij had de melodie nooit eerder gehoord. Ze was meeslepend, sexy, grillig. Hoewel de piano niet werd begeleid door strijkinstrumenten of koper, had de muziek zoveel macht dat iedere luisteraar stil zou staan om iedere noot te kunnen horen. Een ogenblik bleef hij dan ook stilstaan, zowel verward als een beetje ontroerd.

Met de hor die hij op de veranda had gevonden onder zijn arm geklemd, wilde hij net aankloppen toen hij haar zag.

Ze zat op haar knieën op de vloer linoleum af te bikken met iets wat eruitzag als een plamuurmes. Haar haren hingen los en vielen over haar ene schouder, zodat haar gezicht erachter schuilging. Het zonlicht dat door de hordeur en het open raam naar binnen stroomde, legde een gouden gloed over het diepe donkerbruin.

Haar grijze corduroy broek sloot strak om haar heupen, en onder de smal toelopende pijpen staken blote voeten en enkels. Haar felrode suède shirt, dat hij herkende als een shirt dat in exclusieve winkels werd verkocht en voor een exclusieve prijs, was in de tailleband gestopt. Afstekend tegen de rode stof, zagen haar polsen en handen er ongelooflijk delicaat uit. Hij stond met een gefronste wenkbrauwen naar ze te kijken, toen Maggies plamuurmes uitschoot en ze haar knokkel schaafde aan een hoek van een tegel.

‘Wat voert u in vredesnaam uit?’ vroeg hij, de deur openduwend en naar binnen benend voordat ze had kunnen reageren.

Nauwelijks had ze in een reflex haar hand naar haar mond gebracht, toen hij al naast haar op de vloer hurkte en hem pakte.

‘Het is niets,’ zei ze automatisch. ‘Alleen maar een schrammetje.’

‘U boft dat u zich niet hebt gesneden, zo woest als u op die tegel zat te bikken.’ Hoewel zijn stem scherp en ongeduldig klonk, was zijn hand zacht, dus trok ze die van haar niet meteen terug.

Zijn hand was vereelt maar zacht, net als zijn stem, en ditmaal kon ze bovendien zijn ogen zien. Die waren grijs als rook, mysterieus – het beeld van avondnevel kwam haar voor de geest. Een nevel die soms gevaarlijk was, maar altijd fascinerend. Dat was het soort nevel dat volgens haar honderd jaar achtereen over het verdwenen sprookjesdorp Brigadoon had gehangen. Ze kwam tot de conclusie dat ze hem aardig kon vinden, maar wel behoedzaam moest zijn.

‘Wie is er zo stom geweest om linoleum op deze vloer te leggen?’ Met de vingers van haar vrije hand streek ze over het hardhout dat ze had blootgelegd. ‘Prachtig, vindt u niet? Dat zal het tenminste zijn wanneer het geschuurd en gelakt is.’

‘Laat Bog dat doen,’ beval Cliff. ‘U weet niet wat u doet.’

Dat zei iedereen. Geërgerd ging ze een beetje achteruit. ‘Waarom zou ik hém alle leuke karweitjes laten opknappen? Ik ben trouwens voorzichtig.’

‘Dat zie ik.’ Hij draaide haar hand om en toonde haar de schram op haar duim. Haar tere huid zo ontsierd te zien, maakte hem razend. ‘Moet iemand met uw beroep niet voorzichtig zijn met zijn handen?’

‘Ze zijn verzekerd,’ zei ze vinnig. ‘Ik denk trouwens dat ik best nog wel een paar akkoorden kan aanslaan, zelfs met zo’n ernstige wond als deze.’ Abrupt haar hand losrukkend, vroeg ze: ‘Bent u hier gekomen om me te bekritiseren, Mr. Delaney, of was er iets anders?’

‘Ik kwam kijken hoe het werk verloopt.’ Wat niet nodig was, moest hij toegeven. Wat kon het hem trouwens schelen dat ze zo onvoorzichtig was dat ze haar hand had bezeerd? Ze was gewoon een vrouw die was neergestreken in zijn territorium en die weer zou zijn vertrokken voordat de zomer goed en wel was begonnen. Dat mocht hij niet uit het oog verliezen, noch het feit dat ze hem persoonlijk niet interesseerde. Hij verschoof en pakte de hor, die hij had laten vallen toen hij haar hand had gepakt. 'Dit heb ik buiten op de veranda gevonden.'

Haar stem klonk niet vaak hooghartig, maar deze man leek het slechtste in haar naar boven te brengen. 'Dank u,' zei ze kil. Ze rukte de hor uit zijn hand en zette die tegen het fornuis.

'Uw oprit is het grootste deel van de dag versperd. Hopelijk was u niet van plan om ergens heen te gaan.'

Er kwam een uitdagende blik in haar ogen. 'Nee, Mr. Delaney. Ik ga nergens heen.'

'Mooi,' zei hij met een knikje. De muziek op de bandrecorder veranderde van tempo, en werd intenser, primitiever, als iets wat op hete maanloze avonden moest worden gespeeld. Het ritme trok hem onweerstaanbaar aan. 'Wat is dat?' vroeg hij. 'Ik heb die muziek nog nooit gehoord.'

Ze keek omhoog naar de bandrecorder. 'Het is filmmuziek die ik aan het componeren ben. Dat is de melodie voor de titelsong.' Denkend aan de moeite die het haar had gekost die te componeren, keek ze fronsend naar de draaiende geluidsband. 'Vindt u het mooi?'

'Ja.'

Het was het eenvoudigste en meest directe antwoord dat hij haar tot dusver had gegeven, maar het stelde haar niet tevreden.

'Waarom?'

Nog steeds luisterend, dacht hij even na, zich er nauwelijks van bewust dat ze zo dicht bij elkaar zaten dat hun lichamen elkaar bijna aanraakten. 'De muziek gaat recht naar het hart, recht naar de fantasie. Is dat niet wat ze geacht wordt te doen?'

Hij had niets volmaakters kunnen zeggen. Haar glimlach was zo stralend, dat hij alleen nog maar sprakeloos en als door de bliksem getroffen naar haar kon kijken.

'Ja. Ja, dat is precies wat muziek moet doen.' In haar enthousiasme verschoof ze een beetje, zodat hun knieën langs elkaar streken. 'Ik probeer heel basaal te blijven. De muziek moet de sfeer scheppen voor een film over een hartstochtelijke verhouding – een intens hartstochtelijke verhouding tussen twee mensen die niets anders gemeen lijken te hebben, dan hun tomeloze verlangen naar elkaar. Een van hen zal vanwege dat verlangen zelfs een moord plegen...'

Ze ging zo op in de muziek en de sfeer, dat haar stem wegstierf. Ze kon het voor zich zien in felle warme kleuren: scharlakenrood, purper. Ze kon het voelen, als de drukkende zwoele lucht op een hete zomeravond. Toen fronste ze haar voorhoofd, en als op commando hield de muziek op. Op de tape klonk nog een knallende vloek en daarna kwam er stilte.

'In die laatste twee maten heb ik iets verloren,' mompelde ze. 'Het was alsof...' Ze gebaarde met beide handen, tilde ze op, draaide ze om, en liet ze weer zakken. '...er harmonieerde iets niet. Het moet aanzwellen tot wanhoop, maar het moet subtieler zijn dan dat. Hartstocht die nog net wordt bedwongen.'

'Schrijft u altijd zo?' vroeg hij, terwijl hij haar opnam zoals hij haar stuk land had opgenomen: grondig, met oog voor zowel de details als het geheel.

Ze ging op haar hurken zitten, op haar gemak nu het gesprek zich op haar eigen terrein had begeven. In een gesprek over muziek kon hij haar nauwelijks de voet dwars zetten. Met muziek had ze per slot van rekening haar hele leven geleefd. 'Hoe?' vroeg ze.

'Met de nadruk op sfeer en emoties, in plaats van op noten en de maat.'

Haar wenkbrauwen gingen omhoog. Met haar ene hand streek ze de haren van haar wang. Om haar vinger droeg ze een ring met een amethist, wijnkleurig, vierkant. Hij ving het licht en hield het vast totdat ze haar hand weer liet zakken. Terwijl ze nadacht over zijn vraag, kwam het bij haar op dat niemand, zelfs niet haar naaste collega's, haar stijl ooit zo helder had omschreven. Hoewel ze niet wist waarom, deed het haar plezier dat hij het wel had gedaan. 'Ja,' zei ze zonder meer.

Omdat het hem niet beviel wat die grote zachte ogen bij hem teweegbrachten, stond hij op. 'Daarom is uw muziek zo goed.'

Ze schoot in de lach, niet om het compliment, maar om de onwillige toon waarop hij het had gegeven. 'U kunt dus toch iets aardigs zeggen.'

'Wanneer het verdiend is.' Hij zag haar opstaan en merkte dat ze zich bewoog met de vloeiende bewegingen die hij altijd had geassocieerd met lange slanke vrouwen. 'Ik bewonder uw muziek.'

Opnieuw was het eerder de toon dan de woorden die haar opviel. Ditmaal wekte die toon echter geen geamuseerdheid, maar irritatie. 'En weinig anders wat met mij te maken heeft.'

'Ik ken u niet.'

'U mocht me al niet toen u de vorige keer die heuvel op reed.' Steeds kwader wordend, zette ze haar handen op haar heupen. 'Ik kreeg de indruk dat u me al jaren voordat we elkaar ontmoetten niet mocht.'

Recht voor zijn raap, dacht hij. Maggie Fitzgerald, de *glamour girl* van de westkust, draaide niet graag om de waarheid heen. Dat kwam goed uit, want dat deed hij ook niet graag. 'Ik kan niet tegen mensen die alles op een gouden schaaltje aangereikt krijgen. Ik heb te veel respect voor de realiteit.'

'Een gouden schaaltje,' herhaalde ze met een stem die veel te kalm was. 'Met andere woorden: ik ben van rijke komaf, dus daardoor kan ik de echte wereld niet begrijpen.'

Hij wist niet waarom hij de neiging voelde om te glimlachen. Misschien kwam het doordat haar gezicht rood werd. Misschien kwam het doordat ze bijna dertig centimeter kleiner was dan hij, maar de indruk wekte dat ze klaarstond om hem te lijf te gaan en nog zou winnen ook. Hij hield zijn gezicht echter in de plooi, omdat hij bang was dat hij, als hij haar één vinger gaf, algauw zou smeken of hij haar zijn hele hand mocht geven. 'Daar komt het in het kort gezegd op neer. Het grind voor de weg wordt om vijf uur bezorgd en gestrooid.'

'Daar komt het op neer?' Eraan gewend om een gesprek te beëindigen wanneer zij dat verkoos, greep ze zijn arm toen hij zich omdraaide naar de deur. 'U bent een vooringenomen snob en u weet niets van mijn leven.'

Hij keek naar de kleine hand op zijn bruine gespierde arm. De amethist fonkelde weer. 'Miss Fitzgerald, iedereen in het land weet alles van uw leven.'

'Dat is een van de domste opmerkingen die ik ooit heb gehoord.' Ze deed nog één poging om zich te beheersen, maar die mislukte jammerlijk. 'Ik zal u iets vertellen, Mr. Delaney –' Het gerinkel van de telefoon onderbrak wat een stroom van bezielde beledigingen had kunnen worden. In plaats daarvan vloekte ze. 'U blijft hier,' beval ze, voordat ze zich omdraaide naar de wandtelefoon.

Cliffs wenkbrauwen schoten omhoog toen hij dat bevel hoorde. Langzaam leunde hij tegen het aanrecht. Hij zou blijven, besloot hij. Niet omdat zij dat had bevolen, maar omdat hij wilde horen wat ze te zeggen had.

Maggie rukte de hoorn van de haak en snauwde: 'Hallo!'

'Het is fijn om te horen dat het landleven je goed bekomt.'

'C.J.!' Met moeite hield ze haar woede in bedwang. Ze wilde geen vragen meer horen en ook geen 'had ik het niet gezegd?' 'Sorry, ik was net in een filosofische discussie verwikkeld.' Hoewel ze Cliff honend hoorde lachen, keek ze niet om. 'Is er iets, C.J.?'

'Ik heb al een paar dagen niets van je gehoord –'

'Ik heb toch gezegd dat ik je een keer per week zou bellen? Wil je alsjeblieft ophouden je zorgen te maken?'

'Je weet dat ik dat niet kan.'

Daar moest ze om lachen. 'Dat weet ik inderdaad. Misschien lucht het je op dat op ditzelfde moment mijn weggetje gerepareerd wordt. Bij je volgende bezoek hoef je dus niet bang te zijn dat je knalpot eraf valt.'

'Dat lucht me helemaal niet op,' zei C.J. zuur. 'Ik heb nachtmerries over dat dak dat op instorten staat. Het hele huis staat trouwens op instorten.'

'Het huis staat niet op instorten.' Toen ze zich omdraaide, stootte ze per ongeluk tegen de hor, die kletterend op de vloer viel. Precies op dat moment ontmoetten haar ogen die van Cliff. Hij leunde nog steeds tegen het aanrecht, nog steeds dicht genoeg bij de achterdeur om met twee grote stappen te zijn verdwenen. Nu grinnikte hij echter. Ze keek naar de hor en toen weer naar Cliff, en drukte een hand tegen haar mond om haar gegiechel te smoren.

'Wat was dat voor lawaai?' vroeg C.J. argwanend.

'Lawaai?' vroeg ze onschuldig. 'Ik heb geen lawaai gehoord.' Ze legde snel een hand op de microfoon toen Cliff opnieuw lachte. 'Sst,' fluisterde ze glimlachend. 'C.J.,' zei ze vervolgens weer in de hoorn, wetend dat ze hem moest afleiden, 'de partituur is bijna af.'

'Wanneer?' luidde zijn onmiddellijke en voorspelbare reactie.

Met een blik van verstandhouding naar Cliff zei ze: 'Het grootste deel is perfect. Ik heb alleen wat moeite met de titelsong. Als je me weer aan het werk laat gaan, ligt de tape volgende week op je bureau.'

'Waarom kom je hem niet zelf brengen? Dan kunnen we ergens gaan lunchen.'

'Vergeet het maar.'

'Het was het proberen waard,' zei hij met een zucht. 'Om je te laten zien dat mijn hart op de juiste plaats zit, heb ik je een cadeautje gestuurd.'

'Een cadeautje? Kersenbonbons?'

'Wacht maar af,' zei hij ontwijkend. 'Als alles goed gaat, komt het morgenochtend aan. Ik verwacht dat je zo ontroerd bent, dat je het eerste het beste vliegtuig naar Los Angeles neemt om me persoonlijk te komen bedanken.'

'C.J. –'

'Ga terug naar je werk. En bel me,' zei hij. Hij was slim genoeg om te weten wanneer hij moest inspringen en wanneer hij zich beter kon terugtrekken. 'Ik heb steeds visioenen waarin je van die berg valt.'

Nadat hij had opgehangen, werd ze – zoals zo vaak na een gesprek met hem – heen en weer geslingerd tussen geamuseerdheid en ergernis. 'Dat was mijn impresario,' zei ze toen ze de hoorn op de haak had gelegd. 'Hij is een geboren piekeraar.'

'Ik snap het.'

Cliff bleef staan waar hij stond en zij ook. Dat ene moment van gedeelde geamuseerdheid leek een barrière tussen hen te hebben geslecht. Daarvoor in de plaats was echter een onbeholpenheid gekomen die ze geen van beiden helemaal wisten te plaatsen. Hij was zich plotseling bewust van de verleidelijkheid van haar parfum, van haar slanke hals. Zij was opeens uit haar doen door zijn mannelijkheid, door de herinnering aan het gevoel van zijn sterke, vereelte handpalm. Ze schraapte haar keel.

'Mr. Delaney –'

'Cliff,' verbeterde hij haar.

Zichzelf voorhoudend dat ze zich moest ontspannen, glimlachte ze. 'Cliff. Ik heb de indruk dat we om de een of andere reden op de verkeerde voet zijn begonnen. Als we ons concentreren op iets wat ons allebei interesseert – mijn land – kunnen we misschien voorkomen dat we elkaar tegen de haren in strijken.'

Dat vond hij een interessante manier van uitdrukken, vooral omdat hij zich al voor de geest haalde hoe haar haren onder zijn handen zouden aanvoelen. 'Oké,' zei hij, zijn schouders rechtend. Hij liep naar haar toe, zich afvragend wie hij eigenlijk op de proef wilde stellen: hemzelf of haar. Toen hij bleef staan, stond ze gevangen tussen zijn lichaam en het fornuis.

Hoewel hij haar niet aanraakte, konden ze beiden voelen hoe het zou zijn als hij dat wel deed. Harde handen, zachte huid. Warmte die al snel omsloeg in hitte. Monden die elkaar ontmoetten met vrijmoedigheid, met hartstocht.

'Ik beschouw je land als een uitdaging,' zei hij met zijn ogen strak op die van haar gericht. Ogen die haar nu niet deden denken aan avondnevel maar aan rook – aan rook en vuur. 'Daarom heb ik besloten dit project nogal wat persoonlijke aandacht te geven.'

Plotseling waren haar zenuwen gespannen als een veer. Ze deinsde echter niet achteruit, omdat ze er praktisch zeker van was dat dat zijn bedoeling was. In plaats daarvan keek ze hem strak aan. Als haar ogen niet kalm waren, als ze donker werden van de eerste sporen van begeerte, kon ze dat niet verhelpen. 'Daar kan ik niets tegen inbrengen.'

'Nee.' Hij glimlachte flauwtjes. Als hij bleef, zelfs maar een paar ogenblikken langer, zou hij willen uitvinden hoe haar lippen smaakten. Dat zou waarschijnlijk de grootste vergissing zijn die hij ooit had gemaakt. Dus draaide hij zich om, en hij liep naar de achterdeur. 'Bel Bog,' zei hij over zijn schouder, terwijl hij de hordeur openduwde. 'Jouw vingers horen thuis op pianotoetsen, niet op plamuurmessen.'

Toen de hordeur dichtklapte, liet ze haar ingehouden adem ontsnappen. Deed hij dat met opzet? vroeg ze zich af terwijl ze een hand tegen haar bonzende hart drukte. Of had hij een natuurtalent voor het week maken van vrouwen? Hoofdschuddend hield ze zichzelf voor dat ze het moest vergeten. Als er één ding was waarin ze ervaring had, was het wel in het uit de weg gaan van beroepsverleiders. Ze was beslist niet geïnteresseerd in een rondje knokken met Morganvilles nummer één.

Met een frons liet ze zich weer op haar knieën zakken. Ze raapte het plamuurmes op en begon op de linoleumtegel in te hakken dat het een aard had. Maggie Fitzgerald kon op zichzelf passen.

Hoofdstuk 3

Voor de derde achtereenvolgende ochtend was Maggie gewekt door het lawaai van werklui en machines. Het kwam bij haar op dat ze nauwelijks de kans had gehad om te wennen aan de landelijke rust voordat de chaos was losgebarsten.

De bulldozer was vervangen door kettingzagen, industriële onkruidwieders en vrachtwagens. Hoewel ze nog verre van gewend was aan het vroege opstaan, berustte ze er inmiddels in. Tegen kwart over zeven had ze zich naar de douche gesleept, en nu keek ze naar haar gezicht in de badkamerspiegel.

Dat zag er niet best uit, concludeerde ze bij het zien van haar slaperige ogen. Die waren echter mede een gevolg van het feit dat ze tot twee uur 's nachts aan de partituur voor de film had gewerkt. Geïrriteerd streek ze over haar gezicht. Ze had de verzorging van haar huid nooit beschouwd als een luxe of als tijdverspilling; het was iets wat ze automatisch deed, net zoals ze in Californië iedere ochtend twintig baantjes in haar privé-zwembad had getrokken.

De laatste tijd had ze de grondbeginselen echter verwaarloosd, dacht ze, met haar ogen halfdicht naar haar spiegelbeeld turend. Was het al meer dan twee maanden geleden dat ze voor het laatst een schoonheidssalon had bezocht? Quasi-treurig trok ze aan de pony die tot vlak boven haar wenkbrauwen hing. Het was te zien, en het werd tijd dat ze er iets aan deed.

Nadat ze een handdoek om haar nog vochtige haren had gewikkeld, trok ze het spiegeldeurtje van het medicijnkastje open. De dichtstbijzijnde schoonheidssalon bevond zich honderd kilometer verderop. Er waren tijden dat je het heft in eigen handen moest nemen, dacht ze, terwijl ze een kleimasker aanbracht.

Net toen ze haar handen aan het afspoelen was, hoorde ze beneden schril geblaf. C.J.'s cadeautje wilde ontbijten, dacht ze wrang. In haar korte gerafelde badstof ochtendjas, met haar haren in een geruite handdoek gewikkeld en het hard wordende kleimasker op haar gezicht, ging ze naar beneden om het veeleisende geschenk dat haar impresario haar had gestuurd te verzorgen. Eenmaal onder aan de trap gekomen, hoorde ze een klopje op de deur, dat de jonge buldog buiten zichzelf van opwinding bracht.

'Rustig maar,' suste ze, hem optillend en onder een arm schuivend. 'Al die opwinding nog voordat ik koffie heb gedronken. Doe me een lol.' De puppy liet zijn kop zakken en gromde dreigend toen ze de voordeur wilde opentrekken. Een echte stadshond, dacht ze, terwijl ze het beest probeerde te kalmeren. Misschien was dat wel C.J.'s bedoeling geweest. De deur klemde, en vloekend zette ze de hond neer, zodat ze met beide handen aan de knop kon rukken.

Met een schok die haar een paar stappen achteruit deed wankelen, schoot de deur los. De hond vloog naar de dichtstbijzijnde deuropening en ging met zijn kop om de deurpost staan grommen alsof hij korte metten wilde maken met de bezoeker: een haar met open mond aanstarende Cliff. Maggie liet haar adem ontsnappen, en ze vroeg zich af wat haar verder nog voor rampen te wachten stonden. 'Ik dacht dat het landleven vredig was.'

Grinnikend stak hij zijn duimen in de zakken van zijn spijkerbroek. 'Niet per definitie. Heb ik je wakker gemaakt?'

'Ik ben al een tijdje op,' zei ze uit de hoogte.

'Hm.' Zijn blik gleed over haar benen, die dankzij de korte ochtendjas goed te zien waren, voordat hij bleef rusten op de puppy die ineengedoken in de deuropening van de woonkamer zat. Haar benen waren langer dan haar lengte zou doen vermoeden, dacht hij. 'Is dat een vriend van je?'

Ze keek om naar de buldog, die weliswaar dreigende keelgeluiden maakte, maar een veilige afstand bewaarde. 'Dat is een cadeautje van mijn impresario.'

'Hoe heet hij?'

'Killer,' antwoordde ze met een ironische blik op de in elkaar gedoken hond, die bij al die belangstelling weer schielijk achter de muur verdween.

'Een toepasselijke naam. Ga je hem africhten als waakhond?'

'Ik ga hem leren muziekrecensenten aan te vallen.' Ze tilde een hand op om door haar haren te strijken en stuitte op de handdoek. Even abrupt herinnerde ze zich hoe ze er verder uitzag. Haar andere hand vloog naar haar gezicht en ontdekte de dunne laag harde klei. 'O nee!' riep ze, en Cliffs grijns werd breder. 'Verdorie!' Ze draaide zich om en rende naar de trap. 'Ik ben zo terug.' Toen ze naar boven vloog, werd hij getrakteerd op een intrigerende glimp van haar blote dijen.

Tien minuten later kwam ze – volkomen kalm – weer naar beneden. Haar haren waren naar achter gekamd en vastgezet met parelmoeren kammen, en haar gezicht was licht opgemaakt. Ze had het eerste het beste aangetrokken wat ze in haar tot dusver onuitgepakte hutkoffer had gevonden. De strakke zwarte spijkerbroek vormde een interessant contrast met de wijde witte trui. Cliff zat op de onderste traptree het laffe hondje in extase te brengen door diens buik te aaien. Met gefronste wenkbrauwen keek ze neer op zijn kruin.

'Je zegt er geen woord over!'

Zonder op te kijken bleef hij de puppy aaien. 'Waarover?'

Ze kneep haar ogen tot spleetjes en sloeg haar armen over elkaar. 'Niets. Ben je hierheen gekomen om iets te bespreken?'

Hij wist niet goed waarom die ijzige hooghartige toon hem zo aantrok. Misschien alleen omdat hij het fijn vond dat hij haar zo op stang kon jagen. 'Wil je nog steeds een vijver?'

'Ja, ik wil nog steeds een vijver,' snauwde ze. Om te voorkomen dat ze hem nog een keer af zou blaffen, klemde ze haar kaken op elkaar. 'Het is niet mijn gewoonte om van gedachten te veranderen.'

'Mooi. Vanmiddag komen we het bekken schoonmaken.' Hij stond op en keek haar aan, het hondje kwispelend aan zijn voeten. 'Je hebt Bog niet gebeld over de keukenvloer.'

Met een verwarde blik in haar ogen vroeg ze: 'Hoe weet je –'

'In Morganville is het niet moeilijk om ergens achter te komen.'

'Het gaat je niet –'

'In een dorp is het moeilijk om je met je eigen zaken te bemoeien,' zei hij, haar opnieuw in de rede vallend. Haar gefrustreerde zucht amuseerde hem. 'Eerlijk gezegd ben je op het moment het belangrijkste onderwerp van gesprek in het dorp. Iedereen vraagt zich af wat die beroemde dame uit Californië op deze berg uitvoert. Hoe langer je je met niemand bemoeit, des te nieuwsgieriger worden ze.'

'O ja?' Ze hield haar hoofd schuin en kwam een stap dichterbij. 'En jij? Ben jij ook nieuwsgierig?'

De uitdaging in haar stem was niet mis te verstaan. In een opwelling legde hij een hand onder haar kin, en hij streek met zijn duim over haar kaak. Ze deinsde niet achteruit, maar bleef doodstil staan. 'Een mooie huid,' fluisterde hij, met zijn blik het spoor van zijn duim volgend. 'Heel mooi. Je zorgt er goed voor, Maggie. Ik zal net zo goed voor je land zorgen.'

Met die woorden ging hij weg. Toen de deur allang achter hem was dichtgevallen, stond ze nog steeds met haar armen over elkaar geslagen ernaar te kijken, in haar ogen een verbaasde blik.

Om tien uur was ze tot de conclusie gekomen dat het niet het soort rustige eenzame dag zou worden waarvoor ze naar het platteland was verhuisd. De werklui buiten moesten tegen elkaar schreeuwen om zich boven het lawaai van de machines uit verstaanbaar te maken. Vrachtwagens reden af en aan over haar pas verharde grindweggetje. Het enige waarmee ze zichzelf kon troosten, was de gedachte dat die verstoring van haar rust over een paar weken voorbij zou zijn.

Ze kreeg drie telefoontjes van vrienden aan de westkust die zich afvroegen hoe ze het maakte en wat ze uitvoerde. Bij het derde telefoontje begon ze korzelig te worden, omdat ze steeds opnieuw moest uitleggen dat ze linoleum afbikte, muren behing, houtwerk schilderde, en dat ze al die werkzaamheden nog leuk vond ook. Daarom legde ze de hoorn van de haak, en ze ging terug naar haar plamuurmes en de keukenvloer.

Meer dan de helft van de planken was inmiddels blootgelegd. De vooruitgang maakte haar zo enthousiast, dat ze besloot om zich tot dat ene karweitje te beperken tot het voltooid was. De vloer zou mooi worden en, voegde ze er denkend aan Cliffs commentaar aan toe, ze zou het zelf hebben gedaan.

Ze had nauwelijks vijf centimeter meer linoleum afgebikt toen er op de deur achter haar werd geklopt. Ze keek om, klaar om uit te vallen als Cliff Delaney was teruggekomen om haar te tergen. In plaats van hem zag ze echter een lange slanke vrouw van haar eigen leeftijd, met bruine haren en lichtblauwe ogen: Joyce Morgan Agee. Toen ze haar aankeek, vroeg ze zich af waarom de gelijkenis met Louella haar niet eerder was opgevallen.

'Mrs. Agee.' Ze stond op en veegde het stof van de knieën van haar spijkerbroek. 'Kom binnen. Let niet op de rommel.' Haar sportschoenen piepten toen ze op een laagje oude lijm stapte. 'De vloer plakt een beetje.'

'Ik wil u niet storen bij uw werk.' Joyce bleef onzeker in de deuropening staan en keek naar de vloer. 'Ik zou wel hebben opgebeld voordat ik kwam, maar ik was op weg naar huis van mijn moeder.'

Joyces pumps waren elegant en modieus. Maggie voelde de lijm aan de onderkant van haar oude sportschoenen kleven. 'Laten we buiten verder praten, als u dat niet erg vindt.' Zonder op Joyces instemming te wachten liep ze de zon in. 'Op het moment is het hier nogal chaotisch.'

'Ja.' Ze hoorden een van de werklui iets roepen tegen een collega, zijn suggestie benadrukkend met een goedmoedige vloek. Tersluiks keek Joyce in hun richting, alvorens zich weer om te draaien naar Maggie. 'Ik zie dat u er geen gras over laat groeien.'

'Nee.' Lachend keek ze naar de afbrokkelende aardwal naast hen. 'Ik ben nooit erg geduldig geweest. Om de een of andere reden heb ik meer haast met de buitenkant dan met de binnenkant.'

'U had geen beter bedrijf kunnen kiezen,' zei Joyce zacht, met een blik op een van de vrachtwagens met 'Delaney's' op de zijkant.

'Dat heb ik van meer mensen gehoord,' zei Maggie neutraal.

'Ik wil u laten weten dat ik echt blij ben dat u zoveel aan het huis en het land doet.' Joyce begon aan de riem van haar schoudertas te frummelen. 'Ik kan me amper herinneren dat ik hier heb gewoond. Ik was nog een kind toen we verhuisden, maar ik heb een hekel aan verwaarlozing.' Met een flauw lachje keek ze opnieuw om zich heen. Toen schudde ze haar hoofd. 'Ik denk niet dat ik hier zou kunnen wonen. Ik geef de voorkeur aan het dorp, met buren dichtbij en speelkameraadjes voor mijn kinderen. En natuurlijk is Stan, mijn man, daar makkelijker bereikbaar.'

Het duurde even voordat Maggie het zich herinnerde. 'O ja. Uw man is de sheriff, hè?'

'Dat klopt. Morganville is een rustig dorp, niets vergeleken met Los Angeles, maar het houdt hem wel bezig.' Hoewel ze glimlachte, vroeg Maggie zich af waarom ze de indruk kreeg dat Joyce nerveus was. 'We zijn geen stadsmensen.'

'Nee,' zei Maggie, ook glimlachend. 'Ik geloof dat ik heb ontdekt dat ik dat ook niet ben.'

'Ik begrijp niet hoe u hebt kunnen opgeven –' Joyce onderbrak zichzelf, blijkbaar in de veronderstelling dat ze haar boekje te buiten ging. 'Ik bedoel dat dit zo'n verandering voor u moet zijn na in een plaats als Beverly Hills te hebben gewoond.'

'Een verandering,' beaamde Maggie. Bespeurde ze hier ook al verborgen gevoelens, net als eerder bij Louella? 'Maar een verandering waar ik behoefte aan had.'

'Ja, ach, u weet dat ik blij ben dat u het huis hebt gekocht, en zo gauw al. Stan was een beetje geschokt dat ik het op de markt had gebracht toen hij het dorp uit was, maar ik kon het hier niet zomaar onbewoond laten staan. Wie weet, als u niet zo vlug was gekomen, had hij me misschien wel overgehaald om het niet te verkopen.'

'Dan kunnen we beiden dankbaar zijn dat ik het bord meteen heb gezien.' In gedachten probeerde Maggie te bepalen hoe de situatie in elkaar zat. Zo te horen had het huis uitsluitend aan Joyce toebehoord, zonder dat haar man of haar moeder er aanspraak op kon maken. Ze vroeg zich af waarom Joyce het huis niet eerder had verhuurd of verkocht.

'De echte reden voor mijn bezoek, Miss Fitzgerald, is mijn moeder. Ze heeft me verteld dat ze een paar dagen geleden hier is geweest.'

'Dat klopt. Ze is een aardige vrouw.'

'Ja.' Joyce keek weer naar de werklui en haalde zichtbaar diep adem. Maggie hoefde zich niet langer af te vragen of ze een ondertoon van iets hoorde. Nu was ze er zeker van dat die er was. 'Het is heel goed denkbaar dat ze nog een keer langskomt. Zou u me een plezier willen doen en het niet aan haar maar aan mij willen zeggen als ze u begint te ergeren?'

'Waarom zou ze me ergeren?'

Joyce slaakte een zucht die zowel van moeheid als van frustratie had kunnen zijn. 'Mijn moeder leeft vaak in het verleden. De dood van mijn vader is ze nooit helemaal te boven gekomen, en ze geeft sommige mensen een onbehaaglijk gevoel.'

Maggie herinnerde zich het onbehaaglijke gevoel dat zij af en toe had gehad tijdens Louella's korte bezoek. Toch schudde ze haar hoofd. 'Uw moeder mag me gerust af en toe komen opzoeken, Mrs. Agee.'

'Dank u, maar u moet me beloven dat u het me vertelt als – nou ja, als u liever hebt dat ze wegblijft. Zelfs toen het huis nog onbewoond was, kwam ze al vaak hierheen, en ik wil niet dat ze u in de weg loopt. Ze weet niet wie u bent. Dat wil zeggen –' Zich zichtbaar generend, onderbrak ze zichzelf. 'Ik bedoel dat mijn moeder niet begrijpt dat iemand als u het druk kan hebben.'

Maggie herinnerde zich de verdwaasde ogen en de ongelukkige mond. Opnieuw welde haar medelijden op. 'Oké, als ik last van haar heb, zal ik het u vertellen.'

Er kwam een opgeluchte blik in Joyces ogen. 'Daar ben ik u bijzonder dankbaar voor, Miss Fitzgerald.'

'Zeg maar Maggie.'

'Ja, eh...' Alsof dat voorstel haar nog onzekerder maakte, glimlachte ze verlegen. 'Ik begrijp dat iemand als u, als jij, er geen prijs op stelt dat mensen langskomen en je voor de voeten lopen.'

Nu schoot Maggie in de lach, denkend aan de keren dat de telefoontjes uit Californië haar die ochtend hadden gestoord. 'Ik ben geen kluizenares,' zei ze, hoewel ze daar niet langer zeker van was. 'En ik ben ook niet bijzonder opvliegend. Sommige mensen vinden me zelfs normaal.'

'Ik bedoelde niet –'

'Dat weet ik. Kom terug wanneer die vloer af is, dan kunnen we koffiedrinken.'

'Graag. O ja, dat was ik bijna vergeten.' Joyce stak haar hand in de grote canvastas aan haar schouder en haalde er een manilla envelop uit. 'Mijn moeder zei dat je deze wilde zien. Foto's van de tuin.'

'Dat klopt.' Verheugd pakte Maggie de envelop aan. Ze had niet verwacht dat Louella het zich zou herinneren of de moeite zou nemen om ze voor haar bij elkaar te zoeken. 'Ik hoopte dat ze me op een paar ideeën zouden brengen.'

'Ze zei erbij dat je ze mocht houden zolang je wilde.' Opnieuw aan de riem van haar tas frummelend, aarzelde Joyce even alvorens aan te kondigen: 'Ik moet nu naar huis. Mijn jongste zoon komt om twaalf uur thuis van de kleuterschool, en Stan komt soms naar huis om te lunchen. Ik heb nog niets aan het huis gedaan. Ik hoop je een keer in het dorp te ontmoeten.'

'Daar kun je zeker van zijn,' zei Maggie, die de envelop onder haar arm schoof. 'Bedank je moeder en doe haar de groeten.'

Ze maakte aanstalten om weer naar binnen te gaan, maar toen ze haar hand op de deurknop legde, zag ze Cliff naar Joyce toe komen. Uit nieuwsgierigheid bleef ze staan kijken, en ze zag hoe Cliff beide handen van de brunette pakte. Hoewel ze door het lawaai van de motoren het gesprek niet kon horen, was het duidelijk dat ze elkaar goed kenden. Er lag een vriendelijke trek op Cliffs gezicht die ze daar niet eerder had gezien, en iets wat ze interpreteerde als bezorgdheid. Hij boog zich naar Joyce over, alsof die erg zacht praatte, en raakte vervolgens haar haren aan. Was dat de aanraking van een broer? vroeg Maggie zich af. Of van een minnaar?

Joyce schudde haar hoofd en morrelde aan de knop van het portier voordat ze het opentrok en haar auto in stapte. Cliff zei iets door het open raampje. Hadden ze ruzie? Was de spanning die ze voelde echt of ingebeeld? Geboeid door het geluidloze tafereel dat zich afspeelde op haar oprit, bleef ze kijken, totdat Cliff zijn hoofd terugtrok en Joyce achteruit de oprit af reed. Voor ze naar binnen had kunnen gaan, draaide Cliff zich om, en hun ogen ontmoetten elkaar.

Een afstand van dertig meter scheidde hen, en overal klonken de geluiden van mannen en machines. Hoewel de zon zo sterk was dat ze het bijna te warm had in haar trui, voelde ze opeens een rilling over haar rug lopen. Misschien was het vijandigheid die ze voelde. Ze probeerde zichzelf wanhopig wijs te maken dat het vijandigheid was, en niet de eerste gevaarlijke opwelling van hartstocht.

De verleiding was groot om de afstand tussen hen te overbruggen en hen beiden op de proef te stellen. Bij de gedachte alleen al ging haar bloed sneller stromen. Hij bewoog niet. Hij sloeg zijn ogen niet neer. Met vingers die plotseling als verlamd waren, draaide ze de deurknop om, en ze ging naar binnen.

Twee uur later beende ze weer naar buiten. Ze was niet iemand die een uitdaging, emoties of moeilijkheden uit de weg ging, en Cliff Delaney leek alle drie te vertegenwoordigen. Onder het afbikken van het linoleum had ze zichzelf een reprimande gegeven, omdat ze zich door hem had laten intimideren om geen andere reden dan zijn mannelijkheid en zijn sexy uiterlijk.

Omdat hij anders was, bekende ze. Anders dan de meeste mannen die ze beroepshalve had ontmoet. Hij was niet kruiperig – verre van dat zelfs. Hij bestookte haar niet met zijn charme. Hij ging niet prat op zijn lichaamsbouw, zijn uiterlijk of zijn verfijning. Het moest net dat verschil zijn geweest, waardoor ze niet goed had geweten hoe ze hem moest benaderen.

Een erg directe, erg openhartige en zakelijke benadering, besloot ze toen ze om de achterkant van het huis heen liep. Bij de glooiing bleef ze staan om te kijken.

De klimop, de doornstruiken en de dichte sumakstruiken waren verdwenen. Een dikke laag vruchtbare donkere aarde bedekte wat eerst een verwaarloosde wildernis was geweest. De boom die had overgeheld naar haar huis was verdwenen, met stronk en al. Twee mannen, wier ruggen glommen van het zweet, stapelden stenen op elkaar voor een laag muurtje tussen de rand van de helling en het gazon.

Cliff Delaney had de wind eronder, zag ze, terwijl ze over de pas gestorte aarde naar de tuin aan de zijkant van het huis liep. Ook daar was het ergste onkruid al weg. Een enorme man met een baard zat gekleed in een tuinbroek op een grote, gele graafmachine, met het gemak waarmee iemand anders in een leunstoel zat. Na het overhalen van een hendel ging de grijper naar beneden het bekken in. Hij beet in de aarde en de stenen en kwam vol weer naar boven.

Met haar hand boven haar ogen stond ze ernaar te kijken, de puppy draaiend om haar benen en grommend tegen alles wat bewoog. Telkens wanneer de grijper zijn kaken opende om zijn last te lozen, begon de hond hysterisch te blaffen. Lachend ging ze op haar hurken zitten om hem achter zijn oren te krabben en hem gerust te stellen.

'Wees niet zo laf, Killer. Ik zorg er wel voor dat hij je niet te pakken krijgt.'

'Ik zou niet dichterbij komen,' zei Cliff onverhoeds.

Geschrokken draaide ze haar hoofd om. 'Dit is dichtbij genoeg.' Omdat ze het niet prettig vond dat ze in het nadeel was doordat ze omhoog en tegen de zon in moest kijken, stond ze op. 'Zo te zien schiet je lekker op.'

'We moeten de planten erin hebben en de rand van het bekken verstevigd hebben voordat het begint te regenen. Anders is de ellende niet te overzien.'

'Ik begrijp het.' Omdat hij weer zijn frustrerende zonnebril droeg, draaide ze zich om naar de graafmachine. 'Je hebt veel personeel.'

Zijn duimen gleden in zijn zakken. 'Genoeg.' Hij had zichzelf voorgehouden dat hij zich die sterke seksuele aantrekkingskracht van uren geleden had ingebeeld, maar nu hij die opnieuw voelde, kon hij die niet langer ontkennen.

Ze was niet de vrouw die hij wilde, maar toch verlangde hij naar haar. Ze was niet de vrouw die hij vrijwillig zou hebben gekozen, maar toch trok ze hem aan. Totdat hij had ontdekt hoe het was om haar aan te raken, kon hij logica beter overboord zetten.

Maggie was zich vreselijk bewust van zijn nabijheid. Het gevoel van uren daarvoor begon weer op te komen, langzaam, verleidelijk, totdat haar hele lichaam gespannen was. Ze wist wel dat je naar iemand kon verlangen die je niet kende, iemand die je toevallig op straat passeerde. Het had te maken met chemie, maar zij had nooit eerder op die manier op een man gereageerd. Ze had een bijna onbedwingbaar verlangen om zich in zijn armen te storten, hem bevrediging te vragen of aan te bieden wat het ook was dat tussen hen smeulde. Iets wat opwinding beloofde, en genot waarvan ze tot dusver slechts een glimp had opgevangen. Onzeker van zichzelf draaide ze zich om.

'Het bevalt me niet wat er gebeurt.'

Hij deed niet alsof hij haar niet begreep. Ze dachten geen van beiden aan de vijver of de graafmachine. 'Heb je een keus?'

Ze fronste haar voorhoofd, wensend dat ze zekerder was van wat ze moest doen. Omdat hij niet was zoals de mannen die ze tot dusver had ontmoet, waren de standaardregels niet van toepassing. 'Ik denk van wel. Om te beginnen ben ik hierheen verhuisd omdat dit de plaats is waar ik wil wonen, waar ik wil werken. Maar ik ben ook hierheen verhuisd omdat ik op mezelf wil zijn. Al die dingen ben ik nog steeds van plan te doen.'

Nadat Cliff haar een ogenblik had opgenomen, zwaaide hij afwezig naar de machinist van de graafmachine, die de motor uitzette om te gaan lunchen. 'Ik heb dit werk aangenomen omdat ik dit stuk land wil bewerken. Ik ben van plan dat te doen.'

Hoewel ze de spanning niet voelde afnemen, knikte ze. 'Dan begrijpen we elkaar.'

Toen ze zich wilde omdraaien, legde hij een hand op haar schouder. 'Ik denk dat we allebei heel veel begrijpen.'

Haar maagspieren spanden en ontspanden zich als een nerveuze vuist. Met zijn vingers zo licht op haar wijde trui had ze niets moeten voelen. Het leek echter of er honderden vonken oversprongen. De lucht leek zich te verdichten en heter te worden, de geluiden van de werklui leken van verder weg te komen. 'Ik weet niet wat je bedoelt.'

'Jawel.'

Natuurlijk begreep ze het. 'Ik weet niets van je,' bracht ze er met moeite uit.

'Ik kan niet hetzelfde beweren.'

Hoewel ze wist dat hij haar alleen maar probeerde te provoceren, maakten zijn woorden haar kwaad. 'Je gelooft dus alles wat je in die sensatieblaadjes leest. Het verbaast me dat een man die kennelijk zo succesvol en getalenteerd is, zo onnozel kan zijn.'

'Het verbaast mij dat een vrouw die kennelijk zo succesvol en getalenteerd is, zo stom kan zijn.'

'Stom? Wat bedoel je daar in vredesnaam mee?'

'Het lijkt me stom om de pers aan te moedigen om over ieder onderdeel van je leven verslag uit te brengen.'

Met opeengeklemde kaken haalde ze een paar keer diep adem. Het hielp niet. 'Ik moedig de pers niet aan om wat dan ook te doen.'

'Je ontmoedigt hen ook niet.'

'Ontmoediging ís juist aanmoediging,' zei ze verhit. Met over elkaar geslagen armen keek ze naar het bekken. 'Waarom verdedig ik me eigenlijk?' mompelde ze toen. 'Je weet er niets van. Wat mij betreft hoef je er ook niets van te weten.'

'Ik weet dat je een paar weken na de dood van je man een interview over jezelf en hem hebt gegeven.' Toen hij haar haar adem hoorde inhouden, verwenste hij zichzelf om die veel te persoonlijke en volkomen ongepaste opmerking.

'Heb je enig idee hoe de pers me in die weken heeft belaagd?' Haar stem was stroef, en ze keek hem niet langer aan. 'Weet je wat voor onzin ze schreven?' Haar vingers verkrampten om haar armen. 'Ik heb een verslaggever gekozen die ik kon vertrouwen, en ik heb het eerlijkste en openhartigste interview gegeven waartoe ik in staat was, omdat ik wist dat het mijn enige kans was om erger te voorkomen. Dat interview was voor Jerry. Het was het enige wat ik hem nog kon geven.'

Hij had haar willen opjutten, misschien zelfs kwaad maken, maar hij had haar niet willen kwetsen. 'Sorry.' Hij legde een hand op haar schouder, maar ze deinsde achteruit.

'Vergeet het.'

Ditmaal pakte hij haar bij beide schouders, en hij draaide haar met haar gezicht naar hem toe. 'Stoten onder de gordel vergeet ik niet, vooral niet als ik degene ben die ze heeft uitgedeeld.'

Ze wachtte met praten totdat ze zeker wist dat ze haar stem weer een beetje in bedwang had. 'Ik heb al heel wat stoten overleefd. Ik raad je aan om geen kritiek te leveren op iets wat je niet kunt begrijpen.'

'Ik heb mijn verontschuldigingen aangeboden.' Toen ze zich probeerde los te rukken, greep hij haar alleen maar steviger vast. 'Ik ben niet erg goed in het opvolgen van advies.'

Opnieuw bleef ze doodstil staan. Op de een of andere manier waren ze dichter bij elkaar gekomen, zodat hun dijen langs elkaar streken. De combinatie van woede en begeerte werd te sterk om te negeren. 'Dan hebben jij en ik elkaar niets meer te zeggen.'

'Je vergist je.' Zijn stem was kalm en erg innemend. 'We zijn nog niet eens begonnen met alles te zeggen wat er te zeggen valt.'

'Je werkt voor me –'

'Ik werk voor mezelf,' verbeterde hij.

Dat soort trots begreep ze, en ze had er zelfs bewondering voor. Bewondering zou echter zijn handen niet van haar schouders halen. 'Ik betaal je om een klus te doen.'

'Je betaalt mijn bedrijf. Dat zijn zaken.'

'Het zijn onze enige zaken.'

'Je vergist je opnieuw,' fluisterde hij, en nu liet hij haar los.

Ze deed haar mond al open om hem van repliek te dienen, maar op dat moment begon Killer opgewonden te blaffen. Hem de rug toedraaien om te gaan kijken wat haar hond bezielde, leek haar een veel grotere belediging dan de verbale die ze voor hem in petto had gehad. Zonder iets te zeggen liep ze dus langs de rand van het bekken naar de hoop aarde en stenen die de graafmachine daar had gestort.

'Rustig maar, Killer.' De grond was zo ruw dat ze struikelde en bijna viel. 'In die berg aarde vind je echt niets van je gading.'

Haar negerend, groef de puppy door. Zijn geblaf werd gesmoord toen zijn neus verder in de aarde verdween, en zijn achterlijf ging heftig heen en weer.

'Hou op.' Ze bukte om hem uit de hoop afval te trekken en plofte hard neer op haar achterwerk. 'Verdorie, Killer.' Zittend op de grond, greep ze met één hand de hond vast en trok hem zo heftig naar zich toe dat er een lawine van stenen loskwam.

'Doe je voorzichtig?' riep Cliff, in het besef dat ze geluk had gehad dat ze niet door de stenen was geraakt.

'Het is die stomme hond!' schreeuwde ze terug toen Killer zich weer had losgewurmd. 'Joost mag weten wat hij zo interessant vindt aan deze puinhoop. Niets dan aarde en stenen,' mompelde ze, tegen de hoop stenen duwend die naast haar heup was terechtgekomen.

'Pak hem dan en kom naar boven, voordat jullie allebei gewond raken.'

'Ja,' zei ze binnensmonds. 'Wat fijn dat je me helpt.' Vol afkeer krabbelde ze overeind, maar toen zakten haar vingers weg in de verweerde ronde steen waar haar hand op had gerust. Hij is hol, dacht ze verbaasd. Afgeleid door het onafgebroken geblaf van de hond, keek ze met een half oog naar beneden.

Haar gil was zo hard dat Killer dekking zocht.

Cliffs eerste gedachte was dat ze een slang had gezien. Hij rende naar haar toe en trok haar overeind in zijn armen. Ze gilde niet meer, maar haar ademhaling was onregelmatig toen hij haar optilde om haar de helling op te dragen. 'Botten,' fluisterde ze. Ze deed haar ogen dicht en legde haar hoofd tegen zijn schouder. 'Botten.'

Hij keek naar de grond en zag wat de machine en de hond hadden opgegraven. Tussen de aarde en de stenen lag een stapel van iets wat op het eerste gezicht had kunnen doorgaan voor met aarde besmeurde witte stokken.

Boven op die stokken, een paar centimeter van de plek waar Maggie had gezeten, lag echter de schedel van een mens.

Hoofdstuk 4

Met haar handen om het glas water geklemd dat Cliff voor haar had ingeschonken, zat Maggie aan de keukentafel. 'Het gaat alweer,' zei ze zacht. 'Het was belachelijk dat ik zo heb gegild.'

Hoewel haar handen niet meer trilden, waren de knokkels nog wit, en haar gezicht was lijkbleek. Er lag een geschokte blik in haar ogen, die plotseling veel te groot leken in verhouding tot de rest van haar gezicht. Om de neiging om haar haren te strelen te onderdrukken, stopte Cliff gauw zijn handen in zijn zakken. 'Het was een volkomen natuurlijke reactie.'

'Dat zal wel,' zei ze met een beverig lachje. Ze was koud tot op haar botten, maar in zijn bijzijn wilde ze niet rillen. 'Ik heb nog nooit... zoiets meegemaakt.'

'Ik ook niet.'

'Nee?' Vreemd genoeg had ze gehoopt dat hem zoiets al vaker was overkomen. In dat geval zou het misschien minder luguber lijken – en minder persoonlijk. Ze sloeg haar ogen neer en merkte toen pas dat de hond languit over haar voeten uitgestrekt zachtjes lag te janken. 'Maar graaf je dan niet veel...' Haar stem stierf weg omdat ze niet goed wist hoe ze het moest formuleren, '...dingen op,' zei ze ten slotte zwakjes, 'in jouw soort werk?'

Hij besefte dat ze het minder erg probeerde te maken, maar hoe graag hij ook wilde, hij kon haar geen onschuldige verklaring geven voor hun vondst. 'Niet dat soort dingen.'

Nadat ze elkaar een tijdlang zonder iets te zeggen hadden aangekeken, knikte ze. Als ze in haar harde beroep, waar iedereen elkaar voortdurend beconcurreerde, iets had geleerd, was het wel om de dingen te nemen zoals ze kwamen. 'We kunnen dus geen van beiden een redelijke verklaring bedenken.' Haar zucht was het laatste teken van zwakte dat ze van plan was hem te tonen. 'Dan kan ik beter de politie bellen.'

'Ja.' Hoe vastbeslotener zij was om rustig te blijven, des te moeilijker kon hij zijn kalmte bewaren. De gevoelens die ze bij hem wakker riep bevielen hem niet, en ook niet dat het hem de grootste moeite kostte om haar niet in zijn armen te nemen om haar te troosten. Om zichzelf daarvan te weerhouden, balde hij zijn handen in zijn zakken tot vuisten. 'Je kunt beter meteen bellen,' zei hij. 'Dan ga ik de werklui waarschuwen dat ze uit de buurt van het bekken moeten blijven.'

Opnieuw knikte ze woordeloos. Zonder iets te zeggen keek ze hem na toen hij naar de hordeur liep en die openduwde. In de deuropening bleef hij echter staan. Hij keek om, en op zijn gezicht lag dezelfde bezorgde trek als hij droeg toen hij met Joyce had staan praten.

'Maggie, weet je zeker dat het gaat?'

De vraag, en vooral de toon waarop hij was gesteld, bracht haar weer tot zichzelf. Uit ervaring wist ze hoezeer men gebukt kon gaan onder de zwakheid van iemand anders. 'Ja hoor. Dank je.' Pas toen de hordeur achter hem was dichtgeklapt, liet ze bevend haar hoofd op de tafel zakken.

Waar was ze in vredesnaam in verzeild geraakt? Het was toch niet normaal dat je een lijk in je voortuin vond? In gedachten hoorde ze C.J. al zeggen dat het volkomen onbeschaafd was. Een hysterische lachbui onderdrukkend, ging ze weer rechtop zitten. Zij had er wel een gevonden. In plaats van zichzelf te beklagen, kon ze beter de politie waarschuwen. Nadat ze een paar keer diep had ademgehaald, liep ze naar de telefoon om de centrale te bellen.

'Verbind me door met de politie,' zei ze snel.

Een paar minuten later legde ze met een zucht de hoorn weer neer. Ze had gehoopt dat het gesprek met de politie haar zou kalmeren, maar dat was niet het geval. Omdat ze te overstuur was om in haar eentje binnen op de politie te blijven wachten, ging ze weer naar buiten, maar ze bleef angstvallig uit de buurt van het bekken. Ze liep langs de andere kant om het huis heen en ging voor de veranda op een grote steen zitten. De puppy strekte zich aan haar voeten uit en viel prompt in slaap.

Zittend in de zon, kon ze bijna geloven dat ze zich had verbeeld wat ze in die hoop aarde en stenen had gezien. Het was hier te vredig voor zoiets lugubers. De lucht was te zacht, de zon te warm. En ook al was haar land weerbarstig, het bezat een sereniteit die de onaangenamere aspecten van het leven op een afstand hield.

Had ze daarom haar oog op het huis laten vallen? vroeg ze zich af. Om te kunnen pretenderen dat er geen echte waanzin in de wereld bestond? Hier kon ze zich inkapselen tegen de spanningen en de eisen die zo lang deel hadden uitgemaakt van haar leven. Was deze plek het thuis waar ze altijd naar had verlangd, of was het in werkelijkheid alleen maar een middel om aan de realiteit te ontsnappen? Ze kneep haar ogen dicht. Als dat laatste het geval was, was ze zwak en oneerlijk, twee dingen waaraan ze een hekel had. Waarom was dit incident nodig geweest om te gaan twijfelen aan iets waaraan ze tot dusver geen seconde had getwijfeld? Terwijl ze daarover zat te piekeren, viel er een schaduw over haar heen. Ze deed haar ogen open en zag Cliff voor haar staan.

Om de een of andere reden maakte zijn aanwezigheid haar sterker. Ze kon hem niet bekennen dat ze was begonnen te twijfelen aan zichzelf en aan haar beweegredenen.

'De politie kan ieder moment komen,' zei ze. Met haar handen om haar knieën geslagen keek ze langs hem heen naar het bos.

'Mooi.' Een paar minuten gingen voorbij, waarin ze beiden zonder iets te zeggen naar de bomen keken.

Ten slotte ging Cliff op zijn hurken naast haar zitten. Vreemd genoeg leek ze op dat moment dichter bij een zenuwinstorting dan toen hij haar de keuken binnen droeg. De terugslag kwam niet bij iedereen even snel, dacht hij. Hij wilde haar weer vasthouden, stevig en dicht tegen zich aan, net zoals toen hij haar naar binnen had gedragen. Het contact had iets warms bij hem losgemaakt. Eenzelfde soort gevoel als haar muziek bij hem teweeg had gebracht.

Hij wenste uit de grond van zijn hart dat hij de opdracht had geweigerd en na die eerste ontmoeting uit haar buurt was gebleven.

Met nietsziende ogen staarde hij naar de rand van het bekken, en hij vroeg toen: 'Heb je met Stan gesproken?'

'Stan?' vroeg ze, met een blik op zijn profiel. Hoewel hij zo dichtbij was dat ze hem kon aanraken, leek hij mijlenver van haar verwijderd. 'O, de sheriff.' Ze wilde dat hij haar aanraakte, al was het maar heel even. Alleen maar een hand op haar arm. 'Nee, ik heb hem niet gebeld. Ik heb de telefooncentrale gebeld en gevraagd naar de politie. De telefoniste heeft me doorverbonden met de staatspolitie in Hagerstown.' Ze keek hem aan, en bereidde zich voor op zijn cynische commentaar op die typisch stadse aanpak.

'Dat is waarschijnlijk maar beter ook,' zei hij zacht. 'Ik heb de werklui naar huis gestuurd. Ze zouden alleen maar in de weg lopen.'

'O.' Ze was zo verdoofd, dat ze niet eens had gemerkt dat de vrachtwagens en de werklieden weg waren. Toen ze zichzelf dwong om in de richting van het bekken te kijken, zag ze de graafmachine nog aan de rand staan, groot en geel, maar nu zonder geluid te maken. De zon was warm op haar rug. Haar huid was koud als ijs. Het was tijd dat ze tot zichzelf kwam, dacht ze, en ze rechtte haar schouders. 'Je zult wel gelijk hebben. Moet ik je kantoor bellen als de politie toestemming geeft om door te gaan met het werk?' Hoewel haar stem zakelijk klonk, werd haar keel droog bij de gedachte dat ze alleen gelaten zou worden, helemaal alleen, met wat er in het bekken lag.

Zonder iets te zeggen deed Cliff zijn zonnebril af, zodat hun ogen elkaar ontmoetten. 'Ik was van plan om nog even hier te blijven.'

Ze wist dat de opluchting van haar gezicht af te lezen moest zijn, maar op dat moment was haar trots ondergeschikt aan haar dankbaarheid. 'Dat zou ik fijn vinden. Het is stom, maar...' Ze wierp een blik in de richting van het bekken.

'Het is niet stom.'

'Misschien is "zwak" een beter woord,' zei ze met een geforceerd lachje.

'Het is alleen maar menselijk.' Ondanks zijn voornemen om het niet te doen, pakte hij haar hand. De aanraking, die bedoeld was om haar te troosten, om haar gerust te stellen, bracht een kettingreactie van emoties op gang die niet meer was te stoppen. Het kwam bij haar op dat ze moest opstaan en naar binnen gaan. Misschien zou hij haar tegenhouden, misschien zou hij haar laten gaan. Ze vroeg zich echter niet af aan welk van de twee ze de voorkeur gaf en stond ook niet op. In plaats daarvan keek ze hem in de ogen en ze liet zich verwarmen door de verzengende hitte van zijn blik. Er bestond niets anders dan hij. Niets anders dan hij was belangrijk.

Ze voelde elk van zijn vingers afzonderlijk op haar hand. Zijn ogen werden zo donker dat de irissen nog maar een paar tinten lichter waren dan de pupillen. Het was alsof hij in haar hoofd keek, recht in haar chaotische gedachten. In de stilte van de middag hoorde ze hem duidelijk in- en uitademen. Het geluid maakte de opwinding die tussen hen in hing nog groter.

Tegelijkertijd bogen ze voorover, totdat hun lippen elkaar raakten.

Intensiteit. Ze had niet geweten dat de aanraking van twee monden zo geconcentreerd, zo puur kon zijn. In haar hart wist ze dat ze, hoeveel jaren er ook verstreken, zelfs als ze blind en doof was, deze man zou herkennen louter door de aanraking van zijn lippen. In één ogenblik raakte ze vertrouwd met de vorm van zijn mond, de smaak en de structuur van zijn tong. Hun enige contact was haar mond op die van hem, zijn hand op haar hand. Meer was er op dat moment niet nodig.

De kus had iets agressiefs, zelfs iets ruws, dat ze niet had verwacht. Hij had niets van de zoetheid en de aarzeling die eerste kussen vaak kenmerken, maar toch deinsde ze niet achteruit. Misschien was dat juist een onderdeel van de aantrekkingskracht die hij op haar had uitgeoefend vanaf het moment dat hij uit zijn pick-up was gestapt. Hij was anders. Hij was anders dan de andere mannen in haar leven, anders ook dan de man met wie ze haar lichaam had gedeeld. Dat had ze vanaf hun eerste ontmoeting geweten. Nu, terwijl zijn mond haar zintuigen prikkelde, was ze daar dankbaar voor. Ze wilde dat niets hetzelfde was als vroeger, dat niets herinneringen opriep aan wat ze eens had gehad en verloren. Deze man zou haar niet in de watten leggen of op een voetstuk plaatsen. Hij was sterk genoeg om ook van haar kracht te verlangen. Ze voelde zijn tong langs die van haar strijken, dieper haar mond in.

Het was makkelijk, bijna te gemakkelijk, om haar delicate bouw en haar tengere lichaam te vergeten als haar mond zo vurig was op die van hem. Hij had moeten weten dat er een diepe rusteloze hartstocht school in een vrouw die muziek schiep met zo'n sensualiteit. Hoe had hij echter kunnen weten dat die hartstocht hem zou aantrekken alsof hij er jaren op had gewacht?

Wanneer hij haar smaak proefde, was het veel te gemakkelijk om te vergeten dat ze niet het soort vrouw was dat hij in zijn leven wilde. Hij had echter kunnen weten dat ze de macht had om een man alle logica, alle intellect overboord te doen gooien. Haar lippen waren warm en vochtig, even prikkelend als de geur van de pas omgeploegde aarde om hen heen. Hij voelde de aandrang om haar in zijn armen te nemen en daar, onder de stralende namiddagzon, alle verlangens die in hem oprezen te bevredigen. Weerstand biedend aan die bijna pijnlijke steek van begeerte, trok hij zijn hoofd terug.

Buiten adem keek Maggie hem aan. Kon die verzengende ontmoeting van hun lippen hem evenveel hebben gedaan als haar? Waren zijn gedachten even verward als die van haar? Trilde ook zijn lichaam van de primitieve begeerte? Uit zijn gezichtsuitdrukking kon ze niets opmaken. Hoewel zijn ogen strak in die van haar keken, waren ze ondoorgrondelijk. Zou hij haar, als ze het vroeg, vertellen dat ook hij nooit een golf van hartstocht had gevoeld die zo overweldigend of zo hypnotiserend was geweest? Zodra ze haar stem weer in bedwang had, zou ze het vragen. Terwijl ze nog op adem zat te komen, kwamen de gebeurtenissen van die dag echter in een flits terug in haar gedachten. Abrupt sprong ze op.

'Wat zijn we in vredesnaam aan het doen?' vroeg ze geschokt. Met een trillende hand streek ze haar haren uit haar gezicht. 'Hoe kunnen we hier zo zitten terwijl dat... dat ding maar een paar meter verderop ligt?'

Cliff pakte haar arm en draaide haar weer naar zich toe. 'Wat heeft het een met het ander te maken?'

'Niets. Alles. Ik weet het niet.' Terwijl haar hart nog steeds bonsde, keek ze hem aan. Haar emoties waren altijd te dominant geweest. Ook al wist ze dat, ze was nooit in staat geweest het te veranderen, en al jaren geleden was ze opgehouden het zelfs maar te proberen. 'Wat we hebben gevonden is vreselijk, te erg voor woorden, en zojuist zat ik me af te vragen hoe het zou zijn om met je te vrijen.'

Ze straalde verwarring, ontsteltenis en hartstocht uit. Er flakkerde iets op in zijn ogen, maar hij had zichzelf snel weer in bedwang. In tegenstelling tot Maggie had hij langgeleden geleerd zijn emoties te beheersen en voor zich te houden. 'Je gelooft blijkbaar niet in het ontwijken van de kern van de zaak.'

'Iets ontwijken kost te veel tijd en moeite.' Na een diepe ademhaling lukte het haar zijn nonchalante toon te evenaren. 'Luister, ik had niet zo'n soort... uitbarsting verwacht,' zei ze. 'Ik veronderstel dat ik geëmotioneerd ben door dit alles, en een beetje te ontvankelijk.'

'Ontvankelijk.' Haar woordkeus deed hem glimlachen. Hij wist niet hoe het kwam, maar wanneer ze koel en kalm was, werd de verleiding om haar te plagen hem te machtig. Voorzichtig tilde hij een hand op, en hij streek met zijn vingertoppen over haar wang. Haar huid was nog warm van hartstocht. 'Zo zou ik je niet hebben omschreven. Je lijkt me eerder een vrouw die weet wat ze wil en hoe ze dat moet krijgen.'

Als hij haar had willen ergeren, had hij geen betere manier kunnen bedenken. 'Houd op.' Met een heftige beweging duwde ze zijn hand van haar gezicht. 'Ik heb je al eerder gezegd dat je me niet kent. Telkens wanneer we samen zijn, raak ik er meer van overtuigd dat ik ook niet wíl dat je me kent. Je bent een erg aantrekkelijke man, Cliff. En erg onsympathiek. Mensen die ik niet mag, ga ik uit de weg.'

Even flitste door hem heen dat hij voorheen nooit van een woordenstrijd had gehouden. Er veranderde veel. 'In een kleine gemeenschap als deze is het moeilijk om iemand uit de weg te gaan.'

'Dan zal ik beter mijn best doen.'

'Dat is bijna onmogelijk.'

Ze kneep dreigend haar ogen tot spleetjes, maar moest moeite doen om haar lachen in te houden. 'Ik ben erg goed wanneer ik me op iets toeleg.'

'Ja,' zei hij, zijn zonnebril weer opzettend. Zoals hij spottend grinnikte, was zijn vrijpostigheid bijna te aantrekkelijk om weerstand aan te bieden. 'Daar durf ik op te wedden.'

'Probeer je gevat te zijn of charmant?'

'Ik heb nooit moeite hoeven te doen om beide te zijn.'

'Dat had je gedacht.' Omdat ze haar lachen niet langer kon inhouden, draaide ze zich om. Toevallig kwam ze daardoor recht voor het bekken te staan. Er liep een rilling over haar rug, en ze sloeg vloekend haar armen over elkaar. 'Ik kan het niet geloven,' zei ze verontwaardigd. 'Ik kan niet geloven dat ik hier een belachelijk gesprek sta te voeren terwijl er een –' Ze merkte dat ze het niet hardop kon zeggen en walgde van zichzelf. 'Volgens mij is de hele wereld gek geworden.'

Hij was niet van plan haar nog een keer bijna te laten instorten. Wanneer ze kwetsbaar was, was ze veel gevaarlijker dan wanneer ze in haar normale doen was. 'Wat daar beneden ligt, heeft er al heel lang gelegen,' zei hij met scherpe stem. 'Het heeft niets met jou te maken.'

'Het is mijn grond,' zei ze, en met fonkelende ogen draaide ze zich om. 'Dus heeft het alles met mij te maken.'

'Dan kun je beter ophouden te trillen telkens wanneer je eraan denkt.'

'Ik tril niet.'

Zonder iets te zeggen trok hij haar hand van haar elleboog, zodat ze die beiden konden zien beven. Woedend rukte ze hem weer los. 'Wanneer ik wil dat je me aanraakt, laat ik het je weten,' zei ze knarsetandend.

'Dat heb je al gedaan.'

Voordat ze een passend antwoord had kunnen bedenken, krabbelde de hond overeind, en hij begon uitzinnig te blaffen. Een paar tellen later hoorden ze het geluid van een naderende auto.

'Misschien wordt hij toch nog wel een goede waakhond,' merkte Cliff op.

De puppy rende als bezeten in een kringetje rond, alvorens zich te verstoppen achter een rotsblok.

'Hoewel...' zei Cliff grinnikend.

Toen de politieauto in zicht kwam, bukte hij om de hond over zijn kop te aaien, en hij liep vervolgens naar het einde van de oprit. Maggie rende achter hem aan. Haar land, haar probleem, haar verantwoordelijkheid, hield ze zichzelf voor. Zij zou dus het woord doen.

Een politieagent stapte uit, schoof zijn hoed recht, en lachte toen breed. 'Cliff, ik had jou hier niet verwacht.'

'Hallo, Bob.' Omdat de begroeting niet gepaard ging met een handdruk, veronderstelde Maggie dat de mannen elkaar goed kenden en vaak zagen. 'Mijn bedrijf richt de tuin in.'

'Het oude Morgan-huis.' De agent keek belangstellend om zich heen. 'Het is langgeleden dat ik hier voor het laatst ben geweest. Heb je iets opgegraven wat ons interesseert?'

'Zo ziet het er wel uit.'

Nu vond Maggie het tijd om tussenbeide te komen. 'Het is nu het Fitzgerald-huis,' zei ze kordaat.

De agent tikte tegen de rand van zijn hoed en begon een beleefde opmerking te maken. Toen keek hij haar voor het eerst goed aan, en zijn ogen werden groot. 'Fitzgerald,' herhaalde hij. 'Hé, bent u niet Maggie Fitzgerald?'

Hoewel het feit dat ze herkend werd haar een onbehaaglijk gevoel gaf, vooral in het bijzijn van Cliff, zei ze glimlachend: 'Ja.'

'Verdraaid! U ziet er precies zo uit als op uw foto's in de tijdschriften. Ik denk niet dat u een liedje hebt geschreven dat ik niet kan neuriën. U hebt dus het Morgan-huis gekocht.'

'Dat klopt.'

Hij duwde zijn hoed naar achter met een gebaar dat haar aan cowboys deed denken. 'Mijn vrouw zal haar oren niet geloven als ik het vertel. We hebben Forever laten spelen op onze bruiloft. Weet je nog, Cliff? Cliff was getuige.'

Maggie keek met schuin gehouden hoofd naar de man naast haar. 'Echt waar?'

'Als je van de schok bent bekomen, wil je misschien een kijkje nemen bij wat er verderop bij het bekken ligt,' zei Cliff ironisch.

Bob grinnikte opnieuw. 'Daarom ben ik hier.' Toen ze gedrieën naar het bekken liepen, zei hij geruststellend tegen Maggie: 'Weet u, het is niet makkelijk om alleen door te kijken te onderscheiden wat van een mens is en wat van een dier. Het is heel goed mogelijk dat u een hert hebt opgegraven, *ma'am*.'

Maggie keek tersluiks naar Cliff. Ze kon nog steeds voelen hoe haar hand in de holte was gegleden van wat ze voor een steen had aangezien. 'Ik wou dat ik het kon geloven.'

'Hier beneden,' zei Cliff. 'De helling is moeilijk begaanbaar.' Voordat Maggie aanstalten kon maken om naar beneden te gaan, versperde hij haar de weg. Zijn actie was zo onverwacht dat ze zijn arm moest grijpen om niet te vallen. 'Waarom wacht jij niet hier?' vroeg hij.

Het zou makkelijk zijn geweest om dat te doen. Veel te makkelijk. 'Het is mijn land,' zei ze halsstarrig, en nadat ze langs hem heen was geglipt, ging ze de mannen voor naar beneden. 'De hond begon in deze hoop puin te graven.' Ze hoorde zelf hoe nerveus haar stem klonk en probeerde zich te beheersen. 'Ik ben naar beneden gegaan om hem weg te trekken en toen zag ik...' Haar stem stierf weg, en ze wees.

De agent ging op zijn hurken zitten en floot zachtjes. 'Goeie genade,' mompelde hij. Toen keek hij om, maar niet naar Maggie maar naar Cliff. 'Dat ziet er niet uit als een hert dat je hebt opgegraven.'

'Nee.' Cliff stapte schijnbaar achteloos opzij, zodat hij Maggie het zicht op de botten en de schedel benam. 'Wat nu?'

Bob stond op. Hij glimlachte niet meer, maar Maggie meende een glimpje opwinding in zijn ogen te bespeuren. 'Ik moet de recherche bellen. Die zal hiernaar willen kijken.'

Bij de klim naar boven zei Maggie niets. Zwijgend wachtte ze tot de agent naar zijn auto was gelopen om zijn bevindingen via de radio door te geven. Toen ze eindelijk begon te praten, vermeed ze doelbewust de reden te noemen waarom ze halverwege de middag met zijn drieën buiten stonden.

'Jullie kennen elkaar dus,' merkte ze op, alsof ze een doodnormaal praatje maakte op een doodnormale dag.

'Bob en ik hebben samen op school gezeten.' Cliff keek naar een grote zwarte kraai die krijsend over de bomen scheerde. In gedachten zag hij weer Maggies blik vlak voordat ze was gaan gillen. 'Een paar jaar geleden is hij met een nicht van me getrouwd.'

Ze bukte om een wilde bloem te plukken en begon systematisch de blaadjes eraf te trekken. 'Je hebt een heleboel nichtjes.'

Hij haalde zijn schouders op. De kraai landde op een tak en hield op met krijsen. 'Nogal.'

'Een paar Morgans.'

'Een paar,' zei hij op zijn hoede. 'Hoezo?'

'Ik vroeg me af of je het me vanwege je verwantschap met de Morgans kwalijk neemt dat ik dit land heb gekocht.'

Hoewel hij normaalgesproken respect had voor openhartigheid, ergerde die van haar hem mateloos. Hij vroeg zich af hoe dat kwam. 'Nee.'

'Maar je neemt het me wel kwalijk,' hield ze vol. 'Je koesterde al wrok tegen me nog voordat je me had ontmoet.'

Dat was waar, en misschien was die wrok zelfs groter geworden sinds hij haar had gekust. 'Joyce had het recht om dit bezit te verkopen wanneer, en aan wie, ze wilde.'

Kijkend naar de puppy die in de verse aarde wroette, knikte ze. 'Is Joyce ook een nicht van je?'

'Waar stuur je op aan?'

Opkijkend ontmoette ze zijn ongeduldige blik. 'Ik probeer alleen maar inzicht te krijgen in het dorpsleven. Per slot van rekening kom ik hier wonen.'

'Dan is het eerste wat je moet leren dat mensen niet van vragen houden. Misschien geven ze je uit eigen beweging meer informatie dan je lief is, maar ze houden er niet van dat je hen uithoort.'

Met opgetrokken wenkbrauwen zei ze: 'Ik zal het onthouden.' In haar nopjes dat ze hem had geërgerd, draaide ze zich om naar de naar hen toe komende politieagent.

'Ze sturen een team.' Hij keek van haar naar Cliff, en daarna over de schouder van zijn vriend naar het bekken. 'Waarschijnlijk zijn ze hier wel een tijdje bezig, en dan nemen ze mee wat ze hebben gevonden.'

'En dan?' vroeg Maggie.

'Dat is een goede vraag,' zei Bob. Met zijn voeten schuifelend dacht hij na. 'Om u de waarheid te zeggen heb ik nog nooit iets dergelijks bij de hand gehad, maar ik vermoed dat ze alles naar de lijkschouwer in Baltimore sturen. Hij moet de, eh... alles nagaan voordat ze een onderzoek kunnen instellen.'

'Een onderzoek?' herhaalde ze met verstikte stem. 'Wat voor soort onderzoek?'

De politieagent streek met zijn duim en wijsvinger over zijn neus. 'Tja, *ma'am*, voorzover ik het kan beoordelen, is er geen reden om zoiets als dat in dat bekken te begraven tenzij –'

'Tenzij iemand het daar heeft begraven,' zo maakte Cliff zijn zin gladjes af.

Maggie staarde naar het vredige groepje uitbottende bomen aan de andere kant van het weggetje. 'Volgens mij zijn we allemaal toe aan een kop koffie,' zei ze zacht. Zonder op hun instemming te wachten liep ze terug naar het huis.

Bob zette zijn hoed af en wiste het zweet van zijn voorhoofd. 'Dit is iets om nooit te vergeten.'

Cliff volgde de blik van zijn vriend naar de vrouw die het gammele verandatrapje beklom. 'Wat? Zij of dat?' vroeg hij, met een hand naar het bekken gebarend.

'Allebei.' Bob haalde een pakje kauwgum uit zijn zak en trok langzaam het papiertje van een van de plakjes. 'Om te beginnen, waarom verstopt een vrouw als zij, een beroemdheid, zich hier in het bos?'

'Misschien is ze tot het inzicht gekomen dat ze van bomen houdt.'

Bob stak de kauwgum in zijn mond. 'Daarvan heeft ze hier minstens vier of vijf hectare.'

'Vijf.'

'Zo te zien heeft ze meer gekocht dan ze wilde hebben. Goeie genade, Cliff, we hebben in dit deel van het district niet meer zoiets spectaculairs meegemaakt sinds die gekke Mel Stickler die schuur in brand stak. In de stad daarentegen –'

'Bevalt het hectische stadsleven je beter?'

Bob kende Cliff goed genoeg om zowel het sarcasme als de humor van zijn opmerking te vatten. 'Ik houd wel van wat actie,' zei hij gemoedelijk. 'Over actie gesproken, die liedjesschrijfster ruikt hemels.'

'Hoe gaat het met Carol Ann?'

Bij de naam van zijn vrouw begon Bob te grinniken. 'Goed. Hoor eens, Cliff, als een man niet kijkt en waardeert wat hij ziet, kan hij beter naar een dokter gaan. Je wilt me toch niet wijsmaken dat jij niet hebt gezien hoe goed die vrouw in elkaar zit?'

'Ik heb het gezien.' Hij keek naar de grote steen naast hem. Daar had ze gezeten toen hij haar had gekust. Het zou hem geen enkele moeite kosten om zich iedere afzonderlijke gewaarwording te herinneren die hij tijdens die kus had gehad. 'Eigenlijk heb ik meer belangstelling voor haar land.'

Bob schoot in de lach. 'Als dat waar is, ben je behoorlijk veranderd sinds de middelbare school. Weet je nog dat we altijd hierheen kwamen – naar die blonde tweeling, de cheerleaders van wie de ouders het huis een tijdje hadden gehuurd? Die oude slee van je verloor zijn uitlaat precies daar in die bocht.'

'Ik weet het nog.'

'We hebben daarboven een paar interessante boswandelingen gemaakt,' zei Bob, verdiept in zijn herinneringen. 'Het waren de leukste meisjes van de school. Jammer dat hun vader werd overgeplaatst en ze moesten verhuizen.'

'Wie is er eigenlijk na hen in het huis komen wonen?' vroeg Cliff zich hardop af. 'Ik weet het alweer. Dat oude echtpaar uit Harrisburg – de Faradays. Ze zijn behoorlijk lang hier gebleven, totdat de oude man overleed en zij bij haar kinderen ging wonen.' Met halfgesloten ogen dacht hij na. 'Dat was een paar maanden voordat Morgan van de brug af reed. Sindsdien heeft hier niemand meer gewoond.'

Bob haalde zijn schouders op. 'Ik geloof dat er al tien jaar niemand meer heeft gewoond.'

'Tien jaar,' herhaalde Cliff. 'Dat is een lange tijd.'

Bij het geluid van een auto keken ze beiden naar de weg. 'Daar zijn de rechercheurs,' zei Bob, zijn hoed weer opzettend. 'Die nemen de leiding over.'

Op de hoek van de veranda gezeten sloeg Maggie de werkzaamheden gade. Ze was tot de conclusie gekomen dat het politieteam haar wel zou roepen als het haar nodig had. Zo te zien wisten ze wat ze deden. Zij zou beneden alleen maar in de weg lopen, dacht ze, terwijl ze een slokje van haar zwarte koffie nam.

Ze zag hen scheppen, zeven, en systematisch opbergen wat ze hadden gevonden. Manmoedig hield ze zichzelf voor dat ze het zou vergeten zodra het van haar terrein was verdwenen. Het zou haar niet langer aangaan. Dat kon ze echter zelf niet geloven. Wat nu in plastic zakken werd gestopt, was ooit een levend wezen geweest. Een man of een vrouw, die gedachten en gevoelens had gehad, had daar gelegen, alleen, op slechts een paar meter afstand van wat nu haar thuis was. Ze was bang dat ze dat nooit zou kunnen vergeten.

Voordat ze het van zich af kon zetten, zou ze moeten weten wie die persoon was geweest, waarom hij was gestorven, en waarom zijn graf zich op haar land had bevonden. Als ze wilde wonen in het huis dat ze had gekozen, moest ze de antwoorden op die vragen hebben.

Ze nam net de laatste slok koffie, toen een van de rechercheurs, een man van middelbare leeftijd, zich losmaakte van het groepje en naar de veranda kwam. Maggie ging naar het trapje om hem te begroeten.

'Ma'am.' Hij knikte, maar stak tot haar opluchting geen hand uit. In plaats daarvan haalde hij een mapje met een politiepenning uit zijn zak. Het openmakend zei hij: 'Ik ben inspecteur Reiker.'

Ze vond hem er eerder uitzien als een accountant dan als een rechercheur en vroeg zich af of hij een pistool onder zijn jasje droeg. 'Zegt u het maar, inspecteur.'

'We zijn bijna klaar. Sorry voor de overlast.'

'Het geeft niet.' Met beide handen om het kopje geklemd, wenste ze dat ze naar binnen kon gaan, naar haar muziek.

'Ik heb het verslag van de politie, maar ik vraag me af of u me nog een keer wilt vertellen hoe u het stoffelijk overschot hebt gevonden.'

Overschot, dacht ze huiverend. Het leek zo'n koud woord. Voor de tweede keer vertelde ze over het gegraaf van haar hond. Ditmaal deed ze het kalm, zonder dat haar stem beefde.

'Hebt u dit huis pas gekocht?'

'Ja. Ik ben er een paar weken geleden ingetrokken.'

'En u hebt Delaney ingehuurd om de tuin in te richten?'

'Ja.' Ze keek naar Cliff, die stond te praten met een van de andere rechercheurs. 'De klusjesman die voor me werkt, had hem aanbevolen.'

'Hm.' Bijna achteloos maakte de rechercheur een paar aantekeningen. 'Delaney heeft me verteld dat u het bekken daar wilde laten uitgraven voor een vijver.'

Ze streek met haar tong over haar droge lippen. 'Dat klopt.'

'Een goede plek voor een vijver,' zei hij gemoedelijk. 'Helaas moet ik u vragen dat nog even uit te stellen. Misschien moeten we terugkomen om nog een keer rond te kijken.'

Haar handen om het lege kopje verkrampten. 'Oké.'

'Wat we nu gaan doen, is dat terrein afbakenen.' Hij trok aan zijn riem en zette zijn ene voet een treetje hoger. 'Wat kippengaas eromheen om te voorkomen dat uw hond en andere loslopende dieren daarin rondwroeten.'

En mensen, dacht ze. Je hoefde geen genie te zijn om tussen de regels door te lezen. Voordat de dag voorbij was, zou dit het belangrijkste nieuwsbericht in het district zijn. 'Doe wat u moet doen.'

'We waarderen uw medewerking, Miss Fitzgerald.' Aarzelend draaide hij de balpen rond tussen zijn vingers.

'Is er verder nog iets?'

'Ik weet dat het niet het geëigende moment is,' zei hij met een verlegen lachje, 'maar de kans is te mooi om te laten lopen. Zou u uw handtekening in mijn notitieboekje willen zetten? Ik was een grote bewonderaar van uw moeder, en ik geloof dat ik ook bijna al uw liedjes ken.'

Maggie lachte. Het was veel beter om te lachen. De dag was een aaneenschakeling van lachwekkende gebeurtenissen geweest. 'Natuurlijk,' zei ze, het aantekenboekje en de balpen aanpakkend. 'Wilt u dat ik er iets speciaals bij schrijf?'

'Misschien zou u kunnen schrijven: voor mijn goede vriend Harvey.'

Voordat ze aan zijn verzoek voldeed, keek ze op, en ze zag dat Cliffs ogen op haar gericht waren. Zijn lippen krulden in iets wat het midden hield tussen een spotlach en een glimlach. Inwendig vloekend, schreef ze de opdracht, en nadat ze haar handtekening eronder had gezet, gaf ze Reiker het boekje en de balpen terug.

'Ik weet niet precies hoe dit soort dingen in zijn werk gaat, maar ik zou het op prijs stellen als u me op de hoogte hield van wat er wordt gedaan,' zei ze.

'Over een paar dagen krijgen we het verslag van de lijkschouwer.' Zodra hij het aantekenboekje in zijn zak had gestoken, was hij weer de zakelijkheid in persoon. 'Dan weten we allemaal meer. Bedankt voor uw tijd, Miss Fitzgerald. We zullen u niet langer lastigvallen dan strikt noodzakelijk is.'

Hoewel ze Cliffs blik nog steeds op zich gericht voelde, keek ze niet in zijn richting. In plaats daarvan draaide ze zich om, en ze ging het huis binnen. Een paar ogenblikken later klonk er muziek door de open ramen.

Cliff bleef even staan, ook al had hij alle vragen beantwoord die hij kon beantwoorden. Zijn gedachten waren bij de geluiden die uit de muziekkamer kwamen. Het was niet een van haar eigen liedjes, hoorde hij, maar iets klassieks, iets waarvoor snelheid, concentratie en hartstocht vereist waren. Therapie? vroeg hij zich af, met gefronste wenkbrauwen naar het raam kijkend. Schouderophalend liep hij vervolgens naar zijn auto. Als ze overstuur was, was dat niet zijn zorg. Had ze hem niet verteld dat ze hierheen was verhuisd omdat ze alleen wilde zijn?

Toen hij omkeek, zag hij dat de rechercheurs aanstalten maakten om weg te gaan. Over een paar minuten zou ze alleen zijn. De muziek die uit de ramen naar buiten stroomde, was intens, bijna wanhopig. Vloekend stak hij zijn sleutels weer in zijn zak, en hij beende naar het verandatrapje.

Ze reageerde niet op zijn klopje. De muziek ging door. Zonder zich te bedenken duwde hij de voordeur open. Het huis vibreerde van het tumult van de piano. Hij liep op het geluid af en bleef in de deuropening van de muziekkamer staan.

Haar hoofd was over de toetsen gebogen, hoewel ze die volgens hem niet eens zag. Talent? Daar kon hij niet aan twijfelen, net zomin als hij eraan kon twijfelen dat ze gespannen en kwetsbaar was. Later zou hij zich misschien afvragen waarom alledrie die dingen hem een onbehaaglijk gevoel gaven.

Misschien wilde hij haar alleen maar troosten, hield hij zichzelf voor. Onder de gegeven omstandigheden zou hij iedereen hebben proberen te troosten. Dat hij haar wat afleiding wilde bezorgen, wilde niet zeggen dat ze iets voor hem betekende. Hij had altijd een zwak gehad voor zwerfdieren en gewonde vogeltjes. Deze redenatie stemde hem toch niet tevreden, terwijl hij wachtte tot ze ophield met spelen.

Ze schrok toen ze opkeek en hem in de deuropening zag staan. Die verdraaide zenuwen, dacht ze, en ze vouwde haar handen in haar schoot. 'Ik dacht dat je weg was.'

‘Nee. Zij zijn weg.’

Ze schudde haar haren naar achter en hoopte dat ze er beheerst uitzag. ‘Is er nog iets?’

‘Ja.’ Hij liep naar haar toe en streek met een vinger over de toetsen. Geen stof, zag hij, in een huis dat verder bedolven was onder het stof. Voor haar was haar werk blijkbaar van het allergrootste belang.

Toen hij zijn antwoord niet toelichtte, fronste ze haar voorhoofd. Haar ongeduldige blik was Cliff liever dan haar nervositeit. ‘Wat is er dan?’ vroeg ze.

‘Ik had een biefstuk in gedachten.’

‘Pardon?’

Haar koele reactie deed zijn mondhoeken omhooggaan. Hij zag haar inderdaad liever boos dan bang. ‘Ik heb nog niet gegeten.’

‘Sorry,’ zei ze, de bladmuziek recht zettend. ‘Ik heb geen biefstuk in huis.’

‘Vijftien kilometer buiten het dorp is een restaurant.’ Hij pakte haar hand en trok haar overeind. ‘Ik heb het vermoeden dat ze daar sowieso beter met een biefstuk kunnen omgaan dan jij.’

Ze trok haar arm los en nam hem op. ‘Gaan we uit eten?’

‘Dat klopt.’

‘Waarom?’

‘Omdat ik honger heb,’ zei hij, voordat hij zich diezelfde vraag kon stellen.

Ze begon al een smoes te verzinnen, maar toen bedacht ze dat ze dolgraag weg wilde, heel even maar. Vroeg of laat zou ze weer alleen in het huis zijn, maar op dat moment… Op dat moment wilde ze nergens alleen zijn,

Hij wist het, begreep het, en ondanks zijn ongepolijste benadering bood hij haar precies wat ze nodig had.

Hoewel hun gedachten allesbehalve kalm waren, liepen ze zonder iets te zeggen de muziekkamer uit.

Hoofdstuk 5

De volgende dag had Maggie gereserveerd voor het voltooien van de titelsong voor de film, in een bewuste poging om alles te vergeten wat er de vorige dag was voorgevallen. Alles. Ze wilde niet denken aan wat er zo dicht bij haar huis was begraven en weer opgegraven, noch aan politie en rechercheurs en lijkschouwers.

Ze weigerde ook te denken aan Cliff, aan die ene opwindende kus en aan hun tegen alle verwachting in vreedzaam verlopen dineetje. Het was moeilijk te geloven dat ze beide had meegemaakt met dezelfde man.

Deze dag zou ze Maggie Fitzgerald zijn, schrijfster van liedjes, schepper van muziek. Als ze alleen daaraan dacht, alleen dat wás, kon ze zichzelf er misschien van overtuigen dat alles wat de vorige dag was gebeurd, iemand anders was overkomen.

Buiten waren tuinlieden aan het zaaien en het planten. Struiken gingen de grond in, mulch werd gespreid, nog meer verwilderd struikgewas werd verwijderd. Als het hout dat die ochtend was gebracht, betekende wat ze dacht dat het betekende, zouden ze weldra beginnen met de bouw van haar steunmuur.

Dat alles interesseerde haar echter niet. De partituur moest worden voltooid en zou worden voltooid. De enige vorm van discipline die ze volkomen begreep, was dat ongeacht wat er om je heen gebeurde, een opdracht afgemaakt moest worden. Ze had haar vader een film zien regisseren terwijl zijn apparatuur defect was en zijn acteurs woedeaanvallen hadden gehad. Ze had haar moeder zien optreden met veertig graden koorts. Hoewel ze een groot deel van haar leven had doorgebracht in een luxueuze schijnwereld, had ze wel degelijk geleerd wat verantwoordelijkheid was.

De partituur ging die dag voor, en de titelsong zou worden geschreven. Misschien zou ze zelfs een kort maar krachtig terzijde voor

C.J. toevoegen aan het einde van de geluidsband voordat ze die op de post deed.

Het zou onverstandig zijn hem te vertellen wat ze in haar tuin had gevonden, dacht ze terwijl ze nauwgezet noten op muziekpapier kopieerde. C.J. zou in heel Los Angeles niet genoeg maagtabletten kunnen vinden om de crisis het hoofd te bieden. De arme man! Hij was zo bang geweest dat het dak op haar hoofd zou instorten. Op een volkomen onverwachte manier had het dat inderdaad gedaan, zij het niet letterlijk. Als hij wist dat er rechercheurs met plastic zakjes over haar grond hadden rondgekropen, zou hij het eerstvolgende vliegtuig nemen en haar desnoods aan haar haren terugslepen naar Los Angeles.

Ze vroeg zich af of Cliff haar de vorige avond uit het huis zou hebben gesleept als ze niet vrijwillig met hem mee was gegaan. Gelukkig was het niet nodig geweest, want volgens haar was hij ertoe in staat. Desondanks was hij het ideale gezelschap gebleken. Hoewel ze geen voorkomendheid van hem had verwacht, was hij attent, en waar ze geen vriendelijkheid had verwacht, was hij aardig geweest. Daardoor was het moeilijk zich te herinneren dat ze hem een onsympathieke man had gevonden.

Ze hadden niet gepraat over wat er die dag op haar land was gevonden, noch hadden ze gespeculeerd over het waarom en het hoe. Ze hadden ook niet gediscussieerd over zijn of haar werk, maar eenvoudig over koetjes en kalfjes gepraat.

Achteraf gezien kon ze niet precies zeggen waarover ze het hadden gehad, maar de sfeer was goed. Zo goed dat ze bijna de hartstocht was vergeten die ze in de namiddagzon bij elkaar hadden opgewekt. Bijna. De hele avond had de herinnering op de achtergrond van haar gedachten meegespeeld, en die had ervoor gezorgd dat haar bloed een beetje sneller stroomde dan normaal. Ze vroeg zich af of hij het ook had gevoeld.

Met een verwensing gumde ze de laatste vijf noten uit die ze had genoteerd. C.J. zou het niet op prijs stellen als ze de partituur van de bas en de tenor door elkaar haalde. Ze deed precies wat ze zich had voorgenomen niet te doen, en zoals ze al had verwacht, beïnvloedde de commotie van de vorige dag haar werk.

Om zichzelf te kalmeren haalde ze een paar keer diep adem totdat haar hoofd weer helder was. Het verstandigste zou zijn om de band terug te spoelen en van voren af aan te beginnen. Toen onderbrak een klopje op de voordeur haar gedachten. Het rustige landleven! Terwijl ze naar de deur ging om open te doen, vroeg ze zich af waar ze die uitdrukking had gehoord.

Toen ze het pistool op de heup van de man zag, draaide haar maag zich om. De kleine penning op het borstzakje van zijn kaki overhemd gaf haar echter te kennen dat hij de sheriff was. Haar blik gleed omhoog naar zijn gezicht, en ze verbaasde zich over zijn uiterlijk. Blond en gebruind, met aan weerszijden van zijn blauwe ogen rimpeltjes, die zowel konden getuigen van gevoel voor humor of van te veel zon. Eén ogenblik had ze het krankzinnige idee dat hij een acteur was die door C.J. naar haar toe was gestuurd om haar de stuipen op het lijf te jagen.

'Miss Fitzgerald?'

Ze streek met haar tong over haar droge lippen en probeerde logisch te denken. C.J. was veel te ongerust voor dat soort grappen. Bovendien zag het pistool er maar al te echt uit. 'Ja.'

'Ik ben sheriff Agee. Ik hoop dat u het niet erg vindt dat ik langskom.'

'Nee.' Ze probeerde beleefd te glimlachen, maar voelde zelf dat haar lachje geforceerd was. Pistolen en politiepenningen en officiële auto's. Te veel politie in te korte tijd, dacht ze.

'Als ik u niet stoor, zou ik graag binnenkomen en even met u praten.'

Hij stoorde haar wel degelijk. Het liefst had ze dat zonder omwegen gezegd en daarna de deur dichtgedaan voor hem en alles waarover hij wilde praten. Lafaard, verweet ze zichzelf, waarna ze een stap naar achter deed om hem binnen te laten. 'Ik neem aan dat u hier bent vanwege wat we gisteren hebben gevonden,' zei ze, met haar schouder de deur dichtduwend. 'Ik weet niet wat ik u er verder nog over kan vertellen.'

'Het moet een akelige ervaring zijn geweest, Miss Fitzgerald, iets wat u het liefst zo gauw mogelijk wilt vergeten.' In zijn stem klonk de juiste mengeling van sympathie en zakelijkheid. 'Ik zou me tekort voelen schieten in mijn plicht als sheriff en als buurman als ik u niet alle hulp zou geven die ik kan.'

Ze keek hem opnieuw aan. Ditmaal was haar glimlach een beetje spontaner. 'Dat stel ik op prijs. Wilt u koffie? Als u tenminste geen bezwaar hebt tegen de rommel in de keuken.'

Toen hij glimlachte, zag hij er zo betrouwbaar en vriendelijk uit dat ze bijna het pistool aan zijn riem vergat. 'Een kopje koffie sla ik nooit af.'

'De keuken is deze kant op,' zei ze. Direct schoot ze in de lach. 'Dat hoef ik u natuurlijk niet te vertellen. U kent dit huis waarschijnlijk evengoed als ik.'

'Om u de waarheid te zeggen ben ik wel vaak hierbuiten geweest, om het onkruid te wieden of om te jagen, maar ik ben maar zelden binnen geweest. De Morgans zijn hier weggegaan toen Joyce nog klein was.'

'Dat heeft ze me verteld.'

'De laatste tien jaar heeft hier niemand gewoond. Na de dood van haar man heeft Louella het huis gewoon laten vervallen.' Hij keek omhoog naar de gebarsten verf van het plafond. 'Ze heeft het in beheer gehad totdat Joyce het erfde toen ze vijfentwintig werd. U hebt waarschijnlijk ook wel gehoord dat ik niet wilde dat Joyce het verkocht.'

'Tja...' Niet goed wetend wat ze daarop moest zeggen, ging Maggie in de weer naar het fornuis.

'Ik speelde met de gedachte om het te zijner tijd op te knappen en het weer te verhuren.' Zo te horen was hij een man die wel dromen had, maar nooit genoeg tijd om ze te verwezenlijken. 'Om een groot oud huis als dit bewoonbaar te maken heb je alleen veel tijd en geld nodig. Waarschijnlijk heeft Joyce er goed aan gedaan het te verkopen.'

'Ik ben in ieder geval blij dat ze het heeft verkocht.' Nadat ze het koffiezetapparaat had aangezet, gebaarde ze naar een stoel.

'U hebt de juiste mensen gekozen: Bog voor de reparaties en Delaney voor de tuin.' Toen Maggie niet antwoordde maar hem alleen aankeek, zei hij grinnikend: 'Niets doet in dorpen zo snel de ronde als nieuws.'

'Waarschijnlijk niet.'

'Hoor eens, wat er gisteren is gebeurd –' Hij onderbrak zichzelf en schraapte zijn keel. 'Ik weet dat het een schok voor u geweest moet zijn. Om de waarheid te zeggen was Joyce ook behoorlijk overstuur. Veel mensen die zoiets op een steenworp afstand van hun huis vinden, zouden domweg hun spullen pakken en vertrekken.'

Kopjes uit een keukenkastje pakkend, zei ze: 'Ik blijf hier.'

'Ik ben blij dat te horen.' Zonder iets te zeggen keek hij toe toen ze de koffie inschonk. Haar handen leken vast genoeg. 'Ik heb begrepen dat Cliff hier gister ook was.'

'Dat klopt. Hij hield toezicht op de werkzaamheden.'

'En uw hond heeft –'

'Ja.' Nadat ze beide kopjes op de tafel had gezet, ging ze zitten. 'Hij is nog maar een puppy. Op dit moment ligt hij boven te slapen. Hij is bekaf van al die opwinding.'

De sheriff sloeg haar aanbod van koffieroom af en nam een slokje van zijn zwarte koffie. 'Ik ben niet gekomen om u uit te horen over bijzonderheden. De politie heeft me al volledig op de hoogte gebracht. Ik wilde u alleen maar laten weten dat u me maar hoeft te bellen als u iets nodig hebt.'

'Dat waardeer ik. Ik ben niet goed op de hoogte van de juiste procedure, maar ik veronderstel dat ik u gisteren had moeten bellen.'

'Ik zorg graag voor mijn eigen district,' zei hij langzaam, 'maar zoiets als dit...' Hij haalde zijn schouders op. 'Ik zou zelf ook de federale politie erbij hebben moeten halen.'

Ze zag zijn trouwring flauw glanzen in het licht van de zon. Joyce had een bijpassende ring, herinnerde ze zich. Een eenvoudige gouden degelijke ring.

'Ik zie dat u de vloer aan het opknappen bent.'

Wezenloos keek ze naar de grond. 'O ja. Ik heb het oude linoleum weggehaald. Ik moet nog schuren en lakken.'

'Bel George Cooper,' adviseerde de sheriff. 'Hij staat in het telefoonboek. U kunt bij hem een elektrische schuurmachine huren waarmee u dit klusje in een mum van tijd hebt geklaard. Zeg maar dat Stan Agee u zijn naam heeft gegeven.'

'Oké.' Hoewel ze wist dat het gesprek haar op haar gemak had moeten stellen, speelden haar zenuwen weer op. 'Dank u.'

'Mocht u nog iets anders nodig hebben, dan kunt u ons gerust bellen. Joyce wilde u binnenkort trouwens uitnodigen om te komen eten. Ze maakt de lekkerste ham van het hele district.'

'Dat zou gezellig zijn.'

'Ze kan er niet over uit dat iemand als u in Morganville is komen wonen.' Hij nam nog een slok koffie, terwijl die van Maggie koud werd. Terwijl hij ontspannen achteroverleunde op zijn stoel, zat zij kaarsrecht van de zenuwen. 'Ik weet niet zoveel van muziek, maar Joyce kent al uw liedjes. Ze leest ook al die tijdschriften. Nu woont iemand die daar vaak in staat in haar oude huis.' Hij keek naar de achterdeur. 'U zou Bog moeten vragen om een paar grendels op die deur aan te brengen.'

Ze keek naar de hordeur en herinnerde zich dat de scharnieren geolied moesten worden. 'Grendels?'

Lachend dronk hij zijn kopje leeg. 'Dat is een beroepsafwijking, altijd aan beveiliging te denken. We hebben wel een prettige rustige gemeenschap, Miss Fitzgerald, en ik zou niet willen dat u een andere indruk kreeg, maar ik zou me beter voelen als ik wist dat u een paar stevige sloten op de deuren had. Vooral omdat u hier alleen woont.' Daarop stond hij op, en hij trok afwezig aan zijn holster. 'Bedankt voor de koffie. En vergeet niet dat u altijd kunt bellen als u iets nodig hebt.'

'Ik zal het onthouden.'

'Ik ga er hierachter uit, dan kunt u weer aan uw werk. En bel George Cooper, nu meteen.'

'Oké.' Ze liep met hem mee naar de achterdeur. 'Dank u, sheriff.'

Toen hij weg was, bleef ze even met haar hoofd tegen de deurpost geleund staan. Ze vond het vreselijk dat ze zo makkelijk nerveus werd. De sheriff was gekomen om haar gerust te stellen, om haar te laten zien dat de gemeenschap waarin ze was komen wonen een bezorgde en bekwame ordehandhaver had. In plaats van gerustgesteld was ze echter op van de zenuwen van het praten met zoveel politie. Zoveel politie, dacht ze, precies zoals toen Jerry was omgekomen. Al die politie, al die vragen. Al die tijd had ze gedacht dat ze het had verwerkt, maar nu kwam alles weer boven, veel te helder.

'Uw man is van de weg geraakt, Mrs. Browning. We hebben zijn lichaam nog niet gevonden, maar we doen wat we kunnen. Het spijt me.'

Eerst hadden ze met haar meegeleefd, herinnerde ze zich. De politie, haar vrienden, Jerry's vrienden: allemaal hadden ze haar hun medeleven betuigd. Toen waren de vragen gekomen. 'Had uw man gedronken voordat hij het huis verliet?' had de politie gevraagd. 'Was hij overstuur of boos? Hadden jullie ruzie gehad?'

Was het niet erg genoeg geweest dat hij dood was? Waarom hadden ze zitten wroeten naar mogelijke oorzaken? Hoeveel redenen konden er zijn waarom een man van achtentwintig zijn auto naar een klif stuurde en over de rand reed?

Ja, hij had gedronken. Sinds zijn carrière bergafwaarts was gegaan en die van haar bergopwaarts, had hij veel gedronken. Ja, ze hadden ruzie gehad, omdat ze geen van beiden hadden begrepen wat er was gebeurd met de dromen die ze vroeger hadden gehad. Ze had hun vragen beantwoord. Ze had de pers geduld totdat ze bang was geweest om gek te worden.

Ze kneep haar ogen dicht. Dat was voorbij, hield ze zichzelf voor. Ze kon Jerry niet meer terugbrengen en zijn problemen oplossen; hij had zijn eigen oplossing gevonden. Ze draaide zich om en ging terug naar de muziekkamer.

In haar werk vond ze de gemoedsrust en de discipline die ze nodig had. Zo was het altijd geweest. In de muziek kon ze ontsnappen, en haar emoties konden een uitlaatklep vinden. Ze kon haar geest richten op ritme en structuur. Het was altijd haar streven geweest emoties los te maken, die van haar bij het scheppen van een lied en die van de luisteraar door dat lied te horen. Als ze daarin slaagde, was ze tevreden.

Talent op zich was niet voldoende, wist ze. Voor Jerry was het in ieder geval niet genoeg geweest. Talent moest worden ingetoomd door discipline, geleid worden door creativiteit. Maggie gebruikte nu alle drie.

Naarmate de tijd verstreek, ging ze steeds meer op in de muziek, gefocust op het doel dat ze zich had gesteld. De titelsong moest hartstochtelijk zijn, vol leven en sensualiteit, zoals de titel van de film zelf suggereerde. Wanneer hij werd gespeeld, wilde ze dat hij de zintuigen beroerde, behoeften wekte, verlangens opriep.

Omdat er nog niemand was gecontracteerd om het lied te vertolken, was ze vrij in de keuze van de stijl. Ze wilde iets wat bluesy was, en in gedachten hoorde ze de klagende tonen van een saxofoon. Sexy, hartstochtelijk. Ze wilde het trage geweeklaag van koper en het ritmische getokkel van bassen. De vorige avond laat, toen ze rusteloos was geweest, had ze een paar frasen opgeschreven. Nu experimenteerde ze daarmee, de woorden verbindend met de muziek.

Bijna onmiddellijk wist ze dat ze de sleutel had gevonden. De sleutel was onverklaarbare hartstocht, ternauwernood bedwongen. Begeerte die beloofde alles weg te vagen wat beschaafd was. De razernij en het vuur die een man en een vrouw bij elkaar konden brengen totdat ze beiden buiten zinnen waren. Nu had ze de sleutel, dacht ze toen haar hart begon te bonzen op het ritme van de muziek, omdat ze het zelf had ervaren. De vorige dag, voor het huis, in de zon, met Cliff.

Waanzin. Dat was het woord dat haar plotseling in gedachten kwam. Begeerte was waanzin. Ze deed haar ogen dicht toen de tekst en de melodie door haar heen begonnen te stromen. Had ze die waanzin, de zoetheid en de pijn ervan, niet gevoeld toen zijn mond op die van haar had gedrukt? Had ze hem niet tegen zich aan willen voelen, huid tegen huid? Hij had haar doen denken aan donkere nachten, broeierige maanloze nachten waarin de lucht zo drukkend was dat je hem op je huid voelde trillen. Vervolgens had ze helemaal niet meer gedacht, omdat begeerte waanzin was.

Ze liet de woorden komen, hartstochtelijke lichtzinnige beloften, die smeulden op het vuur van de muziek. Verleidelijk en gewaagd, ontsproten ze aan haar eigen behoeften. Woorden van minnaars, wanhopige woorden, werden gefluisterd met haar lage hese stem, totdat de kamer ervan doordrongen leek. Niemand die het lied hoorde, zou onbewogen blijven. Dat was haar streven.

Toen ze klaar was, was ze ademloos en ontroerd en opgebeurd. Ze stak haar hand uit om de band terug te spoelen zodat ze het lied kon terugspelen, toen ze voor de tweede keer Cliff in de deuropening van de muziekkamer zag staan.

Haar hand verstijfde, en haar hart, dat toch al snel klopte, sloeg op hol. Had ze hem opgeroepen met haar lied? vroeg ze zich af. Was de magie zo sterk? Toen hij bleef zwijgen, zette ze de bandrecorder uit. Met bestudeerde kalmte vroeg ze: 'Is het op het platteland gebruikelijk dat mensen onuitgenodigd bij elkaar naar binnen lopen?'

'Als je werkt, schijn je niet te horen dat er wordt geklopt.'

'Misschien betekent dat wel dat ik niet gestoord wil worden wanneer ik aan het werk ben.'

'Misschien.' Gestoord. Het woord maakte hem bijna aan het lachen. Misschien had hij haar gestoord bij het werken, maar dat was niets vergeleken bij wat haar lied met hem had gedaan – wat haar zien zingen bij hem had teweeggebracht. Het had hem al zijn zelfbeheersing gekost om haar niet van de pianokruk te sleuren en haar te nemen op de rommelige stoffige vloer. Hij kwam dichterbij, voordat de geur van haar parfum hem bereikte al wetend dat die haar aantrekkingskracht nog sterker zou maken.

'Ik heb gister te veel tijd verloren.' Haar keel leek dicht te zitten, en ze slikte. Haar lichaam tintelde, was nog te kwetsbaar door de hartstocht die ze in haar muziek had gelegd. 'Ik moet me aan een deadline houden.'

Hij keek naar haar handen. Hij wilde ze over zijn lichaam voelen strijken met dezelfde bedrevenheid waarmee ze over de toetsen van de piano hadden gegleden. Langzaam gleed zijn blik omhoog over haar armen, over de ronding van haar schouders naar haar gezicht. Zowel voor haar als voor hem was het alsof hij haar had aangeraakt in plaats van alleen maar gekeken.

Haar ademhaling was niet vast; haar ogen waren niet kalm. Dat was precies wat hij op dat moment wilde. Hoe vaak of hoe streng hij zichzelf ook had voorgehouden dat hij uit haar buurt moest blijven, hij wist dat hij geleidelijk het punt bereikte waarop dat onmogelijk zou zijn. Ze betekende niets voor hem – daarvan kon hij zichzelf nog wel overtuigen. Tussen hen beiden smeulde echter iets wat bevrijd en beproefd moest worden.

'Voorzover ik het kan beoordelen, ben je klaar,' zei hij zacht.

'Die beslissing is aan mij.'

'Speel het terug.' Het was een uitdaging. In haar ogen zag hij dat ze dat wist. 'Speel het laatste liedje terug. Ik wil het nog een keer horen.'

Het was gevaarlijk. Ze begreep hoe gevaarlijk het was. Bij haar aarzeling gingen zijn mondhoeken omhoog. Dat was genoeg. Zonder iets te zeggen, drukte ze op de terugspoelknop. Het lied was een fantasie, hield ze zichzelf voor toen de band terugspoelde. Het was een fantasie, net zoals de film een fantasie was. Het lied was bestemd voor de personages in een film en had niets maar dan ook niets met haar te maken. Noch met hem. Ze zette de band weer aan.

Ze zou objectief luisteren, besloot ze toen de muziek begon te spelen. Ze zou luisteren als een musicienne, als een deskundige. Dat was wat haar werk vereiste. Toen haar eigen stem haar in de ban kreeg, merkte ze echter dat ze luisterde als een vrouw. Ze stond op en liep naar het raam om naar buiten te kijken. Wanneer een verlangen zo sterk was, dacht ze, was afstand van het grootste belang.

Wacht tot de nacht, de lucht is heet en waanzin regeert
Ik zal je bloed doen koken
Wacht tot de nacht, hartstocht welt op als een vloedgolf in de paringsdans
Tomeloos verlangen stroomt over de rand

Hij luisterde, net zo geconcentreerd als hij de eerste keer had gedaan, en voelde zijn lichaam reageren op de muziek en op de beloften die haar hese stem deed. Hij wilde alles waarop het liedje zinspeelde. Alles en meer.

Toen hij in beweging kwam, zag hij haar verstijven. Haast kon hij de lucht horen knetteren, zinderend van de hitte die het lied had verspreid. Voordat hij bij haar was gekomen, draaide ze zich om. Door de zon in haar rug leek ze omgeven door een stralenkrans, maar in tegenstelling daarmee waren haar ogen donker. Als de nacht, dacht hij. Als haar nachtmuziek. De woorden die ze had geschreven, vulden de ruimte om hen heen. Het leek alsof die woorden genoeg waren.

Hij zei niets maar legde een hand in haar nek. Zij zei niets maar bood weerstand, haar lichaam dwingend te verstarren. In haar ogen stond nu boosheid te lezen, kwaadheid op zowel zichzelf als hem. Ze had zichzelf tot dit punt gebracht door haar eigen behoeften en fantasieën de weg te laten effenen. Het was geen waanzin die ze wilde, hield ze zichzelf voor toen ze achteruitdeinsde, maar stabiliteit. Het was niet het ongeremde dat ze zocht, maar sereniteit. Geen van beide zou hij haar kunnen bieden.

Bij haar poging zich terug te trekken, hielden zijn vingers haar alleen maar steviger vast, wat hen beiden verbaasde. Hij was de regels van een beschaafde verleidingspoging vergeten, net zoals hij was vergeten dat hij alleen maar was komen kijken hoe het met haar ging. De muziek, de woorden, maakten de kwetsbaarheid waarover hij zich zorgen had gemaakt tot iets uit het verleden. Nu straalde ze alleen maar kracht uit. Haar houding was uitdagend; in haar ogen lag tegelijkertijd een provocerende en een woedende blik. Minder wilde hij niet van haar.

Hij kwam dichterbij. Toen ze in protest een hand optilde, pakte hij haar bij de pols. Het adertje onder zijn vingers klopte even intens als de muziek in de lucht had getrild. Hun ogen ontmoetten elkaar, botsten, hartstocht tegen hartstocht. Met één beweging trok hij haar tegen zich aan, en hij drukte zijn mond op die van haar.

Ze zag de heldere kleuren en de lichtflitsen die ze zich vroeger wel eens had voorgesteld bij hartstocht. Ze proefde de smaak van tomeloze begeerte. Toen haar armen hem nog dichter tegen haar aan trokken, slaakte ze een kreetje. De wereld was plotseling gekrompen tot één ogenblik, en het ogenblik leek een eeuwigheid.

Had ze hierop gewacht? Op dit allesoverheersende genot? Waren die gewaarwordingen, die emoties, wat ze al zo lang in muziek had omgezet? Ze kon geen antwoorden vinden, alleen maar meer behoeften.

Hij was opgehouden met denken. Met een klein gedeelte van zijn hersens besefte hij nog dat hij het vermogen om logisch te denken had verloren. Ze deed hem voelen, buitensporig voelen, zodat er geen ruimte meer over was voor het verstand. Zijn handen zochten haar, gleden onder haar T-shirt om de zachte warme huid te vinden waarover hij had gedroomd. Ze drukte zich tegen hem aan, hem nog meer aanbiedend. Tegen zijn mond voelde hij haar lippen zijn naam vormen. In zijn binnenste kwam iets primitiefs tot leven.

Hij was niet teder, hoewel hij nooit eerder een ruwe minnaar was geweest. Te wanhopig verlangde hij ernaar om haar aan te raken, om te beseffen dat hij iets kon bezeren dat teerder was dan hij. De kus werd woest. Hij wist dat hij nooit genoeg van haar zou kunnen krijgen om hem te bevredigen. Meer, en nog meer, wilde hij, hoewel haar mond even hartstochtelijk en veeleisend was als die van hem.

Hij maakte haar gek. Niemand had haar ooit zo'n groot verlangen getoond. Begeerte voedde begeerte totdat het bijna pijn deed. Ze wist dat die hartstocht haar kon verteren, misschien wel hen beiden. Met een vuur dat zo heet was, konden ze elkaar doen opbranden zodat er niets anders overbleef dan as. Die gedachte deed haar opnieuw zuchten en zich opnieuw aan hem vastklampen. Ze wilde meer. Desondanks was ze bang om meer te nemen en uiteindelijk te ontdekken dat ze leeg was.

'Nee.' Zijn lippen tegen haar hals deden haar knieën verslappen. 'Nee, dit is waanzin,' bracht ze met moeite uit.

Hij trok zijn hoofd terug. Zijn ogen waren nu bijna zwart en zijn ademhaling was onregelmatig. Voor het eerst voelde ze een spoortje angst. Wat wist ze eigenlijk van hem? 'Je noemde het waanzin,' fluisterde hij. 'Je had gelijk.'

Ze had inderdaad gelijk gehad, en hij was het geweest aan wie ze had gedacht toen ze die woorden schreef. Toch hield ze zichzelf voor dat het gezond verstand was wat ze nodig had. 'Het is niet wat we zouden moeten willen.'

'Nee.' Zijn zelfbeheersing dreigde hem volledig te verlaten. Voorzichtig streek hij met een hand over haar haren. 'Maar we zijn al te ver gegaan om nog op te houden. Ik verlang naar je, Maggie, of het nu verstandig is of niet.'

Als hij niet haar naam had gebruikt... Tot dat moment had ze niet beseft dat hij haar zwak kon maken door het uitspreken van haar naam. Haar verlangen welde weer op, en ze legde haar hoofd tegen zijn borst.

Het was dat ongekunstelde spontane gebaar dat zijn hoofd helder maakte en iets anders dan begeerte wekte. Dit was het soort vrouw dat een man in haar ban kon krijgen, en zodra ze dat had gedaan, zou hij zich nooit meer van haar kunnen bevrijden. Die wetenschap hielp hem zich te verzetten tegen de overweldigende behoefte haar weer tegen zich aan te drukken. Hij verlangde naar haar en hij was van plan om haar te krijgen. Dat betekende echter niet dat zijn gevoelens erbij betrokken zouden raken. Beiden wisten ze dat wat er tussen hen was ontbrand vroeg of laat geblust zou moeten worden. Het was primair. Het was eenvoudig. Na afloop zouden ze beiden huns weegs gaan.

Terwijl de opwinding die hij had gevoeld hem geen zorgen had gebaard, deed de tederheid die hij nu voelde dat wel. Beter zou het zijn om de situatie weer in normale banen te leiden. Hij pakte haar schouders en duwde haar achteruit.

'We willen elkaar.' Het klonk eenvoudig. Hij was vastbesloten om te geloven dat het ook zo eenvoudig kon zijn.

'Ja.' Ze knikte, bijna weer beheerst. 'Maar ik ben ervan overtuigd dat jij, net als ik, hebt geleerd dat je niet alles kunt krijgen wat je wilt.'

'Dat is waar, maar er is noch voor jou noch voor mij een reden om ditmaal niet te krijgen wat we willen.'

'Ik kan er een paar bedenken. De eerste is dat ik je nauwelijks ken.'

Met gefronste wenkbrauwen nam hij haar op. 'Is dat voor jou een belemmering?'

Ze trok zich zo snel terug dat zijn handen langs zijn zijden vielen. 'Je gelooft dus alles wat je leest.' Haar stem was nu kil en haar ogen waren koud. 'Los Angeles, stad van zonden en zondaars. Het spijt me dat ik je moet teleurstellen, Cliff, maar ik heb mijn leven niet gevuld met anonieme, onbekende minnaars. Dit vult mijn leven.' Ze gaf met haar hand zo'n harde klap op de piano dat de papieren op de vloer vielen. 'Aangezien je zoveel leest, aangezien je zoveel over me wéét, zul je ook wel weten dat ik tot voor twee jaar getrouwd was. Ik had een echtgenoot, en hoe belachelijk het ook klinkt, ik ben hem zes jaar trouw gebleven.'

'Daar had mijn vraag niets mee te maken.' Zijn stem was zo vriendelijk in vergelijking met die van haar, dat ze verstijfde. Ze had geleerd hem het minst te vertrouwen wanneer hij op die toon praatte. 'Het was persoonlijker, jij en ik.'

'Laten we dan gewoon zeggen dat het mijn vuistregel is dat ik niet in bed spring met mannen die ik niet ken. Jou incluis.'

Hij kwam naar haar toe en legde zijn hand over die van haar op de piano. 'Hoe goed moet je me dan kennen?'

'Beter dan ik ooit zal doen.' Met moeite onderdrukte ze de aandrang om haar hand weg te rukken. Voor één dag had ze zich echter al genoeg belachelijk gemaakt. 'Ik heb nog een regel: mensen uit de weg blijven die niet houden van wie en wat ik ben.'

Hij keek naar de hand onder die van hem. Die was bleek, slank en sterk. 'Misschien weet ik niet wie en wat je bent,' zei hij, zijn blik op haar gezicht richtend. 'Maar misschien ben ik van plan om daarachter te komen.'

'Daarvoor heb je mijn medewerking nodig, nietwaar?'

Quasi-geamuseerd trok hij zijn wenkbrauwen op. 'We zullen zien.'

Haar stem werd alleen maar nog ijziger. 'Ik wil dat je weggaat. Ik heb nog een heleboel te doen.'

'Vertel me waaraan je dacht toen je dat liedje schreef.'

De blik die in haar ogen verscheen, was zo snel weer was verdwenen, dat hij niet kon zeggen of het paniek of hartstocht was geweest. Beide zouden hem zijn bevallen.

'Ik zei dat ik wil dat je weggaat.'

'Nadat je me hebt verteld waaraan je dacht, ga ik ook.'

Met haar kin vooruitgestoken en een vaste blik in haar ogen antwoordde ze: 'Aan jou.'

Glimlachend pakte hij haar hand, en hij bracht hem met de palm naar boven naar zijn lippen. Het onverwacht tedere gebaar deed haar hoofd bonzen. 'Goed zo,' fluisterde hij. 'Denk nog wat meer aan me. Ik kom terug.'

Toen hij wegliep, sloot ze haar vingers over haar handpalm. Hij had haar geen andere keus gegeven dan te doen wat hij had gevraagd.

Laat die nacht werd ze plotseling wakker. Slaapdronken dacht ze dat het de droom was geweest die haar had gewekt. Cliff verwensend, ging ze op haar rug liggen. Ze wilde niet over hem dromen en ze wilde al helemaal niet midden in de nacht wakker liggen en aan hem denken.

Starend naar het plafond, luisterde ze naar de stilte. Op momenten als deze drong het pas goed tot haar door hoe alleen ze was. Beneden sliepen niet, zoals ze haar hele leven gewend was geweest, bedienden. Haar dichtstbijzijnde buren woonden vierhonderd meter verderop aan de andere kant van het bos. In de wijde omtrek waren geen nachtclubs of nachtwinkels te bekennen. Tot nu toe had ze zelfs geen poging ondernomen om een televisieantenne op het dak te laten installeren. Ze was alleen, zoals ze had verkozen.

Waarom leek haar bed dan plotseling zo leeg en de nacht zo lang? Ze draaide zich op haar zij en probeerde haar sombere stemming te verdrijven en niet aan Cliff te denken.

Boven haar hoofd kraakte een plank, maar ze schonk er geen aandacht aan. Oude huizen maakten 's nachts geluiden. Daar was ze snel achter gekomen. Ongedurig ging ze verliggen, en ze keek naar het licht van de afnemende maan dat door het raam naar binnen scheen.

Ze wilde niet dat Cliff bij haar was. Zelfs door aan hem te denken begaf ze zich al op gevaarlijk terrein. Het was waar dat haar lichaam sterk op hem had gereageerd. Een vrouw kon niet altijd de behoeften van haar lichaam in bedwang houden, maar ze kon wel de richting van haar gedachten in goede banen leiden. Vastbesloten richtte ze haar aandacht op de lijst met karweitjes voor de volgende dag.

Toen er opnieuw een geluid klonk, keek ze automatisch naar het plafond. Het gekraak en het gepiep stoorden haar zelden, maar tot dusver had ze in het huis altijd als een roos geslapen. Totdat Cliff Delaney in haar leven was verschenen, dacht ze, en resoluut deed ze haar ogen dicht. Bij het geluid van een deur die zachtjes dichtging, vlogen ze weer open.

Voordat haar gezonde verstand de overhand kon krijgen, klopte het hart haar in de keel. Ze was alleen, en er was een indringer in het huis. Alle nachtmerries die een vrouw alleen in het donker ooit hadden gekweld, kwamen haar voor de geest. Met haar vingers om de rand van het laken geklemd lag ze verstijfd van angst en met gespitste oren te luisteren.

Was dat een voetstap op de trap of was het haar verbeelding? Steeds banger wordend, dacht ze aan het bekken buiten. Ze beet op haar onderlip om te voorkomen dat ze een geluid maakte. Behoedzaam draaide ze haar hoofd om naar het voeteneinde van haar bed waar de puppy rustig lag te slapen. Blijkbaar hoorde hij niets. Ze deed haar ogen weer dicht en probeerde regelmatig adem te halen.

Als de hond niets verontrustends hoorde, hoefde zij zich ook nergens zorgen over te maken. Het geluid werd veroorzaakt door planken die nog niet uitgewerkt waren. Terwijl ze zichzelf daar nog van probeerde te overtuigen, hoorde ze beneden iets bewegen. Een zacht gepiep, een schrapend geluid. Was dat de keukendeur? vroeg ze zich verblind van angst af. Zichzelf dwingend om langzaam en geluidloos te bewegen, pakte ze de telefoon naast haar bed. De zoemtoon herinnerde haar eraan dat ze eerder die dag de hoorn naast het toestel in de keuken had gelegd om niet te worden gestoord.

Denk na, beval ze zichzelf, bijna hysterisch van angst. Blijf kalm en denk na. Als ze alleen was, zonder mogelijkheid om hulp in te roepen, moest ze zich op zichzelf verlaten. Hoe vaak had ze de afgelopen weken niet beweerd dat ze dat kon?

Ze drukte een hand tegen haar mond, zodat het geluid van haar ademhaling de andere geluiden niet zou overstemmen. Nu was er echter niets meer te horen. Geen gekraak, geen zachte voetstappen op hout.

Geruisloos stapte ze uit bed, en op de tast vond ze de pook. Met al haar spieren gespannen ging ze in de stoel naast de open haard zitten met haar gezicht naar de deur gekeerd. Haar beide handen om de pook geklemd, wenste ze dat het ochtend was.

Hoofdstuk 6

Een paar dagen later was Maggie de nachtelijke geluiden in haar huis al bijna vergeten. Meteen de volgende ochtend had ze zich al belachelijk gevoeld. Na een hele nacht in de stoel doorgebracht te hebben, was ze volkomen verstijfd wakker geworden van Killer die haar blote voeten likte. Als een middeleeuws zwaard lag de pook dwars over haar schoot. Het heldere zonlicht en het gezang van de vogels hadden haar ervan overtuigd dat ze zich alles had verbeeld en dat ze ieder geluidje had opgeblazen, zoals een kind dat bang is in het donker de schaduwen groter maakt dan ze zijn. Misschien was ze toch niet zo geschikt voor alleen wonen als ze had gedacht. Achteraf gezien was ze blij dat ze de hoorn in de keuken van de haak had gelaten, want anders had iedereen in het dorp nu geweten dat ze een nerveuze idioot was.

Dat ze nerveus was, was onder de huidige omstandigheden overigens begrijpelijk. Werklieden die naast haar huis skeletten opgroeven, de plaatselijke sheriff die haar met klem aanraadde haar deuren op slot te doen, en niet te vergeten Cliff Delaney, die haar 's nachts uit de slaap hield. Het enige positieve dat die hele week had opgeleverd, was de voltooide filmmuziek. Ze was ervan overtuigd dat C.J. zo blij zou zijn, dat hij niet zou zeuren dat ze moest terugkomen naar Los Angeles, voorlopig althans niet.

Het volgende constructieve wat haar te doen stond, was de ingepakte tape en de bladmuziek naar het postkantoor brengen en versturen. Misschien zou ze later op de dag op gepaste wijze vieren dat ze haar eerste liedjes in haar nieuwe huis had geschreven.

Genietend van het mooie weer, reed ze op haar gemak naar het dorp. De smalle wegen werden geflankeerd door bomen die over een paar weken verkoelende schaduw zouden bieden. Nu scheen de zon nog tussen de tere blaadjes door op de weg. Hier en daar werd het bos onderbroken door akkers die bruin waren van de pas omgeploegde aarde. Ze kon boeren zien werken met hun tractors en vroeg zich af wat ze zaaiden. Maïs, gras voor hooi, tarwe? Van dat aspect van de woonplaats die ze had gekozen, wist ze praktisch niets. Ze bedacht dat het interessant zou zijn om de gewassen te zien groeien tot ze in de zomer of de herfst werden geoogst.

In de weilanden lagen koeien vredig te herkauwen. Een vrouw liep met een stalen emmer naar een houten gebouwtje dat eruitzag als een kippenhok. Een hond rende langs de omheining van een veld, verwoed blaffend naar Maggies auto.

Haar paniek van een paar nachten geleden leek zo belachelijk, dat ze er niet eens meer aan wilde denken.

Ze passeerde een paar huizen waarvan sommige nauwelijks meer dan hutten waren, en andere zo nieuw en modern dat ze pijn deden aan de ogen. Verontwaardigd keek ze naar de hagelwitte huizen die op stukken land stonden waarvan alle bomen waren verwijderd. Waarom hadden ze niet benut wat er was in plaats van het te bederven? Toen moest ze om zichzelf lachen. Ze begon al aardig als Cliff Delaney te klinken. Mensen hadden het recht om te wonen waar en hoe ze verkozen, nietwaar? Ze kon echter niet ontkennen dat ze de voorkeur gaf aan verweerde bakstenen of houten huizen die waren omringd door bomen.

Bij het binnen rijden van Morganville, zag ze dat de huizen daar dichter op elkaar stonden. Dat was het dorpsleven, dacht ze. Hier waren trottoirs waarlangs auto's geparkeerd stonden. Mensen maaiden hun gazons. Zo te zien waren de inwoners trots op hun tuinen en wedijverden ze met elkaar wie de mooiste had. Dat deed haar eraan denken dat ze moest kijken hoe het met haar petunia's ging.

Het postkantoor, een klein rood bakstenen gebouw met ernaast een parkeerterreintje waar twee auto's op pasten, stond op de hoek van de hoofdstraat. Naast het postkantoor, ervan gescheiden door een strook gras van niet meer dan zestig centimeter breed, stond de bank van Morganville. Twee mannen stonden naast de brievenbus te roken en te praten. Belangstellend keken ze toe hoe Maggie haar auto parkeerde, uitstapte en naar het postkantoor liep. Om haar geluk te beproeven, glimlachte ze tegen hen.

'Goedemorgen.'

'Morgen,' zeiden ze in koor. Een van hen duwde zijn visserspet naar achter. 'Mooie auto.'

'Dank u.'

Ze ging naar binnen, in haar nopjes met wat met een beetje fantasie had kunnen doorgaan voor een gesprek.

Er was één loket, van waarachter een vrouw geanimeerd zat te praten tegen een klant, een jongere vrouw met een baby op haar heup. 'Wie weet hoelang ze daar al hebben gelegen,' verkondigde ze, terwijl ze de postzegels uittelde. 'Sinds de Faradays heeft daar niemand meer gewoond, en de oude meneer Faraday is vorige maand tien jaar geleden overleden. De oude mevrouw Faraday kwam altijd een keer per week voor een dollar postzegels kopen. Je kon de klok erop gelijkzetten. Natuurlijk waren ze toen goedkoper.' Ze schoof de postzegels over de balie. 'Dat is dan vijf dollar, Amy.'

'Ik vind het maar griezelig.' De jonge moeder verplaatste de baby, die enthousiast tegen Maggie zat te kraaien. Daarna pakte ze de postzegels, en ze borg ze op in haar schoudertas. 'Als ík een zootje oude botten in mijn tuin vond, zou mijn huis de volgende dag te koop staan,' zei ze, zo stellig dat het Maggies plezier in de dag een beetje bedierf. 'Billy zei dat er waarschijnlijk een of andere zwerver in die kuil is gevallen zonder dat iemand het heeft gemerkt.'

'Dat zou kunnen. Ik denk dat de politie er wel gauw achter zal komen wie het is.' De postbeambte maakte vervolgens een eind aan het gesprek door aan Maggie te vragen: 'Kan ik u helpen?'

'Ja.' Ze stapte naar het loket toe.

Voordat ze met haar baby naar buiten ging, nam de jonge vrouw Maggie even nieuwsgierig op.

'Ik zou dit graag aangetekend versturen.'

'Even kijken hoeveel het weegt.' De vrouw nam het pakje aan en legde het op de weegschaal. 'Wilt u een ontvangstbevestiging?'

'Graag.'

'Oké.' Ze haalde het potlood achter haar oor vandaan en liet hem over een kaartje glijden dat aan de weegschaal was geplakt. 'Dat kost wel een beetje meer, maar dan weet u in ieder geval dat het is aangekomen. Even kijken, het gaat naar zone –' Ze onderbrak zichzelf toen ze de afzender op een hoek van het pakketje zag staan. Haar blik ging omhoog naar Maggies gezicht, voordat ze het formulier begon in te vullen. 'U bent de componiste uit Californië. U hebt het Morgan-huis gekocht.'

'Dat klopt.' Omdat ze niet precies wist wat ze na het afgeluisterde gesprek verder nog moest zeggen, liet ze het daarbij.

'U maakt leuke muziek.' De vrouw vulde met keurige ronde letters het ontvangstbewijs in. 'Veel van wat ze tegenwoordig spelen, kan ik niet eens begrijpen. Ik heb een paar van uw moeders platen. Zij was de beste. Niemand kan in de verste verte aan haar tippen.'

Maggies hart werd warm, zoals altijd wanneer iemand lovend over haar moeder praatte. 'Dat vind ik ook.'

'Wilt u hier tekenen?'

Toen Maggie aan haar verzoek voldeed, voelde ze dat de ogen van de vrouw op haar gericht waren. Ze realiseerde zich opeens dat de vrouw ieder stukje correspondentie zag dat bij haar arriveerde of via haar werd verstuurd. Hoewel het haar een vreemd gevoel gaf, vond ze het niet onprettig.

'Een groot oud huis, het Morgan-huis,' zei de vrouw, het totaalbedrag op een wit blocnootje schrijvend. 'Hebt u het al ingericht?'

'Stukje bij beetje. Er moet een heleboel gedaan worden.'

'Zo gaat het wanneer je ergens intrekt, vooral in een huis dat zo lang heeft leeggestaan. Het moet een hele verandering voor u zijn.'

'Dat is waar. Wel een verandering die me bevalt.'

Misschien kwam het door haar directe blik of misschien door de eenvoudige bewoordingen, maar de vrouw knikte goedkeurend, zodat Maggie voor het eerst het gevoel had dat ze onvoorwaardelijk werd geaccepteerd. 'Bog zal u geweldig helpen. En de jonge Delaney ook.'

Met een besmuikt lachje pakte Maggie haar portefeuille. Dorpen, dacht ze. Geen geheimen.

'U hebt onlangs een grote schok gehad.'

Omdat ze wel een of andere opmerking erover had verwacht, reageerde Maggie luchtig. 'Ik zou niet graag nog een keer zoiets meemaken.'

'Dat kan ik me levendig voorstellen. U moet zich ontspannen en genieten van het oude huis,' adviseerde de vrouw. 'In zijn tijd was het een pronkstuk. Louella heeft het altijd goed onderhouden. Laat de politie zich maar druk maken over de rest.'

'Dat is wat ik probeer te doen,' zei Maggie, het wisselgeld in haar zak stekend. 'Dank u.'

'Ik zal dit meteen voor u versturen. Nog een prettige dag.'

Bepaald met zichzelf ingenomen ging Maggie weer naar buiten. Ze ademde diep de zachte lentelucht in, glimlachte opnieuw tegen de twee mannen die nog steeds naast de brievenbus stonden te praten, en liep naar haar auto. Haar glimlach verflauwde toen ze Cliff tegen de motorkap geleund zag staan.

'Je bent al vroeg op pad,' zei hij.

Hij had al verteld dat het moeilijk was om iemand uit de weg te gaan in een dorp van de omvang van Morganville. Om meer dan één reden ergerde het haar dat hij nog gelijk had ook. 'Moet je niet ergens een tuin aanleggen?'

Grinnikend bood hij haar het flesje frisdrank aan dat hij in zijn hand had. 'Feitelijk kom ik juist van een werkterrein en ben ik op weg naar het volgende.' Toen ze geen aanstalten maakte om het flesje aan te pakken, bracht hij het naar zijn eigen mond en nam hij een flinke slok. 'Je ziet niet zoveel van dit soort auto's in Morganville.' Hij tikte met zijn wijsvinger tegen de zijkant van haar Aston Martin.

Ze begon om hem heen te lopen naar het portier aan de kant van de bestuurder. 'Neem me niet kwalijk, maar ik heb het druk,' zei ze koel.

Met een hand op haar arm hield hij haar staande. Zowel haar boze blik als de nieuwsgierige blikken van de twee mannen bij de brievenbus negerend, nam hij haar op. 'Je hebt kringen onder je ogen. Heb je slecht geslapen?'

'Ik heb uitstekend geslapen.'

'Nee.' Toen ze zich weer in beweging wilde zetten, hield hij haar opnieuw tegen, maar ditmaal bracht hij een hand naar haar gezicht. Hoewel ze het niet scheen te beseffen, verloor hij terrein telkens als haar kwetsbare kant zich vertoonde. 'Ik dacht dat je een hekel had aan ontwijkende antwoorden.'

'Hoor eens, ik heb het druk.'

'Je trekt je die zaak in het bekken aan.'

'Nou en?' vroeg ze nijdig. 'Ik ben ook maar een mens. Dat is niet meer dan normaal.'

'Mij heb je niet het tegendeel horen beweren.' Hij duwde haar kin een beetje omhoog. 'Wat ben je prikkelbaar de laatste tijd. Komt het alleen door de vondst in je tuin dat je zo nerveus bent, of is er nog iets anders?'

Ze probeerde zich niet langer los te trekken maar bleef doodstil staan. Misschien had hij niet gemerkt dat de mannen naar hen keken of dat de eigenares van het postkantoor voor het raam stond, maar zij wel. 'Het gaat je niet aan of ik nerveus ben of niet. En als je nu ophoudt een scène te maken, kan ik naar huis en aan het werk gaan.'

'Houd je niet van scènes?' Geamuseerd trok hij haar dichter naar zich toe. 'Dat had ik niet gedacht, gezien het aantal keren dat je je hebt laten fotograferen.'

'Cliff, houd op.' Ze legde beide handen tegen zijn borst. 'Alsjeblieft, we staan in Main Street.'

'Dat weet ik. Zojuist hebben we het nieuws van tien uur gehaald.'

Voordat ze zich kon inhouden, schoot ze in de lach. 'Daar krijg je een kick van, hè?'

'Ach...' Gebruikmakend van haar ontspannen houding, sloeg hij zijn armen om haar heen. 'Misschien. Ik wilde met je praten.'

Een vrouw kwam langs met een envelop in haar hand. Maggie merkte op dat ze er alle tijd voor nam om hem in de brievenbus te gooien. 'Volgens mij kunnen we daar een geschiktere plaats voor vinden.' Toen hij begon te lachen, kneep ze haar ogen tot spleetjes. 'Dat bedoel ik niet. Laat me nu alsjeblieft los.'

'Zo meteen. Weet je nog dat we ergens zijn wezen eten?'

'Ja, dat weet ik nog. Cliff...' Ze keek om en zag dat de twee mannen nog steeds naar hen stonden te kijken. De vrouw was inmiddels bij hen gaan staan. 'Ik vind dit echt niet grappig.'

'Waar het om gaat,' zei hij onverstoorbaar, 'is dat we in deze contreien een gebruik hebben. Nadat iemand je mee uit eten heeft genomen, is het jouw beurt om te trakteren.'

Ongeduldig probeerde ze zich los te wurmen, en daarmee steeg zijn bloeddruk nog verder. 'Ik heb nu geen tijd om ergens te gaan eten. Over een paar weken neem ik wel contact met je op.'

'Ik eet wat de pot schaft.'

'Wat de pot schaft?' herhaalde ze verbluft. 'In míjn huis?'

'Een goed idee.'

'Wacht eens even. Ik zei niet –'

'Tenzij je niet kunt koken.'

'Natuurlijk kan ik koken,' zei ze verontwaardigd.

'Mooi. Om zeven uur?'

Met een vernietigende blik zei ze: 'Vanavond ga ik behangen.'

'Je moet zelf toch ook een keertje eten?' Voordat ze tegenwerpingen kon maken, gaf hij haar een korte maar stevige zoen op haar mond. 'Tot zeven uur,' zei hij voordat hij naar zijn pick-up slenterde. Nadat hij was ingestapt, zei hij nog door het open raampje: 'O ja, Maggie, het hoeft niets ingewikkelds te zijn. Ik ben niet kieskeurig.'

'Je –' begon ze, maar ze werd overstemd door het geronk van zijn motor. Ziedend van woede, stond ze in haar eentje midden op het parkeerterreintje. In de wetenschap dat er minstens vier paar ogen op haar gevestigd waren, hield ze haar hoofd fier omhoog toen ze in haar auto stapte.

Tijdens de vijf kilometer lange rit naar huis verwenste ze Cliff herhaaldelijk en hartgrondig.

Ze had wel verwacht dat zijn werklui er zouden zijn wanneer ze terugkwam, maar de onopvallende zwarte auto aan het einde van haar oprit had ze niet verwacht. Haar eigen auto parkeerde ze ernaast.

Ze was niet in de stemming was voor bezoek, niet voor buren die zich kwamen voorstellen of voor mensen die hun nieuwsgierigheid kwamen bevredigen. Ze wilde alleen zijn, met de schuurmachine die ze had gehuurd van George Cooper.

Toen ze uitstapte, zag ze een lange magere man met peper-en-zoutkleurig haar uit de richting van het bekken door haar voortuin lopen. Ze herkende hem meteen.

'Miss Fitzgerald.'

'Goedemorgen. Inspecteur Reiker, is het niet?'

'Ja, *ma'am*.'

Wat schreven de omgangsvormen voor wanneer je thuiskwam en een rechercheur van moordzaken op je drempel aantrof? Ze besloot dat een zakelijke, enigszins vriendelijke benadering het beste was. 'Kan ik iets voor u doen?'

'Ik kom u om uw medewerking vragen, Miss Fitzgerald.' De inspecteur liet zijn gewicht op één been rusten, alsof hij last had van zijn heupen en ze wilde ontzien. 'U wilt natuurlijk doorgaan met de aanleg van uw tuin, maar we zouden het op prijs stellen als u de aanleg van die vijver nog even uitstelt.'

'Ik begrijp het.' Ze was bang dat ze dat inderdaad begreep. 'Kunt u me ook vertellen waarom?'

'We hebben het voorlopige rapport van de lijkschouwer ontvangen. We moeten een onderzoek instellen.'

Het zou makkelijker zijn geweest het niet te vragen, het niet te weten. Maggie betwijfelde echter of ze zichzelf nog in de ogen zou kunnen kijken als ze de laffe uitweg nam die haar kennelijk werd geboden. 'Inspecteur, ik weet niet hoeveel u me mag vertellen, maar volgens mij heb ik er recht op bepaalde dingen te weten. Dit is mijn eigendom.'

'U zult er niet echt bij betrokken worden, Miss Fitzgerald. Deze zaak gaat heel ver terug.'

'Zolang mijn land erbij betrokken is, ben ík erbij betrokken.' Ze merkte dat ze aan de riem van haar tas frummelde, net zoals Joyce tijdens haar eerdere bezoek had gedaan. Zichzelf dwingend haar handen stil te houden, zei ze: 'Het zou makkelijker voor me zijn, inspecteur, als ik wist wat er precies aan de hand was.'

Reiker wreef met een hand over zijn gezicht. Het onderzoek was amper begonnen, en nu al had hij er een vieze smaak van in zijn mond. Misschien was het beter als dingen die al tien jaar dood en begraven waren domweg begraven bleven. Sommige dingen in ieder geval, dacht hij grimmig.

'De lijkschouwer heeft vastgesteld dat het stoffelijk overschot toebehoort aan een blanke man van begin vijftig.'

Maggie slikte. Dat maakte het te echt. Veel te echt. 'Hoelang –' zo begon ze, maar ze moest zichzelf onderbreken om nog een keer te slikken. 'Hoelang heeft het daar gelegen?'

'Volgens de lijkschouwer ongeveer tien jaar.'

'Zolang als het huis heeft leeggestaan,' zei ze zacht. Ze beheerste zich, zichzelf voorhoudend dat het niets persoonlijks was. Logisch gezien, nuchter bekeken, had het niets met haar te maken. 'Ik neem aan dat ze niet hebben kunnen vaststellen waaraan hij is gestorven.'

'Neergeschoten,' zei Reiker plompverloren, en hij zag een blik van afgrijzen in haar ogen komen. 'Met een 30mm-jachtgeweer, waarschijnlijk van dichtbij.'

'Goeie genade.' Moord. Had ze dat echter vanaf het eerste ogenblik niet instinctief geweten? Ze keek naar het bos en zag twee eekhoorntjes langs de stam van een boom omhoogrennen. Hoe was het mogelijk dat zoiets hier gebeurd was? 'Na zoveel jaar –' Opnieuw onderbrak ze zichzelf om te slikken. 'Na zoveel jaar is het zeker zo goed als onmogelijk om het – hem – te identificeren?'

'Hij is vanochtend geïdentificeerd.' Toen Reiker haar gezicht bleek en haar ogen groot zag worden, voelde hij zich vreselijk schuldig. Dat kwam, hield hij zichzelf voor, doordat hij, net als iedere andere man in het land, twintig jaar geleden in zijn fantasie een liefdesverhouding met haar moeder had gehad. Het kwam doordat ze jong genoeg was om zijn dochter te zijn. Op momenten als deze wilde hij dat hij een ander beroep had gekozen.

'We hebben ook een ring gevonden, een oude ring met graveerwerk en drie kleine diamantjes. Een uur geleden heeft Joyce Agee die ring geïdentificeerd als zijnde van haar vader. William Morgan is vermoord en in dat bekken begraven.'

Dat klopte niet! Ze woelde door haar haren en probeerde na te denken. Hoe ongezouten en zakelijk Reiker het ook verwoordde, het klopte niet. 'Dat kan niet. Men heeft me verteld dat William Morgan een ongeluk heeft gehad – een auto-ongeluk.'

'Tien jaar geleden is zijn auto door de vangrail gereden van de brug die over de Potomac naar West Virginia leidt. Zijn auto is opgevist uit de rivier, maar zijn lichaam niet. Zijn lichaam is nooit gevonden... tot een paar dagen geleden.'

Door de vangrail het water in, dacht Maggie als verdoofd. Net als Jerry. Jerry's lichaam hadden ze ook niet meteen gevonden. De politie had bijna een week moeten dreggen. Die week was een hel voor haar geweest.

Terwijl ze strak voor zich uit stond te kijken, voelde ze zich alsof ze twee personen was op twee verschillende momenten. 'Wat gaat u nu doen?'

'Een officieel onderzoek zal worden ingesteld. Het heeft niets met u te maken, Miss Fitzgerald, behalve dat we van u verlangen dat u dat gedeelte van uw grond laat zoals het is. Vanmiddag komt er hier een team om het terrein nog een keer uit te kammen, voor het geval we de eerste keer iets over het hoofd hebben gezien.'

'Oké. Als u niets anders nodig hebt...'

'Nee, *ma'am*.'

'Mocht u me nodig hebben, dan kunt u me binnen vinden.'

Terwijl ze over het grasveld naar het huis liep, bleef ze tegen zichzelf zeggen dat iets wat tien jaar geleden was gebeurd niets met haar te maken had. Tien jaar geleden had ze haar eigen tragedie beleefd: het verlies van haar ouders. Niet in staat om de aandrang te weerstaan, keek ze over haar schouder naar het bekken toen ze het trapje van de veranda beklom.

Joyce Agees vader, dacht ze huiverend. Joyce had haar het huis verkocht zonder te weten wat er ontdekt zou worden. Ze dacht aan de knappe, nerveuze jonge vrouw die zo dankbaar was geweest omdat Maggie haar moeder vriendelijk had behandeld.

Ze pakte het notitieblokje naast de telefoon waarop ze namen en nummers had genoteerd. Zonder te aarzelen draaide ze het nummer van Joyce Agee. De stem die antwoordde, was zacht, nauwelijks meer dan gefluister. Maggie voelde een steek van medelijden.

'Mrs. Agee – Joyce, met Maggie Fitzgerald.'

'O... Hallo.'

'Ik hoop dat ik je niet stoor.' Wat moest ze verder zeggen? vroeg ze zich af. Hier had ze part noch deel aan; ze had geen andere band met Joyce en haar familie dan een huis met een stuk land dat er een decennium lang verwaarloosd bij had gelegen. 'Ik wilde je alleen maar laten weten dat ik het vreselijk voor je vind, en als ik iets kan doen... zou ik graag helpen.'

'Dank je, er is niets...' Joyces stem stokte. 'Het is zo'n schok geweest. Al die tijd dachten we...'

'Ik weet het. Denk alsjeblieft niet dat je tegen me moet praten of beleefd moet zijn. Ik belde alleen omdat –' Maggie onderbrak zichzelf en streek over haar haren. 'Ik weet het niet. Ik heb het gevoel alsof ik dit alles op gang heb gebracht.'

'Het is beter om de waarheid te weten,' zei Joyce opeens kalm. 'Het is altijd beter om het te weten. Maar ik maak me ongerust over mijn moeder.'

'Hoe gaat het met haar?'

'Dat weet ik niet precies,' zei ze met een vermoeide zucht. 'Ze is hier, en de dokter is bij haar.'

'Dan houd ik je niet langer op. Joyce, ik weet dat we elkaar nauwelijks kennen, maar ik zou graag helpen. Laat het me alsjeblieft weten als ik iets voor je kan doen.'

'Dat zal ik doen. Bedankt voor je telefoontje.'

Nadat Maggie had opgehangen, concludeerde ze dat ze niets had bereikt. Ze had niets bereikt omdat ze Joyce Agee niet kende. Wanneer je verdriet had, had je iemand nodig die je kende, zoals zij Jerry nodig had gehad toen haar ouders waren omgekomen. Hoewel ze wist dat Joyce een man had, dacht ze aan Cliff en de manier waarop hij de handen van de vrouw had gepakt, zijn bezorgde blik toen hij met haar praatte. Hij zou haar bijstaan, dacht Maggie, en ze wou dat ze wist wat die twee voor elkaar betekenden.

Om haar teveel aan energie een uitlaatklep te geven, zette ze de gehuurde schuurmachine aan.

De zon stond al laag aan de hemel en kleurde de lucht roze toen Cliff naar het Morgan-huis reed, zijn hoofd vol met vragen. William Morgan was vermoord; neergeschoten en begraven op zijn eigen land. Daarna had iemand het spoor trachten uit te wissen door zijn auto in de rivier te duwen.

Cliff was bekend genoeg met de Morgans en de inwoners van Morganville om te weten dat zeker de helft van de dorpelingen William Morgan dood had gewenst. William was een harde, koude man geweest, met een talent voor het maken van geld en vijanden. Kon echter iemand die Cliff kende, iemand met wie hij zo nu en dan op straat een praatje maakte, hem ook daadwerkelijk hebben vermoord?

Eerlijk gezegd liet de oude man hem koud, maar hij maakte zich des te meer zorgen over Louella en Joyce – vooral over Joyce. Het beviel hem niet zoals ze er die middag had uitgezien: zo kalm, zo afstandelijk, maar onder de oppervlakte zo nerveus. Ze betekende meer voor hem dan enige andere vrouw die hij had gekend, maar toch leek er geen manier te zijn waarop hij haar nu kon helpen. Dat was Stans taak, dacht hij, gas terugnemend toen hij bij een bocht in de weg kwam.

Joost mocht weten of de politie ooit bruikbare bewijzen zou kunnen vinden. Na tien jaar leek de kans daarop praktisch nihil. Dat betekende dat Joyce zou moeten leven met de wetenschap dat haar vader was vermoord en dat zijn moordenaar nog op vrije voeten was. Zou ze argwanend naar haar buren kijken en zich afvragen of een van hen misschien de dader was?

Vloekend sloeg hij het weggetje in dat naar het Morgan-huis leidde. Daar woonde iemand anders over wie hij zich zorgen maakte, dacht hij, hoewel hij in haar geval niet het excuus had van een lange hechte vriendschap.

Dat hij zich zorgen maakte over Maggie Fitzgerald, beviel hem trouwens allerminst. Ze was een vrouw uit een andere wereld, een vrouw die hield van luisterrijke feesten en premières. Waar hij eenzaamheid zou verkiezen, zou zij de voorkeur geven aan een menigte. Zij zou champagne willen drinken; hij een koud biertje. Zij zou reisjes naar Europa willen maken; hij zou meer voelen voor een rustig tochtje langs de rivier. Ze was de laatste persoon over wie hij zich zorgen hoefde te maken.

Ze was getrouwd geweest met een acteur wiens ster omhoog was geschoten als een komeet en even snel was opgebrand. Haar begeleiders waren beroemdheden geweest. Smokings, zijden stropdassen en diamanten manchetknopen, dacht hij laatdunkend. Wat deed ze eigenlijk in een gehucht als dit? En wat deed ze eigenlijk in zijn leven?

Hij parkeerde zijn auto achter die van haar en keek peinzend naar het huis. Misschien zou het gebeurde haar doen besluiten om terug te keren naar de westkust. Dat zou hem het liefst zijn, althans, dat probeerde hij zichzelf wijs te maken. Hij was het zat dat ze steeds door zijn gedachten spookte.

Die muziek. Bij de herinnering daaraan vloekte hij hartgrondig. Die nachtmuziek. Hij verlangde naar haar zoals hij nog nooit naar een vrouw had verlangd. Het was iets waar hij geen weerstand aan kon bieden. Iets wat hij nauwelijks onder controle kon houden.

Waarom was hij dan hier? Waarom had hij zichzelf, duidelijk tegen haar zin, uitgenodigd voor een etentje? Omdat hij, wanneer hij dacht aan hoe het tussen hen was geweest, geen weerstand wílde bieden aan zijn verlangen. Die avond had hij geen behoefte aan zelfbeheersing.

Toen hij naar de voordeur liep, bracht hij zichzelf onder ogen dat hij te maken had met een vrouw die anders was dan alle andere vrouwen die hij had gekend. Benader haar behoedzaam, waarschuwde hij zichzelf voordat hij op de voordeur klopte.

Aan de andere kant van de deur greep Maggie met beide handen de knop, en ze gaf een flinke ruk. Pas bij de tweede poging zwaaide de deur open, en tegen die tijd stond Killer hysterisch te blaffen.

'Je moet Bog vragen iets aan die deur te doen,' adviseerde Cliff, zich bukkend om de hond te aaien. Killer plofte meteen op zijn rug en bood hem zijn buik aan.

'Ja.' Ze was blij hem te zien. Hoewel ze zichzelf probeerde wijs te maken dat ze blij zou zijn geweest met elk willekeurig bezoek, wist ze wanneer ze naar hem keek, dat dat een leugen was. De hele middag had ze op hem gewacht. 'Dat ben ik ook van plan, maar ik vergeet het steeds.'

Aan de manier waarop ze stond, met haar ene hand nog om de deurknop geklemd, zag hij dat ze gespannen was. Om haar af te leiden vroeg hij met een vrijpostig lachje: 'Wat eten we?'

Lachend kwam ze een beetje tot rust. 'Hamburgers.'

'Hamburgers?'

'Je hebt jezelf uitgenodigd,' merkte ze op. 'Bovendien zei je dat ik niet iets ingewikkelds hoefde te maken.'

'Dat is waar.' Na Killer nog een keer achter zijn oren te hebben gekrabd, kwam hij overeind.

'Omdat het mijn eerste dinertje in mijn nieuwe huis is, leek het me het beste om mijn specialiteit klaar te maken. Het alternatief was een blik soep en koude sandwiches.'

'Als je daarop hebt geteerd sinds je hier bent komen wonen, is het geen wonder dat je zo mager bent.'

Fronsend keek ze naar beneden. 'Besef je eigenlijk wel dat je er een gewoonte van maakt me te bekritiseren?'

'Ik zei niet dat ik niet van magere vrouwen houd.'

'Daar gaat het niet om. Kom mee naar de keuken, dan kun je verder klagen terwijl ik de hamburgers maak.'

Toen ze door de gang liepen, zag Cliff een paar kale plekken waar ze stroken behang van de muur had getrokken. Blijkbaar vatte ze het opknappen van het huis serieus op. Bij het passeren van de muziekkamer wierp hij een korte blik naar binnen, en vroeg zich af waarom ze alles zelf wilde doen. Ze kon het zich veroorloven om een hele stoet schilders, behangers en andere handwerkslieden in te huren. Binnen een paar weken zou het huis af zijn, in plaats van de maanden of zelfs jaren die het nu beloofde te kosten. De pas geschuurde vloer in de keuken wekte echter zijn bewondering.

'Goed gedaan.' Automatisch ging hij op zijn hurken zitten om met zijn vingers over het oppervlak van de vloer te strijken. De hond vatte dat op als een uitnodiging om zijn gezicht te likken.

'Dank je,' zei Maggie met opgetrokken wenkbrauwen.

Bij het horen van haar ironische toon keek hij op. Hij kon niet ontkennen dat hij haar vanaf het begin op de huid had gezeten. Daar had hij echter zijn redenen voor gehad. Voorzover hij het nu kon bekijken, was de voornaamste reden het effect dat ze op hem had. 'De vraag is,' zei hij overeind komend, 'waarom je het doet.'

'Omdat de vloer het nodig had.' Ze draaide zich om naar het aanrecht en begon de hamburgers klaar te maken.

'Ik bedoelde waarom jíj het doet.'

'Het is mijn huis.'

Hij liep ook naar het aanrecht en ging naast haar staan. Opnieuw gleed zijn blik automatisch naar haar handen. 'Heb je in Californië ook je eigen vloeren geschuurd?'

'Nee.' Geërgerd legde ze de hamburgers onder de grill. 'Hoeveel wil je er?'

'Eén is genoeg. Waarom schuur je vloeren en behang je muren?'

'Omdat het mijn huis is.' Ze haalde een krop sla voor de salade uit de koelkast en begon de blaadjes eraf te trekken.

'In Californië was het ook jouw huis.'

'Niet zoals dit huis.' Ze liet de krop sla vallen en keek hem aan. Ongeduld, ergernis, frustratie – de gevoelens waren duidelijk van haar gezicht te lezen. 'Hoor eens, ik verwacht niet dat je het begrijpt. Het kan me trouwens ook niet schelen of je het begrijpt. Dit huis is bijzonder. Zelfs na wat er is gebeurd, is het bijzonder.'

Hij begreep het inderdaad niet, maar hij bemerkte dat hij het wel wílde begrijpen. 'Heeft de politie contact met je opgenomen?'

'Ja.' Ze boog zich weer over de krop sla. 'Die rechercheur, inspecteur Reiker, is vanochtend hier geweest.' Haar vingers verkrampten om de koude natte slablaadjes. 'Verdorie Cliff, ik voel me vreselijk. Ik heb Joyce gebeld en voelde me belachelijk, een indringer. Er was niets wat ik kon zeggen.'

'O?' zei hij zacht. Wat vreemd dat Joyce daar niets over had gezegd, dacht hij. Daar stond tegenover dat Joyce sowieso heel weinig tegen hem had gezegd. 'Voor jou valt er ook niets te zeggen.' Hij legde zijn handen op haar schouders en voelde meteen hoe gespannen ze was. 'Dit is iets wat Joyce en haar moeder en de politie moeten oplossen. Het heeft niets met jou te maken.'

'Dat zeg ik ook tegen mezelf,' zei ze kalm. 'Met mijn verstand weet ik dat het waar is, maar...' Ze draaide zich om omdat ze iemand nodig had. Omdat, gaf ze toe, ze hém nodig had. 'Het is pal voor mijn deur gebeurd. Ik ben erbij betrokken of ik het wil of niet. Een paar meter van mijn huis vandaan is een man vermoord. Hij is vermoord op een plek waar ik een idyllische vijver had willen aanleggen, en nu –'

'– en nu,' viel hij haar in de rede, 'is het tien jaar later.'

'Waarom zou dat verschil maken?' vroeg ze. 'Mijn ouders zijn tien jaar geleden omgekomen. Tijd maakt geen enkel verschil.'

'Maar hun dood had alles met jou te maken,' zei hij op minder vriendelijke toon dan zijn bedoeling was geweest.

Met een zucht veroorloofde ze zich de zwakheid om haar hoofd tegen zijn borst te leggen. 'Ik weet hoe Joyce zich nu voelt. Waar ik ook kijk, alles betrekt me erbij.'

Hoe meer ze over Joyce praatte, hoe minder Cliff dacht aan de bedaarde brunette en hoe meer hij dacht aan Maggie. Zijn vingers woelden door haar haren. Op dit moment was het geen begeerte die hij voelde, maar een bijna primitieve aandrang om haar te beschermen. Een aandrang die hij nooit had verwacht. Misschien kon hij iets doen om het minder erg voor haar te maken.

Hij liet haar los en zei: 'Je hebt William Morgan niet gekend.'

'Nee, maar –'

'Ik wel. Hij was een koude, meedogenloze man die niet geloofde in woorden als medeleven en edelmoedigheid.' Voorzichtig duwde hij haar opzij om het vlees onder de grill om te draaien. 'Het halve dorp zou tien jaar geleden hebben gejuicht om zijn dood als Louella er niet was geweest. Zij hield van de oude man. Joyce hield ook van hem, maar allebei waren ze ook bang voor hem. Het zal de politie niet makkelijk vallen te bewijzen wie hem heeft vermoord, en het dorp zal geen traan laten als de dader nooit wordt gevonden. Ikzelf verfoeide hem, om een heleboel redenen.'

Het beviel haar niet dat hij zo kalm en zo koud over de moord op een medemens kon praten. Maar ja, ze had hem al eerder verteld dat ze elkaar niet echt begrepen. Om haar handen bezig te houden, ging ze verder met de bereiding van de salade. 'Joyce?' vroeg ze als terloops.

Hij keek haar scherp aan en leunde weer tegen het aanrecht. 'Om er maar een te noemen. Morgan geloofde in discipline, ouderwetse discipline. Joyce was voor mij als een jonger zusje. Toen ze zestien was, zag ik hoe Morgan haar met een riem bewerkte, en ik heb gedreigd hem eigenhandig te vermoorden.'

Hij zei het zo achteloos, dat Maggies bloed koud werd. Toen ze hem aankeek, zag hij de twijfels en de vragen in haar ogen.

'En als we de verhalen mogen geloven, heeft de halve bevolking van Morganville hetzelfde gedaan,' voegde hij eraan toe. 'Toen ze

William Morgans auto opvisten uit de rivier, was er niemand die rouwde.'

'Niemand heeft het recht om een leven te nemen,' zei ze met trillende stem. 'Niet zijn eigen leven en niet dat van iemand anders.'

Hij herinnerde zich dat ze de auto van haar echtgenoot ook uit het water hadden opgevist, en dat het uiteindelijke oordeel 'zelfmoord' had geluid. 'Het zou beter zijn als je geen vergelijkingen trok,' zei hij scherp.

'Het lijkt alsof ze zichzelf trekken.'

'Wat Jerry Browning is overkomen, was een tragische verspilling van een leven en van een talent. Neem je daarvan ook de schuld op je?'

'Ik heb nooit de schuld op me genomen,' zei ze met matte stem.

'Hield je van hem?'

De blik in haar ogen was veelzeggend, maar haar stem was vast. 'Niet genoeg.'

'Genoeg om hem zes jaar trouw te blijven,' bracht hij daartegen in.

Ze glimlachte om de wijze waarop hij haar haar eigen woorden voor de voeten wierp. 'Ja, daarvoor genoeg. Maar liefde is meer dan alleen maar trouw, is het niet?'

Met een teder gebaar raakte hij haar gezicht aan. 'Je zei dat je de schuld niet op je had genomen.'

'Verantwoordelijkheid en schuld zijn twee verschillende dingen.'

'Nee,' zei hij hoofdschuddend. 'Deze keer is er ook geen sprake van verantwoordelijkheid of schuld. Vind je het niet het toppunt van eigendunk om je verantwoordelijk te voelen voor de daden van iemand anders?'

Het liefst had ze hem afgesnauwd, maar zijn woorden troffen doel. 'Misschien. Misschien wel.' Hoewel het niet gemakkelijk was, schudde ze de sombere stemming van zich af. Glimlachend zei ze: 'Ik geloof dat de hamburgers klaar zijn. Laten we gaan eten.'

Hoofdstuk 7

Het was gezellig in de keuken, met de geur van gegrilde hamburgers en het geluid van de regendruppels die zojuist waren begonnen tegen de ramen te tikken. Nu Maggie er goed over nadacht, kwam ze tot de conclusie dat ze nooit echte gezelligheid had gekend. Haar ouders hadden groots geleefd: enorme elegante kamers, enorme elegante feesten, luidruchtige excentrieke vrienden. In haar eigen huis in Beverly Hills had ze hetzelfde patroon gevolgd. Extravagantie was misschien iets geweest wat ze in die fase van haar leven nodig had gehad, of misschien was het eenvoudig een gewoonte geweest. Ze wist niet precies wanneer ze er genoeg van had gekregen, net zomin als ze er zeker van was of ze ooit zo ontspannen was geweest als nu, aan de tafel in haar half voltooide keuken, met een man over wie ze haar twijfels had.

Hij was sterk, dacht ze. Misschien had ze onbewust nooit een sterke man toegelaten in haar leven. Haar vader was sterk geweest, herinnerde ze zich. Hij was het type man geweest dat alles kon doen en krijgen precies zoals hij het wilde, louter en alleen omdát hij het wilde. Zijn kracht was geen fysieke kracht geweest, maar een van persoonlijkheid en wil. Haar moeder was tegen hem opgewassen geweest dankzij haar combinatie van lef en uitbundigheid. Nog nooit had Maggie een volmaaktere verhouding gezien dan die van haar ouders.

Hun liefde was allesverterend en duurzaam geweest, met een combinatie van medeleven en hartstocht. Ze hadden nooit met elkaar gewedijverd, elkaar nooit hun successen misgund. Steun, dacht ze. Misschien was hun relatie wel zo duurzaam geweest omdat ze elkaar altijd steun hadden gegeven. Onvoorwaardelijke wederzijdse steun. Omdat ze die niet in haar eigen huwelijk had gevonden, was ze gaan denken dat haar ouders uniek waren geweest.

Er was iets gebeurd wat het evenwicht in haar relatie met Jerry had verstoord. Naarmate hij zwakker was geworden, was zij juist sterker geworden. Uiteindelijk hadden ze het punt bereikt waarop alle steun van haar kant was gekomen en hij voortdurend haar hulp nodig had gehad. Desondanks was ze bij hem gebleven, want ze had onmogelijk kunnen vergeten dat ze vrienden waren geweest. Vrienden verbreken hun beloften aan elkaar niet.

Nu nam ze Cliff op, zich afvragend wat voor soort vriend hij zou zijn. Hoewel ze probeerde dat niet te doen, vroeg ze zich ook af hoe hij zou zijn als minnaar.

'Waar denk je aan?'

De vraag kwam zo onverwacht, dat ze bijna haar wijnglas omstootte. Snel zette ze haar gedachten op een rijtje, om er de minst persoonlijke uit te kiezen. Ze kon hem moeilijk vertellen waaraan ze het laatst had gedacht. 'Ik zat te bedenken hoe gezellig het is om hier in de keuken te eten,' zei ze, haar glas optillend. 'Ik zal de inrichting van de eetkamer onder aan mijn lijstje zetten.'

'Dacht je echt daaraan?' Uit de manier waarop hij haar aankeek, bleek dat hij had aangevoeld dat ze met andere dingen bezig was geweest.

'Min of meer.' Een vrouw die haar hele leven was geïnterviewd en ondervraagd, wist hoe ze netelige vragen moest omzeilen. Ze pakte de fles en schonk Cliffs glas bij. 'Deze bordeaux is ook een cadeautje van mijn impresario. Of ook een manier om me te verleiden.'

'Verleiden?'

'Hij wil dat ik mijn dwaze plan om in de wildernis te kamperen opgeef en terugga naar de beschaafde wereld.'

'Denkt hij dat hij je kan overhalen met jonge hondjes en Franse wijn?'

Lachend nam ze een slok. 'Als ik niet zo aan dit huis gehecht was, zou elk van beide op zich succes hebben gehad.'

'Ben je dat dan?' vroeg hij peinzend. 'Eraan gehecht?'

Bij die vraag werden haar ogen ernstig, en de lach bestierf haar op de lippen. 'Iemand met jouw beroep zou moeten weten dat sommige dingen snel wortel schieten.'

'Sommige wel,' beaamde hij. 'En sommige die dat doen, kunnen niet acclimatiseren in hun nieuwe territorium.'

Zonder het te beseffen tikte ze met een vingertop tegen haar glas. Ze vroeg zich af waarom zijn twijfels haar zo griefden. 'Je hebt niet veel vertrouwen in me, hè?'

'Misschien niet.' Hij haalde zijn schouders op, alsof hij het onderwerp daardoor onbelangrijker kon maken. 'In ieder geval kijk ik met belangstelling naar de veranderingen die je aanbrengt.'

Ze zette haar gekwetstheid opzij en vroeg: 'Hoe doe ik het?'

'Beter dan ik had verwacht.' Zijn glas heffend in een toast, voegde hij eraan toe: 'Maar het is nog te vroeg om iets met zekerheid te zeggen.'

Omdat kibbelen haar tijdverspilling leek, begon ze te lachen. 'Ben je als cynicus geboren of heb je les genomen?'

'Ben jij als optimist geboren?'

Haar wenkbrauwen verdwenen onder haar donkerbruine pony. 'Die zit,' zei ze. Niet langer geïnteresseerd in het eten bestudeerde ze hem, en ze ontdekte dat ze hem, hoewel zijn gezicht haar beviel, nog steeds niet kon doorzien. Te veel zelfbeheersing, dacht ze. Iemand zou alleen maar in zijn hoofd kunnen kijken als hij of zij daartoe uitgenodigd was. 'Weet je, nadat ik was opgehouden me te ergeren, was ik blij dat je vanavond zou komen.' Grinnikend voegde ze eraan toe: 'Anders had ik deze fles wijn misschien nooit opengemaakt.'

'Erger ik je?' vroeg hij lachend.

'Volgens mij weet je dat maar al te goed,' zei ze droog. 'Om de een of andere persoonlijke reden vind je het leuk om me op stang te jagen.'

Hij nam nog een slokje van de wijn, die warm en vol was en hem deed denken aan haar mond. 'Feitelijk wel.'

Het kwam er zo vlot uit dat ze opnieuw in de lach schoot. 'Ligt het aan mij, of is het irriteren van mensen een hobby van je?'

'Het ligt aan jou.' Over de rand van zijn glas nam hij haar op. Ze had haar haren losjes opgestoken, zodat haar delicate gelaatstrekken werden geaccentueerd. Haar donkere oogschaduw deed haar ogen nog groter lijken, maar haar mond was niet opgemaakt. Dit was een vrouw, dacht hij, die wist hoe ze zich moest opmaken om haar uiterlijk het best tot zijn recht te laten komen: subtiel, zodat een man in haar ban zou zijn voordat hij had geanalyseerd wat echt was en wat illusie. 'Ik houd van je reacties,' zei hij na een tijdje. 'Je vindt het niet leuk om je zelfbeheersing te verliezen.'

'Dus jij vindt het leuk om me net zo lang te provoceren tot ik dat wel doe.'

'Ja,' zei hij glimlachend. 'Daar komt het min of meer op neer.'

'Waarom?' vroeg ze met een mengeling van ergernis en geamuseerdheid.

'Omdat ik niet immuun voor je ben,' zei hij, en het klonk zo kalm dat haar vingers om de steel van haar glas verkrampten. 'Ik zou niet graag ontdekken dat jij wel immuun voor mij bent.'

Een ogenblik lang bleef ze verbijsterd zitten. Voordat haar emoties dichter naar de oppervlakte konden komen, stond ze op, en ze begon de tafel af te ruimen. 'Nee, dat ben ik niet. Wil je nog wat wijn of heb je liever koffie?'

Zijn handen sloten zich om de hare, die de borden nog steeds vasthielden. Langzaam stond hij op, zijn ogen strak op haar gezicht gericht. Het was of de keuken plotseling kleiner was geworden. Alsof ze Alice was in het konijnenhol, dacht ze verward, er niet zeker van of ze wel een slok uit dat verleidelijke flesje wilde nemen. Het gekletter van de regen tegen het raam leek aan te groeien tot gebulder.

'Ik wil de liefde met je bedrijven.'

Ze was geen kind meer, hield ze zichzelf voor. Ze was een volwassen vrouw, en mannen hadden al eerder naar haar verlangd. Ze had al vaker weerstand geboden aan verleidingen. Was een daarvan echter zo aanlokkelijk geweest als deze? 'Daar hebben we het al over gehad.'

Zijn handen pakten die van haar steviger beet toen ze zich wilde omdraaien. 'Maar we hebben geen oplossing gevonden.'

Ze kon zich niet wegdraaien, niet weglopen van een man als hij, besefte ze. Ze moest haar standpunt verdedigen. 'Ik was ervan overtuigd dat we dat wel hadden gedaan. Misschien kan ik beter koffiezetten, omdat jij vanavond nog moet rijden en ik moet werken.'

Cliff pakte de borden uit haar handen en zette ze terug op de tafel. Met lege handen wist ze zich opeens geen houding meer te geven. Dus sloeg ze haar armen om zichzelf heen, een gewoonte die ze had, zoals Cliff had opgemerkt, wanneer ze overstuur of in de war was. Op dat moment kon het hem niet schelen wat ze was, zolang ze maar niet onbewogen was.

'We hebben het niet opgelost,' herhaalde hij, en hij trok een speld uit haar haren. 'We hebben nog niet eens een begin gemaakt met de oplossing.'

Hoewel haar blik vast bleef, deinsde ze achteruit toen hij nog een stap dichterbij kwam. Het gaf hem het gevoel dat hij haar besloop alsof ze zijn prooi was, een merkwaardige en opwindende gewaarwording.

'Ik dacht werkelijk dat ik duidelijk genoeg was geweest,' bracht ze uit, met wat haar in de oren klonk als een strenge afwijzende toon.

'Als ik je aanraak, ben je duidelijk genoeg.' Hij had haar klemgezet tegen het aanrecht en hij trok nog een speld uit haar haren. 'Het is duidelijk genoeg wanneer je naar me kijkt. Zoals je nu naar me kijkt.'

Haar hart klopte in haar keel. Aan de zwaarte van haar ledematen en de lichtheid in haar hoofd voelde ze dat ze begon te bezwijken. Begeerte was verleiding, en verleiding was een bekoring in zichzelf. 'Ik zei niet dat ik niet naar je verlangde –'

'Dat deed je inderdaad niet,' viel hij haar in de rede. Toen hij nog een speld uit haar haren trok, vielen die neer op haar schouders, waar ze donker en verward bleven liggen. 'Ik geloof niet dat je goed kunt liegen.'

Hoe was het mogelijk dat ze een paar ogenblikken eerder zo ontspannen was geweest en nu zo gespannen? Iedere spier in haar lichaam was verkrampt van haar pogingen om te bestrijden wat onvermijdelijk leek. 'Nee, ik lieg niet.' Haar stem was lager, heser. 'Ik zei dat ik je niet kende. Ik zei dat je me niet begreep.'

Er flitste iets in hem op. Misschien was het woede; misschien was het verlangen. 'Het laat me koud hoe weinig we elkaar kennen of hoe weinig we elkaar begrijpen. Ik weet dat ik naar je verlang.' Met één hand pakte hij haar haren bijeen. 'Ik hoef je alleen maar aan te raken om te weten dat jij ook naar mij verlangt.'

Haar ogen werden donkerder. Waarom leek het altijd alsof haar begeerte was vermengd met woede en, hoewel ze het verfoeide, een zekere zwakte die ze niet kon onderdrukken? 'Geloof je werkelijk dat het zo eenvoudig is?'

Hij moest wel. Terwille van zijn eigen gemoedsrust moest hij wat er tussen hen was zuiver lichamelijk houden. Ze zouden de hele nacht vrijen, totdat ze uitgeput waren. De volgende ochtend zouden het verlangen en de band zijn verdwenen. Dat moest hij geloven, want anders... Aan wat er anders zou gebeuren, dacht hij liever niet. 'Waarom zou het gecompliceerd moeten zijn?' vroeg hij.

De woede en het verlangen stroomden warm door haar heen. 'Ja, waarom eigenlijk?' fluisterde ze.

De gezellige sfeer was verdwenen. Nu had ze het gevoel dat ze zou stikken als ze niet naar buiten ging. Haar ogen stonden kwaad, die van hem bijna onmenselijk kalm, maar ze hield ze strak op die van hem gericht, de gedachten tolden door haar hoofd. Waarom voelde ze de behoefte om te rationaliseren, om te romantiseren? Ze was geen naïef meisje meer met vage dromen, maar een volwassen vrouw, een weduwe, een vakvrouw die had leren leven met de realiteit. In de realiteit namen mensen wat ze wilden hebben, en ze zagen de gevolgen onder ogen. Dat zou zij ook doen.

'De slaapkamer is boven,' zei ze voordat ze langs hem heen de keuken uit liep.

Verward keek hij haar na. Dat was wat hij wilde, dacht hij. Geen complicaties. Toch was haar abrupte aanvaarding veel te onverwacht, veel te koel geweest. Achter haar aan lopend, besefte hij dat het eigenlijk niet was zoals hij het wilde.

Ze was al aan de voet van de trap gekomen voordat hij haar had ingehaald. Toen ze over haar schouder keek, zag hij de woede in haar ogen. Zodra hij haar arm pakte, voelde hij de spanning. Dat, ontdekte hij, was wat hij wilde. Hij wilde niet haar koele emotieloze instemming of achteloze berusting. Hij wilde die woede en die spanning opvoeren totdat de hartstocht die hen had samengebracht naar buiten kwam. Voor de nacht voorbij was, zou hij al die hartstocht uit haar halen en zichzelf ook ontladen.

Zonder iets te zeggen beklommen ze de trap naar de eerste verdieping.

De regen sloeg hard en onafgebroken tegen de ramen en viel op de pas beplante aarde beneden. Het geluid deed Maggie denken aan de subtiele ritmische percussie die ze zich had voorgesteld in het arrangement van het liedje dat ze die week had voltooid. Zonder een maan om haar de weg te wijzen, bewoog ze zich op de tast. Het donker was ondoordringbaar en zonder schaduwen. Hoewel ze niet opzij keek toen ze de slaapkamer binnen ging, wist ze dat Cliff nog naast haar liep.

Wat nu? dacht ze, plotseling in paniek. Wat bezielde haar eigenlijk? Waarom bracht ze hem hierheen, naar de enige plek die ze als zuiver privé beschouwde? Voordat hij weer wegging, zou hij misschien meer over haar te weten zijn gekomen dan haar lief was. Zij daarentegen zou misschien niets meer over hem hebben ontdekt dan ze toch al wist. Ze verlangden naar elkaar. Het was onverklaarbaar. Onbetwistbaar.

Ze was blij dat het donker was, zodat hij haar toenemende nervositeit en de twijfels niet kon zien die duidelijk op haar gezicht te lezen moesten zijn. Toch werd ook haar verlangen sterker, en ze wist dat ze dat ook niet zou hebben kunnen verbergen. Duisternis was beter, hield ze zichzelf voor. In het donker was men anoniem. Toen hij haar aanraakte, verstrakte haar lichaam, en tegenstrijdige emoties bevingen haar.

Cliff voelde het en liet zijn handen over haar schouders naar beneden glijden naar haar onderrug. Hij wilde niet dat ze te ontspannen, te meegaand was. Nog niet. Dat ze net als hij worstelde met iets diepers, iets onbekends, deed hem goed.

'Je wilt hier niet aan toegeven,' zei hij bedaard. 'En ook niet aan mij.'

'Nee.' Desondanks voelde ze een rilling door haar lichaam gaan toen hij zijn handen onder haar dunne wollen trui schoof. Niet van angst, maar van genot. 'Nee,' herhaalde ze.

'Wat voor keus is er?'

Ondanks het donker kon ze zijn gezicht heel dicht bij dat van haar zien. 'Verdorie,' fluisterde ze. 'Er is helemaal geen keus.'

Hij bewoog zijn handen over haar naakte rug omhoog naar de halsopening van haar trui, totdat zijn vingers haar haren vonden. 'Nee, voor geen van ons beiden.'

Zijn lichaam was stevig tegen dat van haar. In zijn stem, die zacht en diep was, lag een ondertoon van woede. Op zijn huid rook ze de geur van zeep, scherp en mannelijk. Zijn gezicht was mysterieus, onduidelijk in het donker. Hij had iedere willekeurige man kunnen zijn. Toen ze de volgende golf van begeerte voelde opwellen, wenste ze bijna dat hij inderdaad zomaar een man was.

'Bedrijf de liefde met me,' zei ze dringend. Een snelle, vrijwillig genomen beslissing zou geen ruimte overlaten voor spijt. 'Neem me nu. Dat is alles wat we allebei willen.'

Was dat zo? Nauwelijks had de vraag zich gevormd in zijn hoofd, toen zijn mond al neerdaalde op die van haar.

Daarna waren er geen vragen meer, maar slechts vuur en kracht. Begrip, als dat er eerder was geweest, verflauwde. Gezond verstand verdween. Gevoelens, alleen maar gevoelens, hadden de overhand genomen. Hoewel ze het misschien allebei hadden verwacht, werden ze gevangen in een draaikolk waarover ze geen van beiden macht hadden. Erdoor opgezweept, vielen ze samen op het bed, en ze lieten het vuur woeden.

Hij kon geen tederheid in zich vinden om aan haar te geven, maar het leek alsof ze die noch verlangde noch verwachtte. Hij wilde haar naakt maar niet kwetsbaar, zacht maar niet meegaand onder zich voelen. Als hij hardop had gezegd wat hij verlangde, had ze niet beter aan zijn wensen kunnen voldoen. Terwijl ze haar lichaam tegen hem aan drukte, drukten haar lippen hard tegen die van hem, in een kus die slechts het begin van haar oplaaiende hartstocht liet zien. Hij rukte aan haar kleren, al zijn fijngevoeligheid vergetend, en hield zijn adem in toen zij, even uitzinnig als hij, hem begon uit te kleden.

Kleren werden op de vloer gegooid alsof ze geen betekenis hadden. Van haar huid en haar haren steeg de geur van haar parfum op, die hem beroofde van zijn laatste restje gezonde verstand. Het matras zakte in toen ze erover rolden, niet meer lettend op de regen, niet meer lettend op het donker, op tijd en plaats.

Toen waren ze naakt, hete huid tegen hete huid. Hun wanhopige verlangen om alles van elkaar te bezitten wat ze hadden, nam alleen maar toe. Gefluisterde vragen, hortende ademhaling, zuchten van genot smoorden het geluid van de vallende regen. Haar lichaam was klein en soepel en verrassend sterk. Al die aspecten samen maakten hem gek.

Dit was wat het betekende om verteerd te worden. Ze wist het toen zijn handen over haar lichaam gleden en haar opwinding steeds deden groeien. Ze snakte naar iedere nieuwe eis. Hunkerend naar al het genot dat hij haar zou geven en al het genot dat ze zou nemen, gaf ze hem wat hij maar wilde. Ze voelde geen schaamte, geen aarzeling; in proeven, in aanraken, in vragen naar meer of in het nemen van meer.

Als zijn lichaam zou zijn ontworpen volgens haar wensen, had het niet volmaakter kunnen zijn. Ze genoot van zijn slankheid, zijn sterke spieren, de lange smalle botten van zijn heupen. Waar en wanneer ze hem aanraakte, kon ze het bloed onder zijn huid bijna voelen stromen.

Ze wilde weten of hij net zo weinig zelfbeheersing had als zij. Ze wilde weten of ze beiden slachtoffers waren van hun eigen gecombineerde kracht. De vlam, tussen hen ontstoken door een enkele blik, laaide op. Begeerte was waanzin, en als de woorden die ze had geschreven waar waren, had ze haar gezonde verstand er vrijwillig voor overboord gegooid.

Met een woestheid die ze beiden wilden, verenigden ze zich, snakkend naar de voortzetting van een buitensporige hartstocht, hunkerend naar dat laatste genot. Ze dacht aan draaikolken en storm en het gerommel van de donder. Ze voelde het kolken, de snelheid, en hoorde het geraas. Toen werd haar lichaam schokkend meegevoerd op de laatste heftige vloedgolf.

De liefde bedrijven, dacht ze een tijdje later toen haar hoofd weer helder begon te worden. Als dat de liefde bedrijven was, was ze haar hele leven onschuldig geweest. Kon iets met zo'n vriendelijke naam zo'n heftig effect hebben op het lichaam? Dat van haar klopte alsof ze langs de ene helling een berg op was gerend en langs de andere eraf was gevallen. Ze had liedjes geschreven over liefde, liedjes over hartstocht, maar tot nu toe had ze haar eigen woorden nooit volledig begrepen.

Tot nu toe, tot de man die naast haar lag haar had uitgedaagd haar eigen fantasieën te beleven. Met hem had ze het antwoord gevonden op de mysterieuze drijvende behoeften die de pit, of de melancholie, aan haar muziek gaven. Ze begreep het nu, maar dat begrip opende de deur voor tientallen vragen.

Ze streek over haar lichaam, verbaasd dat het gevoel van macht er nog steeds was. Hoelang had ze gewacht op deze nacht? Misschien was het mogelijk dat hartstocht sluimerde, onverkend, tot een bepaalde persoon hem op een bepaald moment tot leven wekte.

Ze dacht aan de film waarvoor ze de muziek had geschreven. Zo was het geweest voor het vrouwelijke personage. Ze was tevreden geweest met haar leven, bijna zelfvoldaan, totdat er op een dag een man in was verschenen, een man met wie ze weinig gemeen had, een man die een vonk had doen ontbranden die alles had veranderd. Dat de vrouw intelligent, succesvol en onafhankelijk was, had niet uitgemaakt. De man had, louter door te bestaan, haar gezichtsveld en het patroon van haar leven veranderd.

Als hetzelfde haar dreigde te overkomen, was er nog tijd om er een eind aan te maken voordat ook zij zo werd verteerd door verlangens, zo werd geregeerd door begeerte, dat niets ooit meer hetzelfde zou zijn.

In de film had de relatie geleid tot geweld. Haar intuïtie zei haar dat er tussen haar en Cliff iets was wat hetzelfde zou kunnen bewerkstelligen. Geen van beiden waren ze gematigd, en het waren juist uitersten die de menselijke natuur totaal te gronde konden richten.

Misschien had het lot haar naar dit vredige stukje land met zijn ondertonen van geweld gebracht. Misschien had datzelfde lot haar gebracht naar die zwijgzame natuurmens die verbonden leek te zijn met zowel de rust als het gevaar. De vraag was nu of ze sterk genoeg was om de consequenties van beide het hoofd te bieden.

Wat zou er verder gebeuren? vroeg ze zich af, in het donker voor zich uit starend.

Omdat niets was zoals hij had verwacht, zei Cliff niets. Hij had hartstocht gewild, maar hij had zich geen voorstelling kunnen maken van de omvang ervan. Hij had datgene gewild waar haar liedje over had gefluisterd, maar de werkelijkheid was veel dramatischer geweest dan enig woord of enige melodie. Hij was er zeker van geweest dat zijn behoefte aan haar zou afnemen zodra de spanning tussen hen was ontladen, zodra de aantrekkingskracht was geaccepteerd.

Het was waar dat zijn lichaam bevredigd was door een genot dat intenser was geweest dan alles wat hij ooit had ervaren, maar zijn geest... Hij deed zijn ogen dicht, wensend dat zijn geest even makkelijk tot rust zou komen. Die was echter nog veel te vol van haar, zo vol dat hij wist dat zelfs een aanraking zijn lichaam weer in vuur en vlam zou zetten. Dat soort behoefte neigde meer naar afhankelijkheid dan hem lief was. Ze hadden elkaar niets te bieden, hield hij zichzelf voor, niets dan buitensporige wederzijdse begeerte.

Plotseling herinnerde hij zich een regel uit haar liedje. Begeerte is waanzin.

Als hij zichzelf had kunnen tegenhouden, zou hij haar niet opnieuw hebben aangeraakt. Hij stak zijn hand echter al naar haar uit.

'Je hebt het koud,' fluisterde hij, en automatisch trok hij haar tegen zich aan om haar te verwarmen.

'Een beetje.' Ze voelde een verlegenheid die ze niet van zich af kon zetten en een behoefte waar ze geen verklaring voor had.

'Hier.' De verkreukelde sprei over haar heen trekkend, trok hij haar weer tegen zich aan. 'Is het zo beter?'

'Ja.' Haar lichaam ontspande zich, hoewel de gedachten door haar hoofd bleven spoken.

Ze vervielen weer in zwijgen, geen van beiden goed wetend hoe ze wat er tussen hen was opgevlamd, moesten hanteren. Cliff luisterde naar de regen die tegen de ruit kletterde, en het gevoel van afzondering nog groter maakte. Hij wist dat men zelfs in een heldere nacht geen lichten van naburige huizen zou kunnen zien.

'Heb je problemen, hier in je eentje?' vroeg hij toen.

'Problemen?' vroeg ze ontwijkend. Ze wilde precies zo blijven als ze was, met zijn armen om haar heen, warm en veilig en zonder problemen. Op dit moment wilde ze niet denken aan de eenzaamheid van het grote huis, de eenzaamheid van een bed zonder hem naast haar.

'Dit huis ligt geïsoleerder dan de meeste andere huizen in de buurt.' Wat was ze zacht, dacht hij. Haar haren op zijn schouder gaven hem een vreemd gevoel van tevredenheid. 'Veel mensen, zelfs mensen die hier zijn opgegroeid, zouden problemen hebben als ze in hun eentje zo ver van de bewoonde wereld woonden, vooral na alles wat er is gebeurd.'

Nee, ze wilde er niet over praten. Ze deed haar ogen dicht, zichzelf voorhoudend dat ze hierheen was gekomen met het vaste voornemen om voor zichzelf te zorgen, om alles wat haar overkwam zelf op te lossen. Ze haalde diep adem, maar toen ze van hem weg wilde schuiven, hield hij haar tegen.

'Je hebt problemen.'

'Niet echt.' Haar grootste probleem op dat moment was haar geest en haar lichaam ervan te weerhouden meer van hem te willen. Nadat ze haar ogen weer had opengedaan, keek ze naar het natte raam. 'Ik geef toe dat ik een paar onrustige nachten heb gehad sinds... nou ja, sinds we zijn begonnen de vijver te graven. Het is niet prettig om te weten wat er tien jaar geleden in dat bekken is gebeurd, en ik heb een bijzonder levendige fantasie.'

'Een beroepsafwijking?' Hij draaide zich naar haar toe, zodat haar been tussen zijn benen schoof. Haar huid was zacht als zijde.

'Vermoedelijk wel.' Ze lachte, maar hij meende nervositeit in haar lachje te bespeuren. 'Een paar nachten geleden was ik er zeker van dat ik iemand door het huis hoorde sluipen.'

Hij hield op met haar haren te strelen en trok zich zo ver terug dat hij haar ogen kon zien. 'Hierbinnen?'

'Mijn verbeelding speelde me parten,' zei ze schouderophalend. 'Ik hoorde planken kraken op de zolder, steelse voetstappen op de trap, deuren die open- en dichtgingen. Ik heb mezelf behoorlijk opgejut.'

Dat klonk hem allesbehalve prettig in de oren, ook al had ze het op een achteloze toon verteld. 'Heb je geen telefoon in deze kamer?' vroeg hij.

'Jawel, maar –'

'Waarom heb je de politie dan niet gebeld?'

Zuchtend wenste ze dat ze er nooit over was begonnen. Hij klonk als een strenge oudere broer die zijn warhoofdige zusje een standje gaf. 'Omdat ik de hoorn in de keuken eraf had gelegd en was vergeten hem er weer op te leggen. Die middag had ik geprobeerd te werken en...' Gegeneerd hield ze op met praten. Het woord 'warhoofdig' kwam wederom in haar op. 'Hoe dan ook, het is beter dat ik niet heb gebeld. De volgende ochtend voelde ik me volkomen belachelijk.'

Verbeelding of niet, dacht Cliff, ze was nog steeds een vrouw alleen in een afgelegen huis, en iedereen in een straal van vijftien kilometer wist dat. 'Doe je de deuren 's nachts op slot?'

'Cliff –'

'Maggie.' Hij rolde haar op haar rug en keek op haar neer. 'Doe je de deuren 's nachts op slot?'

'Eerst niet,' zei ze geërgerd. 'Maar na het bezoek van de sheriff –'

'Is Stan hier geweest?'

'Verdorie, weet je wel hoe vaak je me al midden in een zin in de rede bent gevallen?' vroeg ze nijdig.

'Ja. Wanneer is Stan hier geweest?'

'De dag nadat de politie was langsgekomen. Hij wilde me geruststellen.' Ze had het nu niet meer koud, met zijn lichaam dat op dat van haar drukte. Haar begeerte kwam weer op, niet al te rustig, niet al te langzaam. 'Hij lijkt zijn vak te verstaan.'

'Hij is een goede sheriff.'

'Maar?' vroeg ze, voelend dat er meer was.

'Alleen maar iets persoonlijks,' zei hij. Toen hij van haar af rolde, kreeg ze het onmiddellijk weer koud.

'Joyce,' zei ze kortaf, en ze maakte aanstalten om op te staan.

Hij sloeg een arm om haar heen om haar tegen te houden. 'Je hebt de gewoonte om weinig te zeggen maar veel te insinueren.' Zijn stem was koel geworden, en zijn arm hield haar stevig vast. 'Dat is een bijzonder talent.'

'Ik geloof dat we elkaar weinig te zeggen hebben.'

'Ik hoef geen rekenschap bij je af te leggen.'

'Dat vraag ik ook niet van je,' zei ze. Stijf als een plank lag ze naast hem.

'O nee?' Kwaad ging hij rechtop zitten, haar met zich mee trekkend zodat de sprei van haar af viel. Haar huid was bleek, en haar haren golfden als een waterval over haar schouders. Ondanks zijn sterke wil en zijn gevoel voor privacy voelde hij zich genoodzaakt om uitleg te geven. 'Joyce was als een zus voor me. Toen ze met Stan trouwde, heb ik haar weggegeven omdat haar vader toen al dood was. Ik ben peetvader van haar oudste dochtertje. Dat soort vriendschap kun jij misschien moeilijk begrijpen.'

Zo was het tussen haarzelf en Jerry ook geweest. Hun vriendschap was echter geleidelijk bekoeld tijdens hun huwelijk, omdat hun huwelijk een vergissing was geweest. 'Ik begrijp het wel degelijk,' zei ze kalm. 'Ik begrijp alleen niet waarom je je zorgen over haar maakt.'

'Dat is mijn zaak.'

'Inderdaad.'

Hij vloekte hartgrondig. 'Luister, Joyce heeft een moeilijke tijd achter de rug. Ze heeft nooit in Morganville willen blijven. Toen ze nog klein was, was ze al van plan om naar de grote stad te gaan en een toneelopleiding te volgen.'

'Wilde ze actrice worden?'

'Een onuitvoerbaar plan misschien,' zei hij schokschouderend. 'Maar misschien ook niet. Ze heeft het opgegeven toen ze met Stan trouwde, maar ze is nooit gelukkig geweest in Morganville. Een van de redenen waarom ze het huis heeft verkocht, was om genoeg geld te hebben om te verhuizen. Stan weigert echter categorisch hier weg te gaan.'

'Ze zouden een compromis kunnen sluiten.'

'Stan begrijpt niet hoe belangrijk het voor haar is om hier weg te gaan. Ze was pas achttien toen ze trouwde. In de vijf jaar na de bruiloft kreeg ze drie kinderen. Het eerste deel van haar leven heeft ze doorgebracht met het naleven van haar vaders regels en het tweede met de verzorging van haar kinderen en haar moeder. Een vrouw als jij kan dat natuurlijk niet begrijpen.'

'Nu ben ik het zat!' riep ze kwaad, zich losrukkend uit zijn arm. 'Ik ben het spuugzat om door jou steeds in een hokje te worden geduwd. Verwende beroemdheid met geen enkel idee hoe echte mensen leven of zich voelen.' Ze was zo kwaad, dat ze zich niet langer kon beheersen. 'Wat ben je eigenlijk voor een man dat je naar bed gaat met een vrouw voor wie je geen greintje respect hebt?'

Verbijsterd over haar plotselinge uitbarsting zag hij haar uit bed springen. 'Wacht even.'

'Nee! Ik heb genoeg vergissingen begaan voor één avond.' Ze begon haar kleren te zoeken in de wanordelijke hoop op de vloer. 'Je hebt je eten en je seks gehad,' zei ze met trillende stem. 'Hoepel nu op.'

Zo plotseling en zo fel was de woede die oplaaide, dat het hem moeite kostte zich te beheersen. Ze had gelijk, dacht hij. Hij was uitsluitend gekomen om met haar naar bed te gaan. Dat was alles. Geslachtsverkeer stond niet altijd gelijk aan intimiteit. Hij was niet geïnteresseerd in intimiteit of in enige andere relatie dan die met haar lichaam.

Zelfs terwijl hij dat dacht, voelde hij zich leeg worden vanbinnen, en de tevredenheid die hij zo kort geleden nog had gevoeld, verdween. Hij kon haar onregelmatige ademhaling horen terwijl ze haar trui aantrok. Zijn eigen kleren pakkend, probeerde hij zich op het geluid van de regen te concentreren.

'We zijn nog niet klaar, jij en ik,' zei hij zacht.

'O nee?' Razend en gekrenkt draaide ze zich om. Ze kon de tranen voelen opwellen in haar ogen, maar in het donker voelde ze zich veilig. De trui kwam tot haar dijen, zodat haar benen naakt waren. Ze wist wat hij van haar dacht, en ditmaal zou ze hem de voldoening geven te geloven dat hij gelijk had. 'We zijn met elkaar naar bed geweest, en dat was voor ons allebei bevredigend,' zei ze luchtig. 'Niet alle eenmalige optredens zijn zo succesvol. Je krijgt een hoog waarderingscijfer als minnaar, Cliff, mocht dat je ego goeddoen.'

Ditmaal kon hij zijn woede niet meer bedwingen. Haar bij beide armen grijpend, trok hij haar naar zich toe. 'Loop naar de hel, Maggie.'

'Waarom? Omdat ik het eerder heb gezegd dan jij? Ga naar huis en kruip lekker in bed met je dubbele moraal. Ik heb hem niet nodig.'

Alles wat ze zei, trof doel. Alles wat ze zei, deed pijn. Als hij bleef, wist hij niet wat hij zou doen. Haar wurgen? Het was verleidelijk. Haar weer in bed trekken en zich bevrijden van de boze begeerte die zijn bloed deed bruisen? Dat was nog verleidelijker. Terwijl hij haar vasthield, wist hij niet zeker of hij of zij trilde, maar hij wist dat er, als hij bleef, iets zou gebeuren dat misschien wel onherstelbaar was.

Dus liet hij zijn handen zakken, en hij liep de kamer uit. 'Doe je deuren op slot,' riep hij over zijn schouder. Haar vervloekend, liep hij vervolgens met twee treden tegelijk de trap af.

Maggie sloeg haar armen om zichzelf heen en liet haar tranen de vrije loop. Het was veel te laat voor sloten.

Hoofdstuk 8

De volgende dagen werkte Maggie als een paard. Algauw was haar keukenvloer geschuurd en gelakt, zodat haar eerste project met succes was voltooid. Ze behing de rest van de ene muur in haar slaapkamer, vond in een van haar pakkisten een kleed voor de vloer van de muziekkamer en maakte het houtwerk in de gang beneden schoon.

'sAvonds componeerde ze tot te moe was om de toetsen te zien of haar eigen muziek te horen. De telefoon had ze van de haak gelegd. Al met al had het leven van een kluizenares zijn voordelen, dacht ze. Ze was productief, en niemand bemoeide zich met haar dagindeling. Het werd bijna mogelijk te geloven dat ze niet anders wilde.

Misschien overwerkte ze zich een beetje. Dat kon ze nog toegeven, maar ze zou nooit toegeven dat ze dat deed om te voorkomen dat ze terugdacht aan haar avond met Cliff. Wat er die avond was gebeurd, was een vergissing geweest, en bij vergissingen kon je beter niet te lang blijven stilstaan.

Ze zag niemand, praatte met niemand, en hield zichzelf voor dat ze het liefst eindeloos op die manier wilde doorgaan.

Natuurlijk kwam er vroeg of laat echter een einde aan volkomen eenzaamheid. Ze was de raamlijsten in de muziekkamer aan het schilderen toen ze een auto hoorde aankomen, en ze overlegde met zichzelf of ze de bezoeker eenvoudig zou negeren totdat hij of zij weer wegging. Als aankomend kluizenares had ze het recht om dat te doen. Toen herkende ze echter de oude Lincoln. Nadat ze de pot verf op het dekkleed aan haar voeten had gezet, ging ze naar de voordeur om Louella Morgan te begroeten.

Ditmaal zag de vrouw er nog brozer uit. De huid van haar gezicht leek bijna transparant onder het keurig gekapte witte haar. Al met al bezat ze een merkwaardige, enigszins griezelige combinatie van jeugd en ouderdom. Maggie stond in de deuropening en zag Louella staren naar het bekken. Eén ogenblik lang leek ze wel een standbeeld, onbeweeglijk, zonder met haar ogen te knipperen, zonder zelfs maar adem te halen. Toen Maggie haar een stap in de richting van het afgezette gedeelte zag doen, ging ze snel naar buiten.

'Goedemorgen, Mrs. Morgan.'

Louella keek op en haar blik werd langzaam scherp. De hand die ze optilde om haar haren glad te strijken, trilde een beetje. 'Ik wilde komen.'

'Natuurlijk,' zei Maggie glimlachend. 'Komt u alstublieft binnen. Ik wilde net koffie gaan zetten.'

Louella beklom het doorzakkende trapje, waarover Maggie nog steeds geen contact had opgenomen met Bog. 'U hebt een paar veranderingen aangebracht.'

Niet zeker hoe ze de vrouw moest benaderen, koos ze voor luchtig gebabbel. 'Ja, zowel binnen als buiten, maar de tuinlieden werken sneller dan ik.' Nadat ze Killer, die in de deuropening stond te grommen, had gekalmeerd, ging ze haar bezoekster voor naar binnen.

'Dit behang hing er al toen we in het huis trokken,' zei Louella, in de gang om zich heen kijkend. 'Ik ben altijd van plan geweest om het te veranderen, maar het is er nooit van gekomen.'

'O ja?' Onder het praten loodste Maggie haar omzichtig naar de woonkamer. 'Misschien kunt u me een paar suggesties doen. Ik heb nog niet besloten wat ik er wil.'

'Iets warms,' zei Louella zacht. 'Iets in een zachte kleur, zodat de mensen zich welkom voelen. Dat is wat ik altijd wilde.'

'Dat is inderdaad precies wat het nodig heeft.' Het liefst had ze een arm om de vrouw heen geslagen en haar verteld dat ze het begreep, maar misschien was het aardiger om dat niet te doen.

'Een huis als dit zou moeten ruiken naar citroenolie en bloemen.'

'Dat zal het ook,' zei Maggie, wensend dat ze de geur van stof en verf kon doen verdwijnen.

'Ik heb altijd gevonden dat er een heleboel kinderen zouden moeten rondlopen.' Ze keek om zich heen met het soort vage concentratie dat Maggie de indruk gaf dat ze de kamer zag zoals die er meer dan twintig jaar geleden had uitgezien. 'Kinderen geven een huis persoonlijkheid, meer dan de stoffering en de inrichting. Ze drukken hun stempel erop.'

'U hebt toch kleinkinderen?' vroeg Maggie, haar meetronend naar de bank.

'De kinderen van Joyce. De jongste gaat nu ook al naar school. De tijd gaat zo snel voor de jeugd. Hebt u de foto's al bekeken?' vroeg ze abrupt.

'De foto's?' vroeg Maggie met gefronst voorhoofd. Toen ging haar een licht op. 'O ja. Ik heb eigenlijk alleen maar de gelegenheid gehad om ze vluchtig te bekijken. Ik heb het nogal druk gehad.' Ze liep naar de schoorsteenmantel om de envelop met de foto's te pakken. 'Uw rozen zagen er prachtig uit. Ik ben bang dat ik niet zulke groene vingers heb als u.'

Louella pakte de envelop aan en keek er geconcentreerd naar. 'Rozen hebben liefde en discipline nodig. Net als kinderen.'

Het leek Maggie beter haar niet nog een keer koffie aan te bieden. In plaats daarvan ging ze naast haar op de bank zitten. 'Zullen we ze samen bekijken?'

'Oude foto's.' Louella deed het mapje open en haalde ze eruit. 'Er is zoveel te zien op oude foto's als je weet waar je moet kijken. Het vroege voorjaar,' zei ze zacht, naar het eerste kiekje kijkend. 'Ziet u, de hyacinten staan in bloei, en de narcissen ook.'

Maggie bestudeerde de vierkante zwart-witfoto, maar ze was meer geïnteresseerd in de man met het kleine meisje dan in de bloemen. Hij was lang, had een brede borst, en zijn scherp getekende gezicht had lange ingevallen kaken. Hij was gekleed in een eenvoudig donker pak. Het meisje naast hem droeg een strookjesjurk van organdie met een lint om de taille, zwarte schoenen met riempjes en een bonnet met bloemen.

Het moet Pasen geweest zijn, concludeerde Maggie. Het kleine meisje keek met een geforceerde glimlach in de lens. Maggie berekende dat Joyce ongeveer vier jaar geweest moest zijn, en zo te zien had ze zich een beetje onbehaaglijk gevoeld in haar zondagse jurk. William Morgan zag er niet wreed uit, dacht ze toen ze zijn strakke, ondoorgrondelijke gezicht beter bekeek, maar simpelweg ontoeschietelijk. Een rilling onderdrukkend, begon ze op luchtige toon te praten.

'Ik wil zelf ook een paar bollen planten. Tegen de herfst is de tuin waarschijnlijk op orde.'

Zonder iets te zeggen ging Louella verder naar de volgende foto. Ditmaal zag Maggie een jonge Louella. Uit de stijl van haar kapsel en haar jurk viel op te maken dat de foto meer dan twintig jaar oud was. De scheve hoek deed haar vermoeden dat Joyce hem had genomen.

'De rozen,' fluisterde Louella, met een vinger over de uitbundig bloeiende bloemen op de foto strijkend. 'Ze zijn nu weg, omdat er niemand was om ze te verzorgen.'

'Hebt u nu ook een tuin?'

'Joyce heeft er een.' Louella legde de foto neer en pakte de volgende. 'Ik werk er af en toe, maar het is niet hetzelfde als je eigen tuin.'

'Dat geloof ik graag, maar Joyce is vast blij met uw hulp.'

'Ze heeft zich nooit thuis gevoeld in het dorp,' zei Louella meer tegen zichzelf dan tegen Maggie. 'Nooit. Het was jammer dat ze op mij leek in plaats van op haar vader.'

'Joyce is een aardige vrouw,' zei Maggie, eigenlijk louter om iets te zeggen. 'Ik hoop haar vaker te zien. Haar man zei dat ze me een keer voor het eten wilde uitnodigen.'

'Stan is een goede man. Degelijk. Hij heeft altijd van haar gehouden.' De trieste glimlach bleef om haar mond spelen. 'Voor mij is hij ook altijd erg goed geweest.'

Toen Louella de volgende foto pakte, voelde Maggie haar verstijven. Haar glimlach verflauwde niet maar bevroor. Nieuwsgierig keek ze naar de foto om te zien wat die reactie teweeg had gebracht, en ze zag William Morgan en een jonge Stan Agee, zo te zien in zijn tienertijd. De foto was in kleur, zodat de schitterende herfstkleuren van de bomen op de achtergrond duidelijk uitkwamen. Beide mannen droegen petten en flanellen overhemden, en ze hadden vaalbruine vesten aan met aan de zoom iets wat, dacht Maggie, kleine gewichten waren. Allebei hadden ze een jachtgeweer in de hand.

Het waren geen gewichtjes maar patronen, besefte ze toen ze de vesten beter bestudeerde. Waarschijnlijk hadden ze gejaagd. Ze stonden dicht bij de helling van het bekken. Geschokt richtte ze haar blik weer op de bomen, op het wandkleed dat ze zo graag zelf door haar ramen wilde zien.

'Ik denk dat Joyce deze heeft genomen,' zei Louella zacht. 'Ze ging altijd jagen met haar vader. Voordat ze twaalf was, had hij haar al met vuurwapens leren omgaan, zonder zich er iets aan gelegen te laten liggen dat ze een hekel aan ze had. Ze leerde het alleen om hem een plezier te doen. William ziet er gelukkig uit,' constateerde ze vervolgens, hoewel Maggie dat niet kon zien. 'Hij jaagde graag op dit land. Nu weten we dat hij hier ook is gestorven. Hier,' herhaalde ze, haar handpalm op de foto leggend, 'en niet vijf kilometer verderop in de rivier. Hij heeft zijn land nooit verlaten. Ik weet niet precies waarom, maar diep in mijn hart heb ik dat altijd geweten.'

'Mrs. Morgan.' Maggie schoof de foto's opzij en legde een hand op Louella's arm. 'Ik weet dat dit moeilijk voor u moet zijn, dat het moet zijn alsof u alles opnieuw beleeft. Ik wilde dat ik iets voor u kon doen.'

Louella draaide haar hoofd om en keek Maggie lang en ernstig aan. 'Leg uw vijver aan,' zei ze ten slotte met toonloze stem. 'Plant uw bloemen. Zo hoort het te zijn. De rest is voorbij.'

Toen Louella opstond en aanstalten maakte om weg te gaan, bedacht Maggie dat ze verontruster was over dat ongeëmotioneerde antwoord, dan ze zou zijn geweest over een huilbui. 'Uw foto's,' zei ze hulpeloos.

'Houd ze maar.' Bij de deuropening gekomen, draaide Louella zich om. 'Ik heb ze niet meer nodig.'

Toen ze de auto hoorde wegrijden, vroeg Maggie zich af waarom ze opeens zo gedeprimeerd was. Was dat een normale reactie? Leefde ze alleen maar mee met een medemens die een tragedie was overkomen, of raakte ze er weer persoonlijk bij betrokken? De afgelopen dagen had ze zichzelf er bijna van weten te overtuigen dat de problemen van de Morgans haar niet aangingen. Nu begon ze zich die na één korte ontmoeting met Louella alweer aan te trekken.

Toch was het meer dan een gevoel van betrokkenheid. Ze wreef over het kippenvel op haar armen. Iets aan de manier waarop Louella naar de foto's had gekeken, was griezelig geweest. Alsof ze alle mensen erop te ruste had gelegd, hoewel maar een van hen dood was.

Verbeelding, berispte ze zichzelf. Een overactieve fantasie. Was er echter niet iets vreemds geweest aan hoe Louella dat laatste kiekje had bekeken? Ze had de details bestudeerd, en het leek of ze iets zocht. Met een gefronst voorhoofd pakte Maggie het stapeltje weer op om de kleurenfoto nauwkeuriger te bekijken.

Daar was William Morgan, zijn haar een beetje dunner, zijn ogen een beetje strenger dan op de met Pasen genomen foto. Sheriff Agee stond naast hem, nauwelijks ouder dan een jongen, nog niet helemaal volgroeid, zijn haar een beetje slordig. In zijn jeugd had hij er zelfs nóg meer als een strandjutter uitgezien, dacht ze, hoewel hij het geweer vasthield alsof hij vertrouwd was met vuurwapens. Naar zijn gezicht kijkend, kon ze zich goed voorstellen dat Joyce zo verliefd op hem was geworden dat ze haar dromen van roem en rijkdom had opgegeven. Hij was jong en knap, met een vleugje vrijpostige sensualiteit om zijn mond.

Ze kon ook begrijpen waarom Joyce bang was geweest voor de man naast hem, en die had gehoorzaamd en proberen tevreden te stellen. William Morgan keek recht in de lens. Hij stond met gespreide benen en hield zijn geweer met beide handen vast. Cliff had hem beschreven als een harde koude man. Hoewel Maggie dat zonder moeite kon geloven, verklaarde het niet waarom Louella zo uit haar doen was geraakt van die ene foto. Of waarom zij zelf zo'n onbehaaglijk gevoel had gekregen toen ze er de eerste keer naar keek.

Geërgerd over haar overgevoeligheid, begon ze de foto nauwkeuriger te bestuderen, maar geronk buiten waarschuwde haar dat er weer een auto aankwam.

Wanneer het regent, giet het, dacht ze uit haar humeur. Nadat ze de foto achteloos had teruggelegd op het stapeltje, liep ze naar het raam. Toen Cliffs pick-up in zicht kwam, werd ze zo opgewonden dat ze er zelf van schrok.

O nee, waarschuwde ze zichzelf. Niet opnieuw. Een vrouw die twee keer dezelfde vergissing maakt, verdient wat ze krijgt. Vastbesloten pakte ze haar kwast, en ze begon met lange harde streken te schilderen. Laat hem maar kloppen tot hij een ons weegt, dacht ze, boos haar hoofd schuddend. Zij had werk te doen.

Minuten gingen voorbij, maar niemand kwam naar de deur. Stug schilderde Maggie door, zichzelf voorhoudend dat het haar niet kon schelen wat hij buiten uitvoerde. Toen ze zich dichter naar het raam boog om beter naar buiten te kunnen kijken, streek ze met haar spijkerbroek langs de vensterbank. Vloekend probeerde ze de verf eraf te vegen, maar dat maakte het alleen maar erger.

Cliff Delaney liet haar koud, dacht ze. Dat er mensen in haar tuin rondliepen, ging haar echter wél aan. Het was haar goed recht om naar buiten te gaan om te kijken wat hij in zijn schild voerde, en hem weg te sturen.

Ze legde de kwast neer, en ziedend van woede beende ze naar de deur. Zelfs als hij alleen maar kwam controleren hoe haar gras groeide, zou hij minstens zo beleefd moeten zijn om zichzelf aan te kondigen. Door dat niet te doen, onthield hij haar de voldoening dat ze hem kon wegsturen.

Ze rukte de deur open maar zag hem niet, zoals ze had verwacht, gebogen staan over de kleine groene grassprietjes die door de aarde naar boven begonnen te komen. Ook keek hij niet uit over de groepjes floxen of de jeneverbessen op de glooiing aan de voorkant van haar huis. Misschien was hij wel om het huis heen gelopen om een kijkje te nemen bij het project dat als laatste was voltooid: het kroonkruid op de steunmuur. Geërgerd omdat ze daar niet meteen aan had gedacht, wilde ze weer naar binnen gaan, maar toen trok een beweging bij het bekken haar aandacht.

Een moment was ze verlamd van een primitieve angst. Ze dacht aan lijkenetende demonen, aan spoken, en aan legenden over de geesten van vermoorde mensen die nooit tot rust kwamen. Het volgende ogenblik herkende ze Cliff. Zowel kwaad als zich schamend over haar angst, beende ze naar hem toe.

Toen ze dichterbij kwam, zag ze een wilg, slank en klein, met tere groene blaadjes. Cliff zette net de wortelkluit in een gat dat hij met een pikhouweel en een schep in de rotsachtige aarde had uitgegraven. Hij stond ongeveer twee meter bij de rand van het bekken vandaan, en zijn overhemd lag naast hem op de grond. Ze kon zijn rugspieren zien bewegen toen hij de aarde begon terug te scheppen in het gat. De vlinders in haar buik gaven te kennen dat haar reactie op hem nu niet minder sterk was dan voordat ze de liefde hadden bedreven.

Ze rechtte haar schouders en stak haar kin vooruit. 'Wat ben je aan het doen?'

Omdat hij doorschepte zonder zijn ritme te onderbreken, concludeerde ze dat hij had geweten dat ze eraan kwam. 'Ik plant een boom,' zei hij luchtig.

Haar ogen begonnen dreigend te fonkelen. 'Dat zie ik, maar ik me kan me niet herinneren dat ik een wilg bij je heb besteld.'

'Dat klopt.' Hij knielde op de grond om de aarde aan de voet van de boom glad te strijken. De handen die haar lichaam in vuur en vlam konden zetten, konden kennelijk evengoed met aarde overweg. 'Hij kost niets.'

Zich ergerend aan zijn ontwijkende antwoorden en haar eigen opwinding, sloeg ze haar armen over elkaar. 'Waarom plant je een boom die ik niet heb gekocht?'

Tevreden met het resultaat van zijn werk stond hij op, en hij leunde achteloos op de schep. Hij keek haar aan. Nee, ze liet hem niet koud, dacht hij. Nu hij haar weer zag, ging de spanning waarmee hij al dagen had geleefd niet weg. Hoewel hij daar al bang voor was geweest, had hij toch de proef op de som willen nemen. 'Sommige mensen zouden het een zoenoffer noemen,' zei hij ten slotte. Daarna keek hij naar haar mond, die open- en weer dichtging.

Nog steeds kwaad bekeek ze de boom. Die was nog zo jong, zo teer, maar op een dag zouden zijn takken in volle glorie over haar vijver hangen en – Ze onderbrak haar gedachten, beseffend dat ze voor het eerst sinds de ontdekking van het lijk weer had gedacht aan de aanleg van de vijver. Dat moest hij hebben geweten, net zoals hij had geweten dat de wilg haar misschien zou helpen om weer de schoonheid en de rust van het landschap te zien. Haar ergste boosheid ebde weg.

'Een zoenoffer,' herhaalde ze dichterbij komend, zodat ze met haar vingers over de tere blaadjes kon strijken. 'Noem je het zo?'

Haar stem was nog koel, maar hij zag dat haar ogen al een beetje warmer werden. Hij vroeg zich af hoeveel sterke mannen ze met die ene blik had ingepalmd. 'Misschien.' Nadat hij de schep dieper in de grond had gestoken, zodat hij bleef staan, vroeg hij: 'Heb je iets kouds te drinken?'

Het was een verontschuldiging, misschien het enige soort verontschuldiging dat een man als hij kon geven. Het kostte haar maar vijf seconden om te besluiten die te aanvaarden. 'Misschien,' zei ze op vlakke toon, voordat ze zich omdraaide en terugliep naar het huis. Haar mondhoeken gingen omhoog toen hij naast haar kwam lopen. 'Je werklui hebben uitstekend werk verricht,' zei ze, terwijl ze naar de achterkant van het huis liepen. 'Ik popel om te zien hoe dat spul op de steunmuur eruit gaat zien.'

'Kroonkruid,' zei hij, voordat hij bleef staan om het werk te controleren. 'Over vier of vijf dagen komt het al op. Het verspreidt zich zo snel, dat deze hele helling voor het einde van de zomer begroeid zal zijn.' Met zijn handen in zijn zakken bekeek hij het werk dat zijn mannen hadden verricht, maar zijn gedachten waren bij de vrouw die naast hem stond. 'Heb je het druk gehad?'

'Ja,' antwoordde ze met opgetrokken wenkbrauwen. 'Er moet veel aan het huis gedaan worden.'

'Heb je de krant gelezen?'

'Nee,' zei ze verbaasd. 'Hoezo?'

Hij haalde zijn schouders op en liep naar de hordeur om hem voor haar open te doen. 'Er stond een lang artikel in over de ontdekking van William Morgan, begraven op zijn oude land. Land,' vervolgde hij toen Maggie langs hem heen de keuken in liep, 'dat onlangs is gekocht door een beroemde componiste en liedjesschrijfster.'

Abrupt draaide ze zich om. 'Stond mijn naam erbij?'

'Ja. Een paar keer zelfs.'

'Verdorie,' fluisterde ze. Vergetend dat hij iets te drinken had gevraagd, liet ze zich in een stoel zakken. 'Dat had ik nou juist willen voorkomen.' Tegen beter weten in hopend dat het minder erg was dan het leek, vroeg ze: 'Stond het in de plaatselijke krant?'

Nadat hij zelf een flesje frisdrank uit de koelkast had gepakt, zei hij: 'Morganville heeft geen eigen krant. Er stonden artikelen in de Frederick Post en in de Herald.' Hij draaide de dop van het flesje en knikte naar de hoorn die naast de haak lag. 'Als je dat niet had gedaan, had je al drommen verslaggevers aan de lijn gehad.' En hemzelf, dacht hij. De afgelopen vierentwintig uur had hij haar minstens tien keer opgebeld. Telkens wanneer hij de ingesprektoon had gehoord, was hij heen en weer geslingerd tussen ongerustheid en woede. Wat voor vrouw liet uren achtereen de hoorn van de haak?

Een vrouw die niet afhankelijk was van de buitenwereld, dacht hij, of een vrouw die zich voor die buitenwereld verstopte. Hij bracht het flesje naar zijn mond en nam een grote slok. 'Is dat tegenwoordig je vluchtweg?'

Verontwaardigd stond ze op, en ze legde met een klap de hoorn op de haak. 'Ik hoef niets te ontvluchten. Je hebt zelf gezegd dat deze hele kwestie niets met mij te maken heeft.'

'Dat klopt,' zei hij, zijn ogen op de inhoud van het flesje gericht. 'Misschien ontvlucht je iets anders.' Zijn blik op haar gezicht richtend, vroeg hij: 'Verstopte je je voor mij, Maggie?'

'Absoluut niet.' Ze liep naar de gootsteen en begon de verfspatten van haar handen te boenen. 'Ik heb je al gezegd dat ik het druk heb gehad.'

'Te druk om de telefoon op te nemen?'

'De telefoon leidt me af. Als je ruzie zoekt, Cliff, kun je beter je zoenoffer weer uitgraven en –' De telefoon begon te rinkelen, en met een vloek brak ze haar advies af. Voordat ze kon opnemen, had Cliff echter de hoorn al gepakt.

'Ja?' Tegen het aanrecht geleund zag hij dat haar ogen fonkelden van woede. Dat had hij gemist, net zo erg als de subtiele sensualiteit van haar parfum. 'Nee, het spijt me, Miss Fitzgerald is momenteel niet bereikbaar voor commentaar.' Zonder een antwoord af te wachten, legde hij de hoorn neer.

Maggie veegde haar natte handen aan haar spijkerbroek af. 'Bedankt voor je hulp, maar ik ben mans genoeg om zelf te beoordelen of ik iemand wel of niet te woord wil staan. Wanneer ik een contactpersoon nodig heb, zal ik het je laten weten.'

Hij nam nog een slok uit het flesje. 'Ik bespaar je de ergernis.'

'Ik wil niet dat jij of iemand anders me ergernis bespaart,' zei ze, furieus nu. 'Het is mijn eigen ergernis, en daar doe ik mee wat ik zelf wil.'

Hij grinnikte, maar voordat ze het hem betaald kon zetten, ging de telefoon opnieuw. 'Heb niet de moed,' waarschuwde ze. Nadat ze hem opzij had geduwd, nam ze zelf op. 'Hallo.'

'Verdorie, Maggie, je had de hoorn weer naast de haak gelegd.'

Ze slaakte een diepe zucht. Een verslaggever had ze waarschijnlijk makkelijker kunnen afpoeieren. 'Hallo, C.J.. Hoe gaat het met je?'

'Dat zal ik je vertellen!'

Ze hield de hoorn een eindje van haar oor en zei kwaad tegen Cliff: 'Je hoeft hier niet te blijven rondhangen.'

Nadat hij nog een slok had genomen, zei hij, op zijn gemak tegen het aanrecht leunend: 'Ik heb alle tijd.'

'Maggie!' brulde C.J. in haar oor. 'Tegen wie praat je in vredesnaam?'

'Niemand,' mompelde ze, welbewust Cliff de rug toekerend. 'Je zou me vertellen hoe het met je gaat.'

'De afgelopen vierentwintig uur heb ik niets anders gedaan dan jou proberen te bereiken. Maggie, het is onverantwoordelijk om de hoorn van de haak te laten als mensen je proberen te bereiken.'

Op het aanrecht stond een zak koekjes. Ze haalde er een uit en propte het in haar mond. 'Het lijkt me duidelijk dat ik hem er juist af heb gelaten omdat ik niet bereikt wilde worden,' zei ze met volle mond.

'Als je deze keer niet had opgenomen, had ik je een telegram gestuurd, al weet ik niet eens zeker of ze in dat gehucht wel telegrammen bezorgen. Wat heb je in 's hemelsnaam uitgevoerd?'

'Ik heb gewerkt,' zei ze tandenknarsend. 'Ik kan niet werken wanneer de telefoon constant gaat en er altijd en eeuwig mensen langskomen. Ik ben hierheen verhuisd om alleen te zijn, maar mijn deur wordt platgelopen.'

'Dat is een fraaie instelling,' zei hij verontwaardigd, terwijl hij zijn bureaula opentrok om zijn maagtabletten te pakken. 'Overal in het land maken mensen zich zorgen over je.'

'Mensen overal in het land hoeven zich geen zorgen over me te maken. Ik maak het goed!'

'Je klinkt goed.'

Met moeite hield ze zich in. Als ze haar goede humeur verloor in een woordenwisseling met C.J., verloor ze steevast ook de slag. 'Het spijt me dat ik zo tegen je uitviel, C.J., maar ik ben het zat om steeds bekritiseerd te worden omdat ik doe wat ik wil doen.'

'Ik bekritiseer je niet,' zei hij nors. 'Ik ben alleen maar bezorgd. Lieve help, Maggie, wie zou niet bezorgd zijn na dat gedoe in de krant?'

Ze verstijfde en draaide zich zonder erbij na te denken om naar Cliff. Die nam haar scherp op, de hals van het flesje losjes tussen zijn duim en zijn wijsvinger.

'Wat voor gedoe in de krant?'

'Over die man, eh... wat er over was van die man die op jouw land is opgegraven. Goeie genade, Maggie, ik kreeg bijna een hartverlamming toen ik het las. En toen ik je niet kon bereiken –'

'Het spijt me,' zei ze, door haar haren woelend. 'Het spijt me echt, C.J.. Ik had niet verwacht dat het de kranten zou halen, althans niet de kranten daar bij jou.'

'Je dacht dus: wat niet weet, wat niet deert?'

Zijn gepikeerde toon deed haar glimlachen. 'Iets in die trant. Als ik me had gerealiseerd dat het nieuws zo ver zou reiken, zou ik je wel hebben gebeld om je de bijzonderheden te vertellen.'

'Zo ver?' vroeg hij, nog steeds verongelijkt. 'Maggie, je weet dat alles waar jouw naam in voorkomt de kranten aan beide kanten van de Atlantische Oceaan haalt.'

Langzaam begon ze met haar wijsvinger over haar rechterslaap te wrijven. 'En jij weet dat dat een van de redenen was waarom ik weg wilde.'

'Waar je woont, zal daar weinig aan veranderen.'

'Blijkbaar niet,' zei ze zuchtend.

'Dat heeft trouwens niets te maken met wat er nu is gebeurd,' voerde C.J. aan. Hij drukte een hand tegen zijn opspelende maag en vroeg zich af of een glas mineraalwater verlichting zou brengen. Misschien was een glas whisky een beter idee.

'Ik heb de krant niet gezien,' zei Maggie op kalme toon, 'maar ik ben ervan overtuigd dat het hele voorval buiten proportie is opgeblazen.'

'Buiten proportie opgeblazen?' bulderde C.J..

Opnieuw moest ze de hoorn een eindje van haar oor houden. Een paar stappen bij haar vandaan kon Cliff C.J.'s stem duidelijk horen.

'Ben je wel of niet gestruikeld over een hoop... botten?'

'Niet precies,' zei ze met een grimas. Het kostte haar steeds meer moeite om haar stem in bedwang te houden. 'Feitelijk was het de hond die ze heeft gevonden. Ik heb de politie gebeld, en die stelt nu een onderzoek in. Ik heb er eigenlijk niets mee te maken.' Ze zag Cliff zijn wenkbrauwen optrekken bij het horen van die laatste opmerking, maar reageerde er niet op.

'Maggie, in de krant staat dat die man daar vermoord is en ter plekke begraven, een paar meter bij je huis vandaan.'

'Tien jaar geleden.' Ze drukte haar vingers steviger tegen haar slapen.

'Maggie, kom naar huis.'

Omdat in zijn stem het soort smeekbede doorklonk waaraan moeilijk weerstand te bieden was, deed ze gelaten haar ogen dicht. 'C.J., in ben thuis.'

'Verdorie, ik doe 's nachts geen oog dicht wanneer ik eraan denk dat jij in je eentje in die uithoek zit. Alsjeblieft, je bent een van de succesvolste, rijkste en meest gelauwerde vrouwen ter wereld, en je woont in een gehucht.'

'Als ik succesvol, rijk en gelauwerd ben, kan ik wonen waar ik wil.' Opnieuw kostte het haar moeite haar zelfbeheersing te bewaren. Maar hoe hij het ook onder woorden bracht en hoe scherp zijn toon ook was, zijn bezorgdheid was echt. Het was beter dat ze zich daarop concentreerde. 'Bovendien heb ik die valse waakhond die jij me hebt gestuurd, C.J..' Ze keek naar Killer, die vredig aan Cliffs voeten lag te slapen. Toen ze opkeek, glimlachte ze onwillekeurig tegen Cliff. 'Ik zou niet veiliger kunnen zijn.'

'Als je een lijfwacht inhuurde –'

Nu schoot ze in de lach. 'Je gedraagt je weer als een zeurende oude vrouw. Het laatste wat ik nodig heb, is een lijfwacht. Het gaat goed met me,' zei ze snel, voordat hij commentaar kon leveren. 'De muziek voor die film is af, er spelen tientallen ideeën voor nieuwe liedjes door mijn hoofd, en ik denk zelfs over nog een musical. Waarom vertel je me niet hoe briljant die partituur is?'

'Je weet dat ze briljant is,' zei hij stuurs. 'Het is waarschijnlijk het beste wat je ooit hebt gecomponeerd.'

'Meer,' zei ze dringend. 'Vertel me meer. Mijn ego kan er niet genoeg van krijgen.'

Hij zuchtte, gelaten zijn nederlaag accepterend. 'Toen ik de muziek afspeelde voor de producers, waren ze in extase. Ze opperden dat je hierheen zou komen om toezicht te houden op de opname.'

'Vergeet het maar.' Ze ijsbeerde naar de gootsteen en weer terug.

'Verdorie, wij zouden wel naar jou toe komen, maar er is geen studio in Hicksville.'

'Morganville,' verbeterde ze hem. 'Je hebt me niet nodig voor de opname.'

'Ze willen dat jij de titelsong zingt.'

'Wat?' Verrast hield ze op met ijsberen.

'Laat me eerst uitpraten voordat je weigert.' C.J. ging rechtop in zijn stoel zitten en zette zijn beste onderhandelaarsstem op. 'Ik weet dat je altijd hebt geweigerd om op te treden of zelf op een plaat te zingen, en ik heb je nooit onder druk gezet. Maar dit is iets waarvan ik werkelijk vind dat je het in overweging moet nemen. Maggie, dat lied is vuurwerk, in één woord vuurwerk, en niemand zal in staat zijn erin te leggen wat jij erin hebt gelegd. Nadat ik de band had afgespeeld, had iedereen in de kamer een koude douche nodig.'

'Ik kan wel vijf artiesten opnoemen die dat nummer zouden kunnen vertolken, C.J.. Je hebt mij niet nodig.'

'Ik kan er wel tien opnoemen die het kunnen vertolken,' luidde zijn weerwoord, 'maar geen zoals jij. Het lied heeft jou nodig, Maggie. Je zou er in ieder geval over kunnen nadenken.'

Zichzelf voorhoudend dat ze hem al genoeg overstuur had gemaakt, zei ze: 'Oké, ik zal erover denken.'

'Laat het me binnen een week weten.'

'C.J. –'

'Oké, oké, twee weken.'

'Goed. En het spijt me van de telefoon.'

'Koop dan tenminste zo'n weerzinwekkend antwoordapparaat.'

'Misschien. Pas goed op jezelf, C.J..'

'Dat doe ik altijd. Pas jij liever op jezelf.'

'Dat doe ik altijd. Tot later.' Nadat ze had opgehangen, zuchtte ze diep. 'Ik voel me alsof ik een uitbrander hebt gehad van het hoofd van de school.'

Cliff zag haar een opgevouwen theedoek oppakken, hem uitvouwen en weer neerleggen. 'Je weet hoe je hem moet aanpakken.'

'Oefening baart kunst.'

'Waar staat C.J. eigenlijk voor?'

'Constant jeremiëren,' antwoordde ze prompt, maar toen schudde ze haar hoofd. 'Om je de waarheid te zeggen heb ik geen flauw idee.'

'Maakt hij het je altijd zo moeilijk?'

'Ik geloof van wel.' Ze pakte de theedoek weer op. 'Het nieuws heeft de kranten aan de westkust bereikt. Toen hij me niet kon bereiken...' Haar stem stierf weg, en ze keek met gefronste wenkbrauwen uit het raam.

'Je bent gespannen.'

Ze legde de theedoek op de rand van de gootsteen. 'Nee.'

'Jawel. Ik kan het zien.' Hij stak een hand uit en liet hem over de zijkant van haar hals naar haar schouder glijden. 'Ik kan het voelen.'

De aanraking van zijn vingers deed haar huid tintelen. Langzaam draaide ze haar hoofd om. 'Ik wil niet dat je dat doet.'

Doelbewust bracht hij zijn andere hand naar haar andere schouder, zodat hij haar verkrampte spieren kon masseren. Probeerde hij eigenlijk háár zenuwen tot bedaren te brengen of die van hemzelf? 'Je aanraken?' vroeg hij kalm. 'Het is moeilijk om dat niet te doen.'

Wetend dat ze al zwakker werd, legde ze haar handen om zijn polsen. 'Doe dan beter je best,' adviseerde ze, terwijl ze hem opzij probeerde te duwen.

'Dat heb ik de afgelopen dagen ook gedaan.' Zijn vingers drukten in haar huid en ontspanden zich, in een ritme dat haar benen als van was maakte. 'Ik ben tot de conclusie gekomen dat het een verspilling is van de energie waarmee ik beter de liefde met je zou kunnen bedrijven.'

Haar hoofd werd wazig, haar ademhaling onregelmatig. 'We hebben elkaar niets te bieden.'

'We weten allebei wel beter.' Hij boog zijn hoofd en streek met zijn lippen langs de slaap waarover hij haar had zien wrijven toen ze met C.J. praatte.

Voor ze zich kon inhouden, zuchtte ze. Dit was niet wat ze wilde – het was alles wat ze wilde. 'Seks is –'

'– een noodzakelijk en plezierig onderdeel van het leven,' maakte hij haar zin af, alvorens zijn lippen op haar mond te drukken.

Dit was dus verleiding, dacht ze zweverig. Geprikkeld worden zonder dat je er iets tegen kon doen. Ze wist dat ze geen weerstand bood, maar toegaf, net zo goed als ze wist dat er geen weg terug was als ze zich volledig aan hem overgaf.

'We zijn alleen maar twee mensen die een bed delen,' fluisterde ze. 'Iets anders is er niet.'

Het had zowel een vraag als een constatering kunnen zijn, maar hij probeerde te geloven dat het waar was. Als er meer was, zou de aantrekkingskracht namelijk niet afnemen en zou hij de rest van zijn leven vastzitten aan een vrouw die hij nauwelijks begreep. Als zijn behoeften slechts lichamelijk waren, kon hij zijn zelfbeheersing laten verslappen en zich aan ze overgeven. Als wat hij voor haar voelde slechts begeerte was, kon hij nemen wat hij wilde zonder dat het gevolgen had. Wat maakte hij zich trouwens druk om de gevolgen wanneer ze zo zacht en warm aanvoelde in zijn armen?

'Ik wil je voelen,' fluisterde hij tegen haar mond. 'Ik wil je huid onder mijn handen voelen, glad en heet; ik wil je hart voelen bonzen.'

Wat hij maar wilde, dacht ze wazig. Ze zou hem alles geven wat hij wilde, als hij maar dicht bij haar bleef, als zijn mond maar doorging met die wanhopige, extatische verleiding van haar zinnen. Hij trok haar T-shirt over haar hoofd en liet zijn handen langs haar zijden naar beneden en weer omhoogglijden, zodat ze bijna gek werd van verlangen naar meer. Zijn overhemd streek langs haar stijve tepels, totdat hij zijn handen ertussen schoof en die om haar borsten legde.

Nu kon hij haar hart voelen kloppen, en zij kon het horen bonzen in haar eigen oren. Haar dijen drukten tegen die van hem met slechts twee dunne lagen zachte spijkerstof ertussen. Ze kon zich ieder plekje van zijn lichaam herinneren, hoe het had gevoeld toen het warm en opgewonden en naakt op dat van haar lag.

Hij rook naar werk en de buitenlucht, naar zweet en omgewoelde aarde. Terwijl de geur haar neus binnen drong, liet ze haar lippen over zijn gezicht en zijn hals glijden om hem te proeven.

Ongecultiveerd, zoals het land om haar huis. Niet helemaal getemd, zoals het dichte bos eromheen. Zo beschouwde ze het verlangen dat tussen hen oplaaide. Beide waren gevaarlijk, beide gaven genot. Haar gezonde verstand het zwijgen opleggend, gaf ze zich eraan over.

'Nu,' zei ze hees. 'Ik wil je nu.'

Zonder idee van tijd of plaats, zonder te aarzelen, lieten ze zich op de vloer zakken. Opgezweept door begeerte rukten ze elkaar de kleren van het lijf, totdat ze elkaar vonden. Warme huid tegen warme huid.

Toen de telefoon aan de muur begon te rinkelen, hoorden ze het geen van beiden. Of het uit vrije keus was of bepaald door het lot, voor hen bestond er niemand meer dan de ander.

Een trilling, een zucht, een ruwe liefkozing, de geur van tomeloze hartstocht. Dat was hun wereld. Dringend en nog dringender zochten ze de smaak en de aanraking van elkaar, alsof het verlangen nooit zou afnemen, alsof ze nooit zouden toestaan dat het minder werd. De vloer was hard en glad onder hen. Ze rolden eroverheen alsof hij bedekt was met veren. Het zonlicht stroomde naar binnen en bescheen hun lichamen. Ze verkenden echter alle geheimen van de nacht.

Man voor vrouw, vrouw voor man – tijd had geen plaats en plaats had geen betekenis. Heet en open vond zijn mond die van haar, en hij brandde van verlangen om haar volledig te bezitten. Zijn vingers drukten in haar heupen toen hij bovenop haar ging liggen, zodat haar huid verlokkend langs die van hem gleed. Hij voelde haar trillen, terwijl de vloedgolf van hartstocht tegen de verzwakte dam van zijn zelfbeheersing beukte. Op het moment dat ze zich verenigden, boog ze haar lichaam van genot achterover. Het ritme was jachtig, steeds verder zweepten ze elkaar op, meedogenloos, genadeloos.

Door zijn halfgesloten ogen zag hij haar trillend het hoogtepunt naderen. Toen werd hij samen met haar meegevoerd door de elementaire kracht van de paringsdans.

Hoofdstuk 9

Hoe laat was het eigenlijk? Waren er echt uren verstreken, of had hij zijn besef van tijd verloren? Aan de hand van de binnenvallende zon probeerde Cliff te schatten hoe laat het was, maar hij was er niet zeker van dat hij het juist had. Hij was niet zomaar uitgerust; hij voelde zich als herboren. Toen hij zijn hoofd omdraaide, zag hij dat Maggie naast hem nog lag te slapen. Hij herinnerde zich vaag dat hij haar naar boven had gedragen en dat ze op het bed waren getuimeld. Met hun armen om elkaar heen geslagen, waren ze uitgeput in slaap gevallen. Dat gedeelte stond hem nog maar vaag voor de geest, maar de rest...

Op de keukenvloer. Met een hand over zijn gezicht wrijvend, vroeg hij zich af of dat hem tevreden stemde of verbaasde. Beide, ontdekte hij.

Als een hitsige puber die was overmand door begeerte, had hij de liefde met haar bedreven op de keukenvloer. Tegen de tijd dat een man in de dertig was, zou hij toch over een beetje meer zelfbeheersing moeten beschikken, een beetje meer finesse moeten tonen. De twee keer dat hij de liefde met haar had bedreven, had hij echter geen van beide getoond. Hij betwijfelde trouwens of dat zou veranderen als hij meer dan honderd keer de liefde met haar had bedreven. De macht die ze over hem uitoefende, was veel te groot en wekte eerder waanzin dan fijngevoeligheid op. En toch... Omdat ze sliep en zich van niets bewust was, streek hij het haar van haar wang, zodat hij haar gezicht beter kon zien. Naar haar kijken werd een gewoonte die hij vreesde niet makkelijk meer te kunnen afleren. Wanneer ze echter zo rustig in bed lag als op dat moment, werd hij bevangen door een gevoel van beschermende tederheid. Voorzover hij het zich kon herinneren, had geen enkele andere vrouw die reactie bij hem opgeroepen. Die wetenschap was niet bijster bemoedigend.

Misschien kwam het doordat ze er, wanneer ze sliep, zo breekbaar, zo weerloos en klein uitzag. Hij had nooit weerstand kunnen bieden aan breekbaarheid. Als ze echter in zijn armen lag, was ze een en al vuur en hartstocht, met een kracht die zo sterk was dat ze onverwoestbaar leek. Uitdagingen waren ook iets waaraan hij nooit weerstand had kunnen bieden.

Wie was Maggie Fitzgerald eigenlijk? vroeg hij zich af, terwijl hij met een vingertop de omtrek van haar mond volgde. Hij zou haar niet mooi hebben genoemd, maar toch had haar gezicht de macht om een man zowel te verbluffen als bij te blijven. Hij had niet verwacht dat ze aardig of meelevend zou zijn, maar toch was ze beide. Hij had niet verwacht dat ze onafhankelijk zou zijn, maar toch bewees ze dat ze onder buitengewoon onaangename omstandigheden haar mannetje wist te staan.

Met gefronste wenkbrauwen trok hij haar dichter tegen zich aan. Ze mompelde iets maar werd niet wakker. Hoewel hij haar zelf had verteld dat ze niets te maken had met wat er tien jaar geleden was gebeurd, vond hij het geen prettig idee dat ze alleen in het grote afgelegen huis woonde. De wetenschap dat Morganville een rustig ordentelijk dorp was, veranderde daar niets aan. Zelfs rustige en ordentelijke mensen konden lugubere geheimen hebben. Dat was de afgelopen twee weken wel duidelijk geworden.

Wie William Morgan ook had vermoord, diegene was tien jaar lang vrijuit gegaan. Hij had waarschijnlijk dagelijks door de straten van het dorp gelopen, voor de bank staan praten met dorpsgenoten, gejuicht bij sportwedstrijden. Dat was geen geruststellende gedachte. Het was evenmin een geruststellende gedachte dat iemand die één moord had gepleegd, wellicht alles in het werk zou stellen om te voorkomen dat hij onder de loep zou worden genomen en zijn rustige ordentelijke leventje zou moeten opgeven. Het was misschien een cliché dat een moordenaar vaak terugkwam naar de plaats van de misdaad, maar…

Toen ze wakker werd, was ze volkomen gedesoriënteerd. Was

het ochtend? vroeg ze zich slaapdronken af. Toen ze ging verliggen en beide handen optilde om haar haren uit haar gezicht te strijken, merkte ze de loomheid in haar ledematen op – van het vrijen. Plotseling klaarwakker keek ze opzij, maar naast haar was het bed leeg.

Misschien had ze het wel gedroomd. Het laken naast haar was echter nog warm, en op het sloop kon ze zijn aftershave nog ruiken.

Ze hadden de liefde bedreven op de keukenvloer, herinnerde ze zich – met een reactie die vergelijkbaar was met die van Cliff. Ze herinnerde zich echter ook heel helder dat hij haar de trap op had gedragen, voorzichtig, alsof ze een kostbaar kleinood was. Het was een warme herinnering, anders dan die aan de erotische scène die eraan was voorafgegaan. Het was een herinnering die je kon koesteren tijdens lange slapeloze nachten in de toekomst.

Hij was echter weggegaan zonder afscheid te nemen.

Word volwassen, Maggie, beval ze zichzelf. Gebruik je verstand. Van het begin af aan had ze geweten dat er geen romantiek in het spel was, maar louter begeerte. Het enige wat de gedachte aan het eerste haar zou opleveren, was verdriet. Romantiek was voor onpraktische, kwetsbare naïeve mensen. Had ze niet haar leven lang geprobeerd geen van die drie soorten mensen te zijn?

Hij hield niet van haar; zij hield niet van hem. Bij de tweede ontkenning speelde er iets op in haar maag, dat ze verbeet. Nee, hield ze vol, ze hield niet van hem. Dat kon ze zich niet permitteren.

Hij was een harde man, hoewel ze inmiddels ook wat zachtere trekjes bij hem had gezien. Hij was onverdraagzaam, ongeduldig, en vaker bot dan beleefd. Een vrouw moest wijzer zijn dan haar hart te verliezen aan een man als hij. In ieder geval had hij het meer dan duidelijk gemaakt dat hij alleen haar lichaam wilde, louter en alleen haar lichaam. Twee keer had ze bewust de beslissing genomen dat aan hem te geven, dus ze had nu niet het recht om spijt te hebben, zelfs al was hij weggegaan zonder een woord te zeggen.

Ze legde haar armen over haar ogen, weigerend toe te geven aan de toenemende angst dat ze hem al meer had gegeven dan haar lichaam, zonder dat een van hen beiden zich daarvan bewust was.

Toen hoorde ze het opnieuw: het zachte gekraak boven haar hoofd. Nadat ze langzaam haar armen had laten zakken, bleef ze doodstil liggen. Toen ze het geluid nog een keer hoorde, begon het hart haar in de keel te kloppen. Ze was wakker, het was middag, en de geluiden kwamen niet uit haar verbeelding, maar van de zolder.

Hoewel ze trilde als een riet, klom ze geruisloos uit bed. Ditmaal zou ze niet in elkaar gedoken in haar slaapkamer blijven zitten terwijl er een indringer rondsloop in haar huis. Ditmaal, dacht ze, haar lippen bevochtigend terwijl ze haar T-shirt aantrok, zou ze uitvinden wie het was en wat hij wilde. Beheerst en koelbloedig pakte ze de pook van de open haard, en ze glipte de gang in.

De zoldertrap was aan haar rechterkant. Toen ze zag dat de deur boven aan de trap openstond, werd ze opnieuw bevangen door angst. Die deur was niet open geweest sinds ze in het huis was getrokken. Trillend, maar vastberaden greep ze de pook steviger beet alvorens ze de trap op sloop.

In de deuropening bleef ze staan luisteren. Vanbinnen kwamen zachte geluiden, alsof er iemand rondliep. Ze slikte, kneep haar lippen op elkaar en stapte met de pook in de aanslag naar binnen.

'Verdorie, Maggie! Je had me wel kunnen vermoorden met dat ding.'

Geschrokken sprong ze achteruit en stootte zich keihard aan de deurpost. 'Wat doe jij hier boven?' vroeg ze verontwaardigd aan Cliff, die even verontwaardigd terugkeek.

'Gewoon wat rondkijken. Wanneer ben je hier voor het laatst geweest?'

Ze liet haar adem ontsnappen en probeerde zich te ontspannen. 'Ik ben helemaal nooit hier geweest. De zolder staat onder aan mijn lijstje van prioriteiten, dus ik had hier niets te zoeken.'

Hij knikte en keek opnieuw om zich heen. 'Dan is er iemand anders boven geweest.'

Voor het eerst bekeek ze de zolder. Zoals ze al had vermoed, bevatte de ruimte weinig anders dan stof en spinnenwebben. In het midden was het er zo hoog dat Cliff rechtop kon staan met nog iets van drie centimeter ruimte boven zijn hoofd, maar aan de zijkanten liep het dak schuin af. Er stond een oude schommelstoel die met een laag was misschien de moeite waard was, een bank die niet meer te redden viel, twee lampen zonder kappen, en een grote hutkoffer.

'Zo te zien is hier al jaren niemand geweest.'

'Eerder een week,' verbeterde hij. 'Kijk hier maar eens.'

Hij liep naar de hutkoffer, en nadat ze met een grimas naar de laag stof op de vloer had gekeken, liep ze op haar blote voeten achter hem aan. 'En?' vroeg ze. 'Joyce heeft me verteld dat er hierboven een paar dingen stonden opgeslagen die ze niet nodig had. Ik heb gezegd dat ze die rustig kon laten staan, dat ik ze wel naar beneden zou slepen wanneer ik klaar was met de rest van het huis.'

'Volgens mij heeft iemand anders al iets meegenomen.' Hij ging op zijn hurken voor de met stof bedekte hutkoffer zitten en wees.

Geërgerd een niesbui onderdrukkend, boog ze voorover. Toen zag ze het. Vlak bij het slot stond heel vaag de afdruk van een hand. 'Maar –'

Voordat ze de afdruk kon aanraken, greep hij haar pols. 'Niet doen!'

'Er is hier iemand geweest,' fluisterde ze. 'Ik heb het me dus niet verbeeld.' Met moeite haar zelfbeheersing bewarend, keek ze om naar Cliff. 'Maar wat zou iemand hier te zoeken hebben gehad, in dat ding?'

'Dat is een goede vraag.' Haar hand nog steeds vasthoudend, kwam hij overeind.

'Weet je ook een goed antwoord?' vroeg ze geforceerd luchtig.

'Volgens mij kunnen we beter horen wat de sheriff ervan vindt.'

'Denk je dat het iets te maken heeft met... dat andere?'

Hoewel haar stem vast was, voelde hij aan haar polsslag dat ze nerveus was. 'Ik vind het vreemd dat alles tegelijkertijd gebeurt. Toevalligheden zijn iets merkwaardigs. Het zou niet verstandig zijn als je er geen aandacht aan schonk.'

'Dat ben ik met je eens.' Dit was niet tien jaar geleden gebeurd, dacht ze. Dit was vorige week gebeurd. 'Ik ga de sheriff bellen.'

'Dat doe ik wel.'

Nijdig bleef ze in de deuropening staan. 'Het is mijn huis,' begon ze.

'Dat is het inderdaad,' beaamde Cliff. Met beide handen streek hij over haar naakte dijen naar haar heupen, haar effectief het zwijgen opleggend. 'Ik vind het niet erg om je halfnaakt te zien, integendeel zelfs, maar ik ben bang dat het Stan zal afleiden van zijn werk.'

'Erg grappig.'

'Nee, erg mooi.' Toen ze hem met grote ogen aankeek, boog hij ijn hoofd, en hij kuste haar voor het eerst met onvervalste tederheid. Zonder iets te zeggen bleef ze stokstijf staan toen hij zijn hoofd weer terugtrok. 'Ik ga de sheriff bellen,' zei hij kortaf. 'Ga jij een broek aantrekken.'

Zonder op haar antwoord te wachten, liep hij naar de trap. Ze keek hem verbluft na en tilde een vinger op om over haar lippen te strijken. Dat, dacht ze, was even onverwacht en even onverklaarbaar als alles wat er verder nog tussen hen was voorgevallen.

Volkomen in de war liet ze de pook tegen de deur staan, en ze ging terug naar haar slaapkamer. Ze had niet geweten dat hij zo kon kussen – zo teder, zo zacht dat haar hart bijna was opgehouden te kloppen en ze een brok in haar keel had gekregen. Zijn tederheid had haar weerloos gemaakt.

Op hartstocht en agressie kon ze reageren met haar eigen hartstocht en agressie. In dat opzicht waren ze aan elkaar gewaagd, en hij had even weinig zelfbeheersing als zij. Begeerte kon worden beantwoord met begeerte, vuur met vuur, maar tederheid... Wat zou er gebeuren als hij haar nog een keer op die manier kuste? En hoelang zou ze moeten wachten tot hij dat nog een keer deed? Een vrouw kon verliefd worden op een man die kuste zoals hij.

Streng riep ze zichzelf tot de orde. Sommige vrouwen, verbeterde ze zichzelf, en snel trok ze haar spijkerbroek aan. Niet zij. Zij werd niet verliefd op Cliff Delaney. Hij was niets voor haar. Hij wilde niet meer dan...

Toen schoot het door haar heen dat hij niet was weggegaan zonder afscheid te nemen. Hij was helemaal niet weggegaan.

'Maggie!' riep hij vanonder aan de trap.

Opgeschrikt uit haar verontrustende gedachten keek ze naar haar verbaasde gezicht in de spiegel. 'Wat is er?'

'Stan komt eraan.'

'Oké, ik kom naar beneden.' Over een minuutje, voegde ze er bij zichzelf aan toe. Over een minuutje. Ze bewoog zich voorzichtig, alsof ze haar benen niet vertrouwde, en ze ging op het bed zitten.

Als er kans was dat ze verliefd op hem werd, kon ze dat beter nu onder ogen zien, nu er nog tijd was om er iets aan te doen. Maar was daar eigenlijk nog wel tijd voor? Dagen geleden was het al te laat geweest om er nog iets aan te doen, misschien zelfs wel langer. Misschien was het al te laat geweest op het moment dat hij op haar oprit uit zijn pick-up was gestapt.

Wat moest ze nu doen? Ze was verliefd geworden op een man die ze nauwelijks kende, nauwelijks begreep, en meestal niet eens mocht. Hij op zijn beurt begreep haar helemaal niet en leek daar ook geen behoefte aan te hebben.

Toch had hij een wilg in haar tuin geplant. Misschien begreep hij haar beter dan zij of hij besefte. Natuurlijk kon er niets tussen hen zijn, niets wezenlijks, hield ze zichzelf haastig voor. Daarvoor verschilden ze te veel van elkaar. Toch had ze voorlopig geen andere keus dan de stem van haar hart te volgen en te hopen dat haar gezonde verstand haar een beetje in toom zou houden. Maar, bedacht ze fatalistisch, dat had het nooit gedaan.

Het was stil beneden, maar zodra ze in de gang was gekomen, rook ze koffie. Even bleef ze staan, zich afvragend of ze geërgerd of blij moest zijn dat Cliff zich zo thuis voelde in haar huis. Nog steeds in tweestrijd liep ze naar de keuken.

'Wil je ook koffie?' vroeg hij toen ze binnenkwam. Al in zijn gebruikelijke nonchalante houding tegen het aanrecht geleund, had hij een broodje in zijn hand.

'Eigenlijk wel,' zei ze met opgetrokken wenkbrauwen. 'Heb je alles gevonden wat je nodig had?'

Zonder aandacht te schenken aan haar sarcastische toon, haalde hij nog een kopje uit een kast. 'Nee. Je hebt niet geluncht.'

'Ik lunch zelden.' Ze ging naast hem staan om zelf haar koffie in te schenken.

'Ik altijd.' Met een vanzelfsprekendheid die ze vond grenzen aan arrogantie, deed hij de koelkast open om die aan een inspectie te onderwerpen.

'Ga je gang,' mompelde ze voordat ze haar tong aan de hete koffie brandde.

'Je kunt je beter aanwennen om van alles een voorraadje in te slaan,' zei hij toen hij zag hoe ontmoedigend weinig eetbaars er in haar koelkast lag. 'Aan een achterafweggetje als dit komt het 's winters regelmatig voor dat je een hele week ingesneeuwd zit.'

'Ik zal eraan denken.'

'Eet je dit spul?' vroeg hij, een pak yoghurt opzijschuivend.

'Ik vind het toevallig lekker.' Ze beende naar de koelkast met de bedoeling de deur dicht te slaan, of zijn hand ertussen zat of niet, maar hij was haar te vlug af door één enkel kippenpootje eruit te halen en snel zijn hand terug te trekken. 'Mag ik je erop wijzen dat je mijn avondeten opeet?'

'Wil je ook een hapje?' De vriendelijkheid zelve hield hij haar het pootje voor.

Met moeite haar lachen inhoudend, zei ze: 'Nee.'

'Weet je wat zo grappig is?' zei hij nadat hij een hap had genomen en peinzend had gekauwd. 'Zodra ik in deze keuken kom, krijg ik trek.'

Ze keek hem vernietigend aan, zich er maar al te goed van bewust dat ze precies op de plek stond waar ze zo kort geleden nog hartstochtelijk de liefde hadden bedreven. Als hij probeerde haar op te winden, slaagde hij daar wonderwel in. Als hij probeerde haar af te leiden van wat ze op de zolder hadden ontdekt, slaagde hij daar ook in. Wat zijn bedoeling ook was, ze kon geen weerstand aan hem bieden.

Doelbewust ging ze dichter bij hem staan, en ze liet haar handen langzaam over zijn borst omhoog glijden. Het leek haar tijd om hem een koekje van eigen deeg te geven. 'Misschien heb ik toch wel trek,' fluisterde ze, en nadat ze op haar tenen was gaan staan, streek ze plagend met haar lippen over die van hem.

Omdat hij dat initiatief niet van haar had verwacht, bleef hij onbeweeglijk staan. Vanaf het begin had híj haar achtervolgd en verleid. Zij was de dame, de kroonprinses met de losbandige hartstocht waarover mannen vaak fantaseren in lange donkere nachten. Nu hij in haar grote fluwelen ogen keek, beschouwde hij haar eerder als een toverheks. En wie, vroeg hij zich af toen zijn bloed sneller ging stromen, was eigenlijk de achtervolger en de verleider?

Ze benam hem de adem – alleen al met haar parfum. Ze beroofde hem van zijn gezonde verstand – alleen al met een aanraking. Wanneer ze op die manier naar hem keek, met een blik van verstandhouding en haar lippen vaneen, was ze de enige vrouw die hij in zijn leven wilde. Op momenten als deze verlangde hij naar haar met een hartstocht die dreigde nooit getemd te kunnen worden. Plotseling maakte ze hem doodsbang.

'Maggie.' Hij tilde een hand op – om haar af te weren of om haar dichter naar zich toe te trekken. Welk van de twee zou hij nooit te weten komen, want de hond begon te blaffen, en buiten werd het geronk van een auto steeds luider. Onverrichter zake liet hij zijn hand weer zakken. 'Dat zal Stan zijn.'

'Ja.' Ze nam hem op met een nieuwsgierigheid die hem de kriebels gaf.

'Je kunt beter opendoen.'

'Oké.' Ze bleef hem nog een ogenblik strak aankijken, nogal ingenomen met de onzekerheid die ze in zijn ogen zag. 'Kom je ook?'

'Ja. Zo meteen.' Pas toen ze weg was, liet hij zijn ingehouden adem ontsnappen. Dat was op het nippertje geweest, en het beviel hem helemaal niet. Wat er op het nippertje was geweest, wist hij niet precies, maar hij wist wel dat het hem niet beviel. Vreemd genoeg had hij geen trek meer. Hij legde de drumstick op het aanrecht en pakte zijn koffiekopje. Met niet geheel vaste hand dronk hij het in één teug leeg.

Ze hoefde zich beslist niet te vervelen, dacht Maggie toen ze door de gang liep. De sheriff stond weer voor haar deur, Cliff stond in haar keuken te kijken alsof hij een klap met een stomp voorwerp had gehad, en haar eigen hoofd was zo licht – was het van een gevoel van macht? – dat ze zich afvroeg wat er hierna nog zou gebeuren. Haar verhuizing naar het platteland had haar bepaald geen rust gegeven. Nog nooit in haar leven had ze zich zo gestimuleerd gevoeld.

'Goedemiddag, Miss Fitzgerald.'

'Dag, sheriff.' Om Killer tot bedaren te brengen, tilde ze hem op.

'Een echte waakhond,' zei hij grinnikend. Daarna stak hij een hand uit, zodat de puppy eraan kon ruiken. 'Cliff heeft me gebeld. Hij zei dat het leek of er iemand bij u had ingebroken.'

'Dat lijkt de enige verklaring.' Ze stapte achteruit om hem binnen te laten. Daarna probeerde ze met de spartelende hond onder haar arm de deur dicht te duwen. 'Hoewel ik niet snap waarom. Blijkbaar is er vorige week iemand op mijn zolder geweest.'

'Vorige week?' Nadat Stan haar had geholpen de deur dicht te doen, liet hij zijn rechterhand licht, bijna achteloos, op de kolf van zijn pistool rusten. 'Waarom hebt u me dan niet eerder gebeld?'

Omdat ze zich een beetje belachelijk begon te voelen, zette ze de hond neer. Toen hij om haar voeten bleef draaien, gaf ze hem ongeduldig een duwtje tegen zijn achterwerk, zodat hij op een holletje in de muziekkamer verdween. 'Ik werd midden in de nacht wakker en hoorde geluiden. Ik geef toe dat ik op dat moment in paniek raakte, maar 's ochtends...' Haar stem stierf weg en ze haalde gegeneerd haar schouders op. 's Ochtends dacht ik dat mijn verbeelding me parten had gespeeld, dus ben ik het hele voorval min of meer vergeten.'

Stan luisterde en knikte, zowel begrijpend als aanmoedigend. 'En nu?'

'Van... eh... vanmiddag heb ik het toevallig aan Cliff verteld, en die was zo nieuwsgierig dat hij een kijkje op de zolder is gaan nemen.'

'Ik begrijp het,' zei hij op zo'n toon dat ze het gevoel had dat hij alles veel te goed begreep.

'Hallo, Stan.' Ogenschijnlijk volkomen op zijn gemak kwam Cliff de keuken uit. 'Bedankt dat je meteen bent gekomen.'

Dat had ík moeten zeggen, dacht Maggie, maar voordat ze haar mond weer kon opendoen, praatten de mannen al over haar hoofd heen verder.

'Dat hoort nu eenmaal bij mijn werk,' verklaarde Stan. 'Jij doet buiten trouwens ook goed werk.'

'Er begint schot in te komen.'

Met een scheef lachje zei Stan: 'Je hebt altijd van uitdagingen gehouden.'

Ze kenden elkaar zo goed, dat Cliff begreep dat hij zowel op de vrouw als op haar grond doelde. 'Zonder uitdagingen is het leven een saaie boel,' zei hij alleen maar.

'Ik heb gehoord dat je iets op de zolder hebt gevonden.'

'Genoeg om me te doen denken dat er iemand heeft rondgeneusd.'

'Ik kan beter zelf even gaan kijken.'

'Ik laat het u wel zien,' zei Maggie. Na een waarschuwende blik op Cliff te hebben geworpen, ging ze hen voor de trap op.

Toen ze bij de zolderdeur waren gekomen, keek Stan naar de pook, die nog steeds tegen de deur stond. 'Daar kan iemand lelijk over struikelen.'

'Die heb ik daar waarschijnlijk een andere keer achtergelaten.' Cliffs grijns negerend, pakte ze hem op, en ze verborg hem snel achter haar rug.

'Het ziet er hier uit alsof er al heel lang niemand meer is geweest,' merkte Stan op, terwijl hij een spinnenweb van zijn gezicht veegde.

'Ik ben tot vandaag helemaal niet boven geweest.' Er liep een rilling over haar rug toen ze een grote, zwarte spin over de muur naast de deur omhoog zag kruipen. Ze had niemand bekend dat het vooruitzicht van insecten en muizen de voornaamste reden was geweest om niet naar de zolder te gaan. 'Er waren zoveel andere dingen te doen in het huis.' Voorzichtigheidshalve ging ze verder bij de muur vandaan staan.

Stan wreef over zijn kin. 'Er staat hier niet zoveel. Zodra Joyce het huis had geërfd, hebben zij en ik alles weggehaald waarin we geïnteresseerd waren. Louella had alles al meegenomen wat zij wilde hebben. Hoe weet u trouwens dat er iets weg is als u nooit boven bent geweest?' Langzaam keek hij om zich heen.

'Ik weet niet of er iets weg is. Dit is het.' Voor de tweede keer liep ze over de stoffige vloer naar de hutkoffer. Ditmaal was zij het die op haar hurken ging zitten en wees.

Stan boog zo ver over haar heen dat ze zijn goedkope aftershave kon ruiken. Ze herkende de geur en herinnerde zich met plotselinge nostalgie dat de chauffeur van haar moeder altijd dezelfde aftershave op had gehad. Alleen daarom al leek haar vertrouwen in Stan gerechtvaardigd.

'Dat is vreemd,' mompelde Stan zonder het deksel van de hutkoffer aan te raken. 'Hebt u hem opengemaakt?'

'We hebben hem geen van beiden aangeraakt,' zei Cliff.

Stan knikte en drukte op het knopje van het veerslot. Zijn andere hand kwam automatisch omhoog, maar bleef ter hoogte van de handafdruk boven het deksel zweven. 'Zo te zien heeft iemand anders hem wel aangeraakt.'

Voorzichtig legde hij zijn hand op de sluiting en trok. 'Hij zit op slot.' Op zijn hurken gezeten en met gefronst voorhoofd keek hij naar de hutkoffer. 'Ik mag hangen als ik nog weet wat erin zit. Ik weet zelfs niet of er nog een sleutel van is. Joyce weet het misschien, maar het ligt meer voor de hand dat Louella het zich herinnert. En toch...' Hoofdschuddend kwam hij overeind. 'Het slaat nergens op dat iemand inbreekt en iets uit deze oude hutkoffer meeneemt, vooral niet nu het huis voor het eerst in tien jaar weer bewoond is.' Hij keek om naar Maggie. 'Weet u zeker dat er beneden niets weg is?'

'Ja. Dat wil zeggen, ik geloof niet dat er iets gestolen is. Bijna alles wat ik hierheen heb gestuurd, zit nog in kratten.'

'Het zou geen kwaad kunnen als u het toch even controleerde.'

'Oké.' Ze ging terug naar de eerste verdieping, zich realiserend dat ze hoopte dat er inderdaad iets weg was. Dat zou tenminste ergens op slaan. Dat zou te bevatten zijn. De vage handafdruk op de hutkoffer en de afwezigheid van een logische verklaring gaven haar een onbehaaglijk gevoel. Een ordinaire diefstal zou haar alleen maar kwaad maken.

Met de twee mannen op haar hielen ging ze haar slaapkamer binnen om te kijken of er sieraden ontbraken. Alles was precies zoals het moest zijn. In de aangrenzende slaapkamer stonden kratten, waaraan ze in één oogopslag kon zien dat ze niet opengemaakt en zelfs maar aangeraakt waren.

'Dat is alles hierboven. Beneden staan nog meer kratten en een paar schilderijen die ik nog moet laten inlijsten.'

'Laten we gaan kijken.'

Gehoor gevend aan het verzoek van de sheriff, liep ze weer naar de trap.

'Het bevalt me niet,' zei Cliff zacht tegen Stan. 'En jij denkt net zomin als ik dat er beneden iets weg is.'

'Het enige wat hout snijdt, is diefstal met braak, Cliff.'

'Een heleboel dingen hebben geen hout gesneden sinds we in dat bekken zijn gaan graven.'

Stan keek zuchtend naar Maggies rug toen ze de trap af ging. 'Ik weet het, en vaak zijn er eenvoudig geen antwoorden.'

'Ga je dit aan Joyce vertellen?'

'Ik ben bang dat er weinig anders op zit.' Stan bleef aan de voet van de trap staan en streek over zijn nek, alsof zijn spieren daar verkrampt of vermoeid waren. 'Ze is een sterke vrouw, Cliff. Ik geloof dat ik niet eens wist hoe sterk totdat deze hele toestand begon. Ik weet dat veel mensen bij ons huwelijk dachten dat ik vanwege haar erfenis met haar trouwde.'

'Niet iemand die je kende.'

Schouderophalend zei Stan: 'Hoe het ook zij, die praatjes verstomden na een tijdje, en ze hielden helemaal op toen ik sheriff werd. Maar ik heb me zelfs wel eens afgevraagd of Joyce er net zo over dacht als een heleboel anderen.'

'Dan had ze het me verteld,' zei Cliff botweg.

Met een flauw lachje keek Stan hem aan. 'Je hebt nog gelijk ook.'

Vanuit de muziekkamer kwam Maggie weer de gang in. 'Hier is ook niets weg. Ik heb nog een paar dingen in de woonkamer, maar –'

'We kunnen het net zo goed grondig doen,' zei Stan. Zonder op haar instemming te wachten, liep hij de gang door naar de woonkamer. 'Bent u aan het schilderen?' vroeg hij toen hij het blik verf en de kwast bij het raam in het oog kreeg.

'Ik was van plan om al het houtwerk hierbinnen vandaag te doen,' zei ze afwezig, terwijl ze nog een paar pakkisten controleerde. 'Maar toen kwam Mrs. Morgan langs, en –'

'Louella,' zei Stan, haar in de rede vallend.

Omdat hij zijn voorhoofd fronste, zei Maggie vergoelijkend: 'Ze is niet lang gebleven. We hebben alleen maar de foto's bekeken die ze me had geleend.' Afgeleid pakte ze het stapeltje foto's. 'Eigenlijk had ik ze aan jou willen laten zien, Cliff. Ik vroeg me af of jij me kon vertellen hoe ik dit soort klimrozen moet behandelen.'

Geflankeerd door de twee mannen ging ze door de foto's.

'Louella had het talent om bloemen er te doen uitzien alsof ze uit zichzelf waren gegroeid,' zei ze zacht. 'Ik weet niet of ik dat talent ook heb.'

'Ze heeft altijd van dit huis gehouden,' zei Stan. 'Ze –' Bij het zien van de kleurenfoto van hemzelf en Morgan onderbrak hij zichzelf. 'Die was ik helemaal vergeten,' zei hij na een korte stilte. 'Joyce heeft die genomen op de eerste dag van het jachtseizoen.'

'Louella heeft me verteld dat Joyce ook jaagde.'

'Dat deed ze omdat hij het wilde,' bracht Cliff te berde. 'Morgan had... affectie voor vuurwapens.'

En hij is door een vuurwapen omgekomen, dacht Maggie huiverend. Ze legde de foto's omgekeerd weer op de tafel. 'Voorzover ik kan zien, ontbreekt er niets, sheriff.'

Met een blik op het stapeltje foto's zei hij: 'Dan ga ik de deuren en ramen controleren, kijken of er iets is geforceerd.'

'Wat mij betreft mag u kijken,' zei ze zuchtend, 'maar ik weet niet of de deuren op slot waren, en minstens de helft van de ramen stond open.'

Hij keek haar aan, zoals een vader een kind aankijkt dat volkomen volgens zijn verwachting iets doms heeft gedaan. 'Ik kijk in ieder geval even rond. Men weet maar nooit.'

Toen hij naar buiten was gegaan, plofte Maggie neer op de bank, en ze verzonk in zwijgen. Alsof hij niets beters te doen had, liep Cliff naar de klok op de schoorsteenmantel, die hij begon op te winden. Killer kwam onder de bank vandaan en sprong om hem heen, happend naar zijn voeten. De spanning in de kamer was om te snijden. Maggie vroeg zich al nauwelijks meer af of de inbraak ooit zou worden opgelost.

Waarom zou iemand inbreken in een oude hutkoffer waar jarenlang niemand naar had omgekeken? Waarom was Cliff bij de ontdekking daarvan betrokken geweest, net zoals hij betrokken was geweest bij de ontdekking in het bekken? Waarom was ze verliefd op hem geworden? Zou dat verlangen tussen hen afnemen, zoals een plotselinge brand langzaam uitdooft? Als ze een van die dingen zou begrijpen, zouden de andere stukjes van de puzzel misschien ook op hun plaats vallen, zodat ze wist wat ze moest doen.

'Zo te zien is er niet ingebroken,' zei Stan toen hij de kamer weer binnen kwam. 'Ik ga naar het bureau en zal hier een officieel verslag van opstellen, maar...' Hoofdschuddend keek hij Maggie aan. 'Ik kan niets beloven. Ik raad u aan uw deuren zowel overdag als 's nachts op slot te houden en nog eens na te denken over die grendels.'

'Ik blijf de komende dagen hier,' verkondigde Cliff. Zowel Stan als Maggie keek hem bij die mededeling met stomheid geslagen aan. Hij praatte verder alsof hij niet had gemerkt wat voor reactie zijn uitspraak had teweeggebracht. 'Ik wil niet dat Maggie alleen hier is, hoewel het erop lijkt dat de dief alles heeft meegenomen wat hij zocht.'

'Ja.' Stan krabde over zijn neus, in een niet helemaal geslaagde poging zijn grijns te verbergen. 'Nu kan ik beter teruggaan naar het bureau. Ik kom er zelf wel uit.'

Maggie was te verbluft om afscheid van hem te nemen. Totdat ze de voordeur hoorde dichtgaan, staarde ze Cliff sprakeloos aan. 'Wat bedoel je precies met hier blijven?' vroeg ze toen.

'Eerst moeten we boodschappen doen. Ik kan niet leven van wat jij in die keuken hebt.'

'Niemand heeft je gevraagd om ervan te leven,' zei ze. Ze sprong op van de bank. 'En niemand heeft je gevraagd om hier te blijven. Ik begrijp niet waarom ik je steeds opnieuw eraan moet herinneren van wie dit huis en deze grond zijn.'

'Ik ook niet.'

'Je hebt het hém verteld,' zei ze zonder op zijn opmerking in te gaan. 'Je had net zo goed in het dorp kunnen laten omroepen dat jij en ik –'

'Precies zijn wat we zijn,' zei hij vlot. 'Je kunt beter je schoenen aantrekken als we naar het dorp gaan.'

'Ik ga niet naar het dorp en jij blijft niet hier.'

Hij kwam zo snel in beweging dat ze volkomen overrompeld was. Zijn handen sloten zich om haar armen. 'Ik laat je hier niet alleen, totdat we hebben ontdekt wat er precies aan de hand is.'

'Ik heb je al eerder gezegd dat ik op mezelf kan passen.'

'Misschien kun je dat ook, maar we gaan nu niet de proef op de som nemen. Ik blijf hier.'

Ze keek hem nog een keer strak aan. Om de waarheid te zeggen, wilde ze niet alleen zijn. Om de waarheid te zeggen, wilde ze hem, misschien te veel voor haar eigen bestwil. Toch was hij degene die aandrong, dacht ze toen haar woede begon weg te ebben. Daaruit bleek dat hij misschien meer om haar gaf dan hij wilde toegeven. Misschien werd het tijd dat ze de gok waagde.

'Als ik je laat blijven...' zo begon ze.

'Ik blijf.'

'Als ik je laat blijven,' herhaalde ze koel, 'moet je vanavond koken.'

Hij trok zijn wenkbrauwen op, en zijn vingers om haar armen ontspanden zich een beetje. 'Ik heb al een keer van je kookkunst mogen genieten. Van mij zul je geen protesten horen.'

Weigerend om zich beledigd te voelen, knikte ze. 'Goed zo. Ik ga mijn schoenen halen.'

'Later.' Voordat ze wist wat hij van plan was, tuimelden ze weer op de bank. 'We hebben nog de hele dag de tijd.'

Hoofdstuk 10

Net toen ze eraan was begonnen te wennen dat ze alleen woonde, woonde ze opeens niet meer alleen, en de ironie daarvan ontging haar niet. Cliff zorgde er overigens wel voor dat de overgang onopvallend verliep. Hij maakte geen drukte en bezorgde haar geen overlast. Ordelijkheid was een van zijn meest in het oog springende karaktertrekken. Maggie had altijd respect gehad voor ordelijke mensen, zij het van een veilige afstand.

'Ochtends ging hij altijd vroeg weg, lang voordat zij het een fatsoenlijke tijd vond om uit bed te komen. Omdat hij daarbij rustig en efficiënt te werk ging, maakte hij haar nooit wakker. Af en toe, wanneer ze later op de ochtend nog half slapend naar beneden ging, vond ze een briefje naast het koffiezetapparaat.

De hoorn lag weer van de haak, stond er dan geschreven. Of: Melk bijna op. Ik breng een pak mee.

Niet bepaald liefdesbrieven, dacht ze laconiek. Een man als Cliff legde zijn gevoelens niet vast op papier zoals zij zich gedwongen voelde te doen. Dat was nog zo'n groot verschil tussen hen beiden.

Overigens was ze er niet zeker van dat ze andere gevoelens bij hem opriep dan ongeduld, en af en toe was hij ronduit onverdraagzaam. Hoewel ze soms vermoedde dat ze zijn zachtere kant beroerde, gedroeg hij zich allesbehalve als een minnaar. Hij bracht geen bloemen voor haar mee, maar ze herinnerde zich dat hij een wilg voor haar had geplant. Hij praatte niet tegen haar in vleiende bewoordingen, maar ze herinnerde zich de blik die ze soms in zijn ogen zag. Hij was geen dichter, hij was geen romanticus, maar die blik, die ene lange intense blik, zei meer dan de meeste vrouwen ooit in woorden te horen kregen.

Misschien begon ze hem, ondanks hun verschillen, te begrijpen. Hoe beter ze hem begreep, des te moeilijker werd het om haar gestadig groter wordende liefde in te tomen. Hij was niet een man wiens emoties afgedwongen of gestuurd konden worden. Zij was een vrouw die zich liet leiden door haar emoties.

Hoewel ze amper een maand in het huis buiten Morganville had gewoond, begreep ze al een paar grondbeginselen van het leven in een dorp. Alles wat ze deed, was algemeen bekend nog bijna voordat ze het had gedaan. Wat ze ook deed, zou een verscheidenheid aan meningen oproepen die uiteindelijk tot overeenstemming zou leiden. Er waren een paar sleutelfiguren wier mening die overeenstemming kon beïnvloeden. Cliff was een van hen, als hij tenminste de moeite nam om zich ermee te bemoeien. Stan Agee en de postbeambte waren twee anderen. Het had haar weinig tijd gekost om te ontdekken dat ook Bog een van de mensen was wiens opinie werd gevraagd en meegewogen.

Het gekonkel in Morganville mocht dan plaatsvinden op een kleinere schaal dan in de muziekindustrie in het zuiden van Californië, maar ze had gemerkt dat het volgens hetzelfde stramien verliep. In Los Angeles was ze echter een tweedegeneratieberoemdheid geweest, terwijl ze in Morganville een buitenstaander was. Een buitenstaander, naar ze wist, wiens bekendheid kon worden geminacht of geaccepteerd. Tot dusver had ze geluk gehad, mede dankzij het feit dat de meeste sleutelfiguren hadden besloten haar te accepteren.

Binnen een dergelijke kleine, hechte gemeenschap, besefte ze, had ze die acceptatie in de waagschaal gesteld door met Cliff samen te gaan wonen.

Niet samenwonen, verbeterde ze zichzelf terwijl ze tegellijm op de badkamervloer streek. Hij woonde niet met haar samen; hij logeerde bij haar. Daartussen was een wereld van verschil. Hij was niet met zijn hele hebben en houden bij haar ingetrokken, hoewel ze ook niet echt hadden besproken hoelang hij zou blijven. Zijn verblijf bij haar leek een beetje op dat van een logé die je niet hoefde bezig te houden en op wie je geen indruk hoefde te maken.

Onnodig en uit vrije wil had hij zich opgeworpen als haar lijfwacht. En 's avonds, wanneer de zon onderging en het stil werd in het bos, was haar lichaam van hem. Hij accepteerde haar hartstocht, haar verlangen en haar begeerte. Misschien, heel misschien, zou hij op een goede dag ook haar emoties accepteren, emoties die even diepgaand en even intens waren als haar hartstocht. Eerst moest hij haar echter beginnen te begrijpen, zoals zij hem begon te begrijpen. Zonder dat begrip, en zonder het respect dat daarmee gepaard ging, zouden emoties en begeerten wegkwijnen en sterven.

Nadat ze de volgende tegel op zijn plaats had geplakt, ging ze op haar hurken zitten om het effect te beoordelen. De grijsbruine plavuizen waren rustiek en zouden een eindeloze reeks kleurencombinaties in de rest van de badkamer toelaten. Ze wilde niet dat de inrichting van haar huis te veel aan banden werd gelegd, en ze stond erop de meeste veranderingen en verbeteringen eigenhandig aan te brengen.

Kijkend naar de zes tegels die ze al had gelegd, knikte ze goedkeurend. Ze werd steeds handiger. Hoewel haar viooltjes nooit waren hersteld van de plens water die ze ze had gegeven, waren die tot dusver de enige grote mislukking.

Tevreden overlegde ze met zichzelf of ze nog een bak lijm zou mengen of dat ze de volgende muur in haar slaapkamer zou gaan behangen. Ze hoefde nog maar anderhalve muur te doen, en dan was het tijd om te beslissen wat voor gordijnen ze wilde. Gordijnen die waren opgebonden met strikken, halve gordijnen, rechte gordijnen? Geen beslissing waar je leven van afhing, zouden de meeste mensen zeggen, maar vroeger had ze dat soort dingen altijd overgelaten aan binnenhuisarchitecten. Als nu iets niet naar wens was, had ze dat uitsluitend aan zichzelf te wijten.

Lachend om zichzelf, wilde ze nog een tegel uit de doos pakken, en ze vloekte hartgrondig toen ze met haar vinger langs een scherpe hoek schuurde. Dat was de tol die je moest betalen als je voor klusjesman speelde, dacht ze, terwijl ze naar de wastafel liep om haar vinger onder de kraan te houden. Misschien was het tijd om de tegels te verruilen voor behang en behangselplak.

Toen de hond begon te blaffen, wist ze echter dat beide projecten zouden moeten wachten. Berustend draaide ze kraan dicht. Precies op dat moment hoorde ze ook een auto aankomen. Ze keek door het glas-in-loodraampje en zag inspecteur Reikers auto om de bocht van het weggetje komen.

Waarom was hij teruggekomen, vroeg ze zich met een frons op haar voorhoofd af. Ze kon hem met geen mogelijkheid nog meer inlichtingen geven. Toen hij was uitgestapt maar niet onmiddellijk naar het huis kwam, bleef ze voor het raampje staan kijken wat hij uitvoerde. Hij liep over de tuintegels die Cliffs werklui net die week hadden gelegd. Bij het eind van het pad gekomen, keerde hij zich niet om naar de veranda, maar bleef hij staan uitkijken over het bekken. Langzaam haalde hij een pakje sigaretten en een doosje lucifers uit zijn zak. Nadat hij een sigaret had opgestoken, bleef hij een paar ogenblikken rokend naar de aarde en de stenen kijken, alsof die hem de antwoorden op al zijn vragen konden geven. Toen draaide hij zich om. Voordat ze kon reageren, keek hij recht naar het raam waarachter ze stond. Onmiddellijk voelde ze zich belachelijk, en ze ging naar beneden om hem te begroeten.

'Dag, inspecteur.' Voorzichtig daalde ze het wankele verandatrapje af naar de stevige nieuwe tegels.

'Hallo, Miss Fitzgerald.' Hij gooide zijn peuk in het struikgewas naast het bekken. 'Uw tuin wordt mooi. Het is nauwelijks te geloven hoe het er hier een paar weken geleden nog uitzag.'

'Dank u.' Hij zag er zo onschuldig en zo vriendelijk uit, dat ze zich afvroeg of hij onder zijn jasje wel een schouderholster met een pistool droeg.

'Ik heb gezien dat u daar een wilg hebt geplant.' Hij keek echter niet naar het boompje, maar naar haar. 'Het zal niet lang meer duren voordat u de vijver kunt laten aanleggen.'

'Wil dat zeggen dat het onderzoek bijna voltooid is?'

Hij krabde over zijn kaak. 'Ik weet niet of ik het zo mag uitdrukken. We werken eraan.'

Een zucht onderdrukkend, vroeg ze: 'Gaat u het bekken nog een keer doorzoeken?'

'Ik denk niet dat het zover komt. We hebben het nu al twee keer uitgekamd. Waar het om gaat –' Hij onderbrak zichzelf en verplaatste zijn gewicht om zijn heup te ontzien. 'Ik houd niet van losse eindjes. Hoe verder we ons in deze zaak verdiepen, hoe meer we er vinden. Het is moeilijk om eindjes aan elkaar te knopen die tien jaar lang los hebben gebungeld.'

Kwam hij alleen maar een praatje maken, of was hij hier in functie? vroeg ze zich geërgerd af. Ze had geen enkele behoefte aan visite van een bewonderaar. 'Inspecteur, kan ik iets voor u doen?'

'Ik vroeg me af of er iemand langs is geweest, iemand die u kent, of misschien iemand die u niet kent.'

'Langs geweest?'

'De moord is hier gepleegd, Miss Fitzgerald, en hoe dieper we graven, des te meer mensen we vinden die reden hadden om Morgan te vermoorden. Veel van die mensen wonen nog in het dorp.'

Verdedigend sloeg ze haar armen over elkaar. 'Als u me van slag wilt brengen, inspecteur, lukt u dat uitstekend.'

'Dat is niet mijn bedoeling, maar ik wil u ook niet in het ongewisse laten.' Nadat even te hebben geaarzeld, besloot hij zijn intuïtie te volgen. 'We hebben ontdekt dat Morgan vijfentwintigduizend dollar in contanten van zijn bankrekening heeft gehaald op de dag dat hij is verdwenen. Zijn auto is gevonden, nu is zijn lichaam ook gevonden, maar het geld is spoorloos verdwenen.'

'Vijfentwintigduizend dollar,' zei ze zacht. Dat was een aardig bedrag, en tien jaar geleden zelfs nog aardiger. 'Wilt u zeggen dat het geld het motief voor de moord was?'

'Geld is altijd een motief voor moord, maar daarnaast is het ook een los eindje. We gaan de gangen van een heleboel mensen na, maar dat kost tijd. Tot dusver hebben we niemand gevonden die de laatste tien jaar met zoveel geld heeft lopen zwaaien.' Hij maakte aanstalten om nog een sigaret te pakken, maar bedacht zich. 'Ik heb een paar theorieën...'

Als ze geen hoofdpijn begon te krijgen, zou ze hebben geglimlacht. 'En die wilt u mij vertellen?'

'De moordenaar van Morgan was slim genoeg om zijn sporen uit te wissen. Misschien was hij ook slim genoeg om te weten dat het in een dorp als dit niet onopgemerkt zou blijven als hij opeens met vijfentwintigduizend dollar op de proppen kwam. Misschien, heel misschien, is hij in paniek geraakt en heeft hij zich van het geld ontdaan. Of misschien heeft hij het verstopt. Misschien wilde hij wachten met het uit te geven totdat de praatjes over Morgans dood waren verstomd. Dan zou het eenvoudig op hem liggen te wachten.'

'Tien jaar is wel heel erg lang, inspecteur.'

'Sommige mensen zijn geduldiger dan anderen.' Toen zei hij schouderophalend: 'Het is maar een theorie.'

Zijn theorie had haar echter aan het denken gezet. De zolder, de hutkoffer en de handafdruk. 'Een paar nachten geleden –' begon ze, maar ze hield abrupt op met praten.

'Is er een paar nachten geleden iets ongewoons gebeurd?' vroeg hij belangstellend.

Het was dwaas om het hem niet te vertellen, belachelijk om het gevoel te hebben dat ze, als ze dat wel deed, directer betrokken raakte bij alles wat zich had afgespeeld. Hij had de leiding over het onderzoek, dus mocht ze hem geen informatie, hoe onbeduidend die ook leek, onthouden. 'Het lijkt alsof iemand bij me heeft ingebroken en iets heeft meegenomen uit een hutkoffer op mijn zolder. Ik besefte dat pas dagen later. Toen heb ik het gemeld aan sheriff Agee.'

'Dat was de juiste procedure.' Zijn blik gleed naar het raam van de dakkapel. 'Heeft hij iets gevonden?'

'Niets bijzonders. Hij heeft een sleutel gevonden. Dat wil zeggen, zijn vrouw heeft er ergens een gevonden. Hij is teruggekomen en heeft de koffer opengemaakt, maar die was leeg.'

'Vindt u het goed dat ik zelf een kijkje neem?'

Ze wilde dat het voorbij was, maar alles wat ze deed, leek haar er verder in te verstrikken. 'Natuurlijk.' Gelaten draaide ze zich om, om hem voor te gaan het huis in. 'Het lijkt me vreemd dat iemand zoveel geld heeft verstopt op de zolder en dan wacht met het op te halen tot het huis weer bewoond is.'

'U hebt het huis bijna meteen nadat het te koop was aangeboden gekocht,' bracht Reiker haar in herinnering.

'Maar ik ben er bijna een maand later pas ingetrokken.'

'Ik heb gehoord dat Mrs. Agee niemand over de verkoop had verteld. Haar man was het er niet mee eens dat ze het verkocht.'

'U hoort een heleboel, inspecteur.'

Hij lachte bijna net zo verlegen als toen hij haar om haar handtekening had gevraagd. 'Dat is mijn werk.'

Daarop zweeg Maggie totdat ze de eerste verdieping hadden bereikt. 'De zolder is daarboven. Voor de goede orde moet ik u vertellen dat er volgens mij niets uit het huis is ontvreemd.'

'Hoe zijn ze binnengekomen?' vroeg hij terwijl hij de steile smalle trap beklom.

'Dat weet ik niet. Ik deed mijn deuren nooit op slot.'

'Maar nu wel?' vroeg hij over zijn schouder.

'Nu wel.'

'Heel verstandig.' Hij liep rechtstreeks naar de hutkoffer, en op zijn hurken gezeten bestudeerde hij het slot. De handafdruk was weer verdwenen onder het stof. 'Zei u dat Mrs. Agee de sleutel had?'

'Ja, of in ieder geval een van de sleutels. Deze hutkoffer was het eigendom van de laatste mensen die dit huis hadden gehuurd, een bejaard echtpaar. De vrouw heeft hem hier achtergelaten toen ze na de dood van haar man bij haar kinderen is gaan wonen. Blijkbaar waren er minstens twee sleutels, maar Joyce kon er maar een vinden.'

'Hm.' Reiker deed de hutkoffer, die nu niet meer op slot zat, open en tuurde erin, net zo aandachtig als hij in het bekken had getuurd. En de koffer was nu even leeg als het bekken, dacht ze.

'Inspecteur, u denkt toch niet serieus dat er een verband bestaat tussen dit en... wat u aan het onderzoeken bent?'

'Ik houd niet van toevalligheden,' zei hij, zonder het te weten Cliffs eerdere uitspraak herhalend. 'Zei u dat de sheriff het onderzoekt?'

'Ja.'

'Ik zal het met hem bespreken voordat ik terugga. Vijfentwintigduizend dollar neemt niet veel ruimte in. Dit is een grote koffer.'

'Ik begrijp niet waarom iemand zoveel geld tien jaar in een hutkoffer zou laten liggen.'

'Mensen doen rare dingen.' Met een kreun van inspanning kwam hij overeind. 'Natuurlijk is het maar een theorie. Een andere theorie is dat Morgans maîtresse het geld heeft gestolen en ermee vandoor is gegaan.'

'Morgans maîtresse?' herhaalde Maggie wezenloos.

'Alice Delaney,' zei Reiker prompt. 'Ze heeft vijf of zes jaar een verhouding met Morgan gehad. Het is grappig hoeveel je van mensen te horen krijgt zodra je hen eenmaal aan de praat hebt gekregen.'

'Delaney?' vroeg ze, hopend dat ze het verkeerd had verstaan.

'Dat klopt. Trouwens, degene die hier uw tuin inricht, is haar zoon. Toevalligheden,' herhaalde hij. 'Deze zaak zit er vol mee.'

Hoewel ze niet wist hoe, lukte het haar om haar zelfbeheersing te bewaren toen ze weer naar beneden gingen. Ze reageerde beleefd toen hij haar nogmaals vertelde hoezeer hij haar werk bewonderde en ze glimlachte zelfs toen ze de deur achter hem dichtdeed. Eenmaal alleen stolde het bloed haar echter in de aderen.

Cliffs moeder was jarenlang Morgans maîtresse geweest? Daarna was ze verdwenen, meteen na zijn dood? Dat moest Cliff hebben geweten. Iedereen moest het hebben geweten, dacht ze, beide handen voor haar gezicht slaand. Waar was ze in verzeild geraakt, en hoe kwam ze er ooit weer uit?

Misschien werd hij langzaam gek, maar Cliff begon aan de lange kronkelweg de heuvel op alsof hij op weg was naar huis. Hij zou nooit hebben geloofd dat hij het oude Morgan-huis als thuis zou kunnen beschouwen. Niet als je in aanmerking nam wat hij altijd van William Morgan had gevonden. Noch zou hij hebben geloofd dat de vrouw die daar nu woonde hem op die gedachte had kunnen brengen. Er leek veel te gebeuren dat hij kon stoppen noch in toom kon houden. Toch was hij vrijwillig bij Maggie gebleven, net zoals hij vrijwillig weer zou vertrekken – wanneer hij zover was. Van tijd tot tijd moest hij zichzelf eraan herinneren dat hij kon, en ook weer zou, vertrekken.

Wanneer ze lachte, was het huis zo warm. Wanneer ze kwaad was, was het vol leven. Net als wanneer ze zong – wanneer ze 's avonds aan het werk was in de muziekkamer. Wanneer het stil was in het bos, voordat de maan was opgekomen, speelde ze altijd. Ze zong dan fragmenten van woorden, zinnen, die ze in een lied goot. Lang voordat ze ophield, was hij dan al buiten zichzelf van verlangen naar haar. Hij vroeg zich af hoe ze uur na uur, dag na dag met zo'n hartstocht en gevoel kon werken.

Het kwam door haar discipline, concludeerde hij. Hij had nooit verwacht dat ze zo gedisciplineerd aan haar muziek werkte. Tijdens de paar dagen dat hij nu bij haar woonde, had hij ontdekt dat ze het uiterste van zichzelf vergde.

Een contrast, dacht hij. Het was een onwaarschijnlijk contrast met de vrouw die geen enkel karweitje in het grote stoffige huis afmaakte. Ze liet muren half behangen, plafonds half geschilderd. Overal stonden kisten en dozen, waarvan de meeste niet eens waren aangeraakt sinds hun komst. In alle hoeken van alle kamers stonden blikken verf en andere benodigdheden voor de verbouwing. Hij moest toegeven dat ze iedere klus nauwgezet en zelfs creatief aanpakte, maar dan bereikte ze het punt dat ze er genoeg van had en begon ze aan iets nieuws.

Hij had nog nooit iemand zoals zij ontmoet en besefte dat hij haar op een zeker moment zelfs was gaan begrijpen. Het was makkelijker geweest toen hij haar nog kon afdoen als een verwende Hollywood-prinses die in een opwelling, of bij wijze van publiciteitsstunt, een vervallen landhuis had gekocht. Nu wist hij dat ze het huis had gekocht om geen enkele andere reden dan dat ze er op het eerste gezicht verliefd op was geworden.

Natuurlijk was ze wel een beetje verwend. Ze had de neiging om veel te achteloos bevelen te geven. Als ze haar zin niet kreeg, werd ze nijdig of ijzig. Grinnikend bedacht hij dat hetzelfde echter ook van hem kon worden gezegd.

Om haar recht te doen, moest hij ook bekennen dat ze niet was gevlucht voor de problemen of de onaangenaamheden die zo kort na haar komst waren begonnen. Als hij een andere vrouw had zien blijven zoals Maggie bleef, zou hij hebben gezegd dat ze inderdaad wortel had geschoten. Hij had echter nog steeds zijn twijfels. Misschien hield hij die opzettelijk in stand omdat hij, als hij geloofde dat Maggie Fitzgerald inderdaad in Morganville zou blijven, zou moeten toegeven dat hij dat fijn vond. Dan zou hij moeten bekennen dat hij niet zonder slag of stoot afstand zou doen van een vrouw die hem aan het lachen maakte, razend maakte en opwond.

Aan het eind van de oprit stopte hij. De floxen op de glooiing stonden in bloei. Het jonge gras lag als een groen waas over de aarde. Maggies petunia's stonden als een kleurige vlek tussen het groen en het bruin.

Ze hadden beiden al een deel van zichzelf in het land gelegd, besefte hij. Misschien was dat op zich al een band die moeilijk te verbreken zou zijn. Al bij het uitstappen verlangde hij naar haar, naar haar zachte huid, en hij kon niets doen om daar verandering in te brengen.

Er klonk geen muziek. Met gefronste wenkbrauwen beklom hij het trapje van de veranda. Op deze tijd zat ze altijd achter haar piano. Wanneer hij soms vroeger naar huis kwam en zelf nog wat in de tuin werkte, wist hij altijd dat het vijf uur was, omdat exact op dat tijdstip de muziek begon. Ook werkte ze nooit korter dan een uur, vaak langer. Hij keek op zijn horloge: vijf over half zes. Niet op zijn gemak draaide hij de knop van de voordeur om.

Natuurlijk zat die niet op slot, dacht hij geërgerd. Die ochtend had hij een briefje voor haar achtergelaten om haar te laten weten dat er die dag niemand van zijn tuinlieden zou komen en dat ze daarom de deur op slot moest laten. Domme vrouw, dacht hij toen hij de deur openduwde. Waarom drong het niet tot haar door dat ze hier volkomen geïsoleerd woonde? Er waren te veel onverklaarbare dingen gebeurd, en simpelweg omdat ze in dit huis woonde, was zij het middelpunt van alles.

Stil. Het was veel te stil, realiseerde hij zich, en zijn ergernis sloeg om in ongerustheid. De hond blafte niet. Het huis had dat weergalmende lege geluid dat bijna iedereen kan horen, maar niemand kan uitleggen. Hoewel zijn instinct hem zei dat er niemand was, liep hij, haar roepend, van de ene kamer naar de andere. Haar naam weerkaatste tegen de muren, hem bespottend.

Waar was ze in vredesnaam? vroeg hij zich af toen hij met twee treden tegelijk de trap op rende naar de eerste verdieping. Al gaf hij het ongaarne toe, zijn thuiskomst in een leeg huis had hem volkomen in paniek gebracht. Die week had hij er iedere dag voor gezorgd dat er zo niet een ploeg werklieden, dan toch minstens één man buiten aan het werk was totdat hij terugkwam. Hij had haar niet alleen willen laten, maar omdat hij dat niet kon uitleggen zonder haar tegen de haren in te strijken, had hij die dag inbreuk gemaakt op dat ritueel. En nu kon hij haar niet vinden.

'Maggie!' Wanhopig doorzocht hij de eerste verdieping, zelf niet precies wetend wat hij eigenlijk verwachtte te vinden. Nog nooit in zijn leven was hij zo bang geweest. Hij wist alleen dat het huis verlaten was en dat zijn vrouw weg was. Midden op het slaapkamerkleed stond een paar schoenen. Een blouse was slordig op een stoel gegooid. De oorringen die hij haar de vorige avond had zien uitdoen, lagen nog op de ladekast, naast een borstel met een zilveren rug waarin de initialen van haar moeder gegraveerd waren. In de kamer hing zoals altijd de geur van haar parfum.

Toen hij de nieuwe tegels in de badkamer zag, probeerde hij zichzelf te kalmeren. Op haar wanordelijke manier was ze aan een nieuw project begonnen. Maar waar in 's hemelsnaam –

Op dat ogenblik viel zijn oog op de kom van de wastafel en zag hij iets waarvan zijn hart bijna bleef stilstaan. Op het smetteloze witte porselein lagen drie druppeltjes bloed. Als aan de grond genageld bleef hij ernaar staan kijken.

Plotseling begon ergens buiten de hond uitzinnig te blaffen. Cliff vloog de trap af, zich er niet eens van bewust dat hij steeds opnieuw haar naam riep.

Zodra hij door de achterdeur naar buiten was gestormd, zag hij haar uit het bos ten oosten van het huis komen. De hond sprong om haar heen en beet speels naar haar hielen. Ze had haar handen in haar zakken en haar hoofd was gebogen. Zijn geest registreerde elk detail, terwijl zijn benen slap werden van een mengeling van angst en opluchting.

Haar naam roepend, rende hij naar haar toe. Haar hoofd ging omhoog, maar ze glimlachte niet. Een paar tellen later hield hij haar in zijn armen. Hij deed zijn ogen dicht, zodat hij haar alleen maar kon voelen, warm en ongedeerd en veilig. Omdat hij nog zo overstuur was van de doorstane angst, merkte hij niet dat ze stijf en afwerend tegen hem aan stond.

Hij drukte zijn gezicht tegen haar zachte haren. 'Maggie, waar ben je geweest?'

Dit was de man die ze had gemeend te gaan begrijpen. Dit was de man van wie ze was begonnen te houden. Ze keek recht over zijn ene schouder naar het huis achter hem. 'Ik heb een eindje gewandeld.'

'Alleen? Ben je alleen naar buiten gegaan?'

Alles werd koud: haar huid, haar ogen. 'Het is mijn land, Cliff. Waarom zou ik niet alleen naar buiten gaan?'

Hij wilde tegen haar uitvaren en haar zeggen dat ze een briefje voor hem had moeten achterlaten, maar hij wist zich nog net op tijd in te houden. Wat mankeerde hem eigenlijk? 'Er lag bloed in de wastafel.'

'Ik had mijn vinger gesneden aan een tegel.'

Daarover had hij ook tegen haar willen uitvaren. Ze mocht haar vingers niet verwonden. 'Op deze tijd van de dag speel je gewoonlijk piano,' bracht hij er ten slotte met verstikte stem uit.

'Ik zit niet vastgeroest in een stramien en ik laat me ook niet thuis opsluiten. Als je een gedwee vrouwtje wilt dat alleen maar zit te wachten tot ze 's avonds wanneer je thuiskomt aan je voeten kan vallen, kun je beter iemand anders zoeken.' Met die woorden maakte ze zich los uit zijn armen, en ze beende naar het huis.

Met open mond staarde Cliff haar na. Ten slotte ging hij kalmer, maar nog meer in de war dan eerst, de keuken binnen, waar ze een drankje stond in te schenken. Whisky, zag hij. Nog iets wat ze nog nooit had gedaan. Nu zijn hoofd een beetje helderder was, kon hij zien dat haar wangen bleker waren dan normaal en dat haar schouders stram waren. Ditmaal raakte hij haar wijselijk niet aan.

'Wat is er gebeurd?' vroeg hij.

Maggie draaide de whisky rond in haar glas voordat ze een slok nam.

Ze vond hem te warm en te sterk, maar desondanks nam ze nog een slok. 'Ik weet niet wat je bedoelt.' Opeens leek de keuken te klein, en ze ging met haar glas naar buiten. De lucht was warm en zacht. Buiten waren geen muren of plafonds die haar een opgesloten gevoel gaven. Ze liep om het huis heen en ging op het pas aangelegde gazon zitten. Hier zou ze in de zomer gaan zitten lezen, dacht ze. Byron, als ze daarvoor in de stemming was. Ze zou de zon op haar gezicht laten schijnen, zich laten omhullen door de stilte, en lezen totdat ze in slaap viel. Ze bleef naar het bos kijken, ook toen Cliffs schaduw op haar viel.

'Maggie, wat scheelt eraan?'

'Ik heb een van die buien,' zei ze met toonloze stem. 'Dat kun je toch van verwende beroemdheden verwachten?'

Hij hield zijn woede in bedwang en ging naast haar zitten. Daarna legde hij een hand onder haar kin. Hij wachtte tot ze hem aankeek, alvorens te vragen: 'Wat is er?'

Ze had geweten dat ze het hem zou moeten vertellen, maar omdat ze wist wat er daarna zou gebeuren, zat ze vanbinnen helemaal in de knoop. 'Inspecteur Reiker is vandaag hier geweest,' zei ze, Cliffs hand van haar gezicht halend.

Cliff vloekte, zichzelf verwensend omdat hij haar alleen had gelaten. 'Wat wilde hij?'

Ze haalde haar schouders op en nam nog een slokje whisky. 'Hij is een man die niet van losse eindjes houdt. Blijkbaar heeft hij er nogal wat gevonden. Hij heeft onder andere ontdekt dat William Morgan vijfentwintigduizend dollar van zijn bankrekening heeft gehaald op de dag dat hij werd vermoord.'

'Vijfentwintigduizend dollar?'

Hij klonk verbaasd, hoorde ze. Oprecht verbaasd. Ze herkende zijn gezichtsuitdrukking, die peinzende blik waaruit bleek dat hij alle details op een rijtje zette en er een conclusie uit probeerde te trekken. 'Het geld is nooit teruggevonden. Een van Reikers theorieën is dat de moordenaar het heeft verborgen en geduldig heeft gewacht totdat de mensen niet meer aan Morgan dachten.'

Zijn blik werd scherper. Automatisch draaide hij zijn hoofd om, om naar het huis te kijken. 'Hier?'

'Dat is mogelijk.'

'Tien jaar is verdraaid lang om vijfentwintigduizend dollar onaangeroerd te laten liggen,' zei hij. Hij hield echter ook niet van losse eindjes. 'Heb je hem verteld over de hutkoffer op de zolder?'

'Ja. Hij heeft er zelf ook naar gekeken.'

Met zijn vingertoppen raakte hij haar schouder aan, zo licht dat de aanraking alleen maar de steun bood die ze er zelf aan wilde ontlenen. 'Het heeft je overstuur gemaakt.' Toen ze niets zei en hem ook niet aankeek, raakten zijn eigen spieren ook verkrampt. 'Er is meer.'

'Er is altijd meer,' zei ze kalm. Toen keek ze hem aan. 'Hij vertelde dat Morgans maîtresse meteen na zijn dood is verdwenen.' Ze voelde Cliffs vingers verstijven op haar schouder.

'Ze was niet zijn maîtresse,' zei hij met strakke stem. 'Mijn moeder was misschien dom genoeg om verliefd te worden op een man als Morgan, ze mag onverstandig genoeg zijn geweest om met hem naar bed te gaan, maar ze was niet zijn maîtresse.'

'Waarom heb je het me niet eerder verteld?' vroeg ze. 'Waarom heb je gewacht tot ik er op deze manier achter kwam?'

'Het heeft niets te maken met jou of met wat er hier is gebeurd.' Omdat hij van kwaadheid niet meer stil kon zitten, stond hij op.

'Toevalligheden,' zei ze zacht. 'Was jij niet degene die zei dat ik toevalligheden niet mocht vertrouwen?'

Hij zat in de val, gevangen tussen oude wrok en twee bodemloze bruine ogen. Opnieuw voelde hij zich genoodzaakt om haar iets uit te leggen wat hij nooit eerder had uitgelegd. 'Mijn moeder was eenzaam en heel kwetsbaar na de dood van mijn vader. Morgan wist dat uit te buiten. Toentertijd woonde ik in Washington. Als ik hier was geweest, had ik er een stokje voor kunnen steken.' Zijn woede welde weer op, maar hij onderdrukte hem. 'Hij wist hoe hij zwakheden moest bespelen, hoe hij mijn moeders zwakheden moest bespelen. Toen ik erachter kwam dat ze minnaars waren, had ik hem wel kunnen vermoorden.'

Hij zei het zoals hij het eerder had gezegd: zo koud en kalm, dat Maggies keel droog werd. 'Ze was al zo in de ban van hem dat ik er niets meer aan kon doen. Hij had haar zover gekregen dat ze zichzelf wijsmaakte dat ze van hem hield, of misschien hield ze wel echt van hem. Genoeg andere intelligente vrouwen hadden ook van hem gehouden. Jarenlang was Louella een vriendin van mijn moeder geweest, maar ook dat deed niet meer terzake. Op de dag dat ze zijn auto in de rivier vonden, stortte ze in.'

Het was pijnlijk om erop terug te kijken, maar Maggies ernstige bruine ogen dwongen hem om door te gaan. 'Ze is niet verdwenen. Ze kwam naar mij toe, volkomen over haar toeren. Voor het eerst sinds ze zich had ingelaten met Morgan, zag ze alles weer helder. Schaamte heeft een verschillende uitwerking op verschillende mensen. Mijn moeder verbrak alle banden met Morganville en met alle inwoners. Ze wist dat haar relatie met Morgan geen geheim was geweest, en nu die voorbij was, was ze eenvoudig niet opgewassen tegen de roddelpraatjes. Ze woont tegenwoordig in Washington. Daar heeft ze een nieuw leven opgebouwd, en ik wil niet dat ze gemengd wordt in wat hier is gebeurd.'

Nam hij altijd zo'n beschermende houding aan tegenover de vrouwen in zijn leven? vroeg Maggie zich af. Joyce, zijn moeder... Wat was haar eigen plaats in dat geheel? 'Cliff, ik begrijp hoe je je voelt. Mijn moeder was ook een van de dierbaarste personen in mijn leven. Maar ik ben bang dat je haar nu niet kunt beschermen. Ze zijn aan het reconstrueren wat er tien jaar geleden is gebeurd, en je moeder speelde daar een rol in.'

Dat was echter niet het enige waar ze over inzat, besefte hij. Hij ging weer naast haar zitten en legde voorzichtig zijn handen op haar schouders. 'Je vraagt je af of ik hier iets mee te maken heb.'

'Niet doen.' Ze wilde opstaan, maar hij hield haar tegen.

'Ik had Morgan kunnen neerschieten om een einde te maken aan zijn destructieve relatie met mijn moeder.'

'Je haatte hem.'

'Ja.'

Ze sloeg haar ogen niet neer, maar bleef hem strak en onderzoekend aankijken. Logisch beredeneerd was het niet uitgesloten dat hij de moord had gepleegd. Alleen al zijn opvliegendheid maakte hem een verdachte. Ze keek in zijn grijze ogen en geloofde wat ze daar zag. 'Nee,' fluisterde ze, hem tegen zich aan trekkend. 'Nee, ik begrijp je te goed.'

Haar vertrouwen – haar onvoorwaardelijke vertrouwen – werd hem bijna te veel. 'Doe je dat dan?'

'Misschien wel te goed,' fluisterde ze. 'Ik was zo bang.' Ze deed haar ogen dicht en snoof zijn vertrouwde geur op. Hij was echt, hij was betrouwbaar, en zolang als ze hem bij zich kon houden, was hij van haar. 'Maar niet nu, niet nu je hier bent.'

Hij kon de aantrekkingskracht weer voelen, die onweerstaanbare aantrekkingskracht. Als hij niet oppaste, zou hij algauw vergeten zijn dat er iets of iemand anders in zijn leven bestond dan zij. 'Maggie, het is niet verstandig om mensen onvoorwaardelijk te vertrouwen.'

'Als het niet onvoorwaardelijk is, is het geen vertrouwen,' zei ze. Het liefst had ze de rest van de wereld en alles wat er was gebeurd buitengesloten, vergeten. Ze legde haar handen om zijn gezicht en trok zijn mond naar die van haar.

In plaats van hartstochtelijk of agressief, zoals ze had verwacht, waren zijn lippen zacht en teder. Verward en ontroerd trok ze haar hoofd terug om hem aan te kijken. De ogen die haar vanaf het begin hadden gefascineerd, hielden die van haar vast, terwijl seconden verstreken en minuten werden. Ze verdronk bijna in hun nevelachtige diepten. Zonder iets te zeggen trok hij haar weer naar zich toe.

Met zijn ogen nog steeds op die van haar gericht, volgde hij met een vingertop de omtrek van haar gezicht. Dit, ontdekte hij, was het enige gezicht dat hij ooit nog zou hoeven te zien. Zacht volgde hij vervolgens de vorm van haar mond. Die mond, wist hij, was de enige die hij ooit nog zou hoeven te proeven. Met een tederheid die hij nooit een andere minnares had betoond, duwde hij haar achterover. Dit was het enige lichaam dat hij ooit nog wilde bezitten.

Zijn tederheid verbijsterde haar, maakte haar zwak. Zijn mond streek licht over die van haar, maar zo gevoelig dat ze helemaal slap werd. Het gras onder haar was koel, de zon boven haar was warm. Opgaand in haar emoties, deed ze haar ogen dicht toen zijn lippen over haar gezicht gleden.

Was ze ooit op die manier aangeraakt? Alsof ze van gesponnen glas was, streken zijn handen over haar lichaam. Alsof ze een zeldzame delicatesse was, gleden zijn lippen over haar mond. En zij zat hulpeloos gevangen in het zijden web dat eerder liefde was dan hartstocht.

'Cliff –'

Ze zou het hem hebben verteld als zijn lippen die van haar niet hadden gevangen met een tederheid die haar sprakeloos maakte.

Hij had nooit een sterkere behoefte gevoeld om te genieten. Het was alsof ieder moment gerekt kon worden tot een uur, zolang ze samen in het geurige lentegras lagen. De kleur op haar wangen was delicaat. Het zonlicht legde een gloed op haar haren. De blik in haar ogen zou geen man kunnen weerstaan. Die blik vertelde hem even duidelijk als woorden dat ze van hem was. Hij hoefde haar alleen maar op te eisen. Omdat hij dat wist, bewoog hij nog langzamer, en raakte hij haar met nog meer ontzag aan.

Terwijl zijn kussen haar gevangen hielden in de honingzoete gevangenis van genot, kleedde hij haar uit. Toen ze naakt was, keek hij naar haar door de zon beschenen huid. Haar grote expressieve ogen waren halfdicht. Hij kon de volgzaamheid van haar lichaam voelen, toen ze met een zucht haar handen optilde om hem te helpen zich uit te kleden.

Het rauwe, primitieve verlangen dat ze zo vaak in hem had gewekt, kwam niet op. In plaats daarvan wekte ze de zachtere emoties tot leven die hij normaalgesproken onderdrukte. Hij wilde haar alleen maar genot geven.

Teder bracht hij zijn mond naar haar borst. Hij kon haar hart sneller voelen kloppen toen hij met zijn tong om haar borst gleed en met zijn tanden zachtjes in haar tepel beet. De tepel werd stijf, en hij hoorde haar adem stokken toen hij hem in zijn mond nam. Haar hand woelde door zijn haren. Verdrinkend in gewaarwordingen, lag ze achterover.

Haar lichaam was als een schat die ontdekt en bewonderd moest worden voordat het bezeten werd. Langzaam, bijna op zijn gemak, gaf hij haar vochtige kussen en streelde hij haar, ophoudelijk, dralend wanneer hij haar voelde reageren. Hij wist dat ze ondergedompeld was in die schemerige wereld waarin hartstocht rondwaarde en begeerte je verleidde als vurige tongen. Hij wilde haar daar houden, voor uren of dagen of jaren.

Haar dijen waren slank en lang en parelwit. Hij bleef daar talmen, ze dichter naar elkaar toe duwend, nog dichter naar bevrediging. Maar nu nog niet.

Ze was vergeten waar ze was. Hoewel haar ogen halfopen waren, zag ze niets dan nevel en dromen. Ze kon alleen maar voelen. Iedere streling van zijn hand, iedere aanraking van zijn lippen kon ze voelen. Ze kon zacht gefluister horen, zuchten die zowel van hem als van haar hadden kunnen zijn. Er was geen reden om ooit nog iets anders te willen voelen of horen. Langzaam en onvermijdelijk werd ze door zijn tederheid meegetrokken het vuur in.

Hij voelde de verandering in haar lichaam, hoorde de verandering in haar adem die langs zijn lippen streek. Zijn mond gleed verder over haar dij omhoog, maar nog steeds haastte hij zich niet. Voordat ze klaar waren, zou ze alles krijgen wat hij te geven had.

Ze drukte haar lichaam omhoog, overweldigd door de plotselinge intensiteit van het genot. Snel, schokkend, bereikte ze het hoogtepunt, zichzelf en haar wil overgevend. Dat was precies wat hij wilde, wat hij eiste. Voordat ze tot rust was gekomen, joeg hij haar opnieuw op, totdat de waanzin hen opnieuw begon te overmannen. Zijn eigen hoogtepunt stelde hij uit, bijna extatisch in de wetenschap dat hij haar kon geven waarvan de meeste vrouwen misschien alleen maar droomden. Haar lichaam vibreerde van de gewaarwordingen die alleen hij haar kon schenken. Haar geest was vervuld van gedachten alleen aan hem.

Dat wetend, daarvan genietend, gleed hij in haar, en hij nam haar met een tederheid die geen grenzen leek te kennen.

Hoofdstuk 11

Toen Maggie die zaterdagochtend wakker werd, bedacht ze dat ze het liefst tot de middag in bed zou blijven doezelen. Ze voelde Cliffs arm op haar middel drukken en zijn warme adem over haar wang strijken. Zonder haar ogen open te doen, nestelde ze zich loom en tevreden tegen hem aan.

Als ze bij voorbaat had geweten dat hij zo teder kon zijn, zou ze grif verliefd op hem zijn geworden. Omdat ze haar hart echter al tegen wil en dank had verloren, gaf het haar des te meer voldoening. Hij had zoveel emoties in zich. Misschien probeerde hij ze te verbergen, maar ze kon veel geruster van hem houden nu ze wist dat hij ze bezat en ze af en toe, onverwacht, aan haar liet zien.

Ze had geen behoefte aan bloemrijke lofzangen, maar aan zijn betrouwbaarheid. Vleierijen en charme had ze niet nodig. Wanneer een vrouw een man vond die in staat was tot zo'n hartstocht en tederheid, zou ze dom zijn als ze hem in enig opzicht wilde veranderen. Maggie Fitzgerald, dacht ze met een voldaan lachje, was beslist niet dom.

'Waarom lach je?'

Toen ze haar ogen opendeed, keek ze recht in die van Cliff. Ziend hoe alert en direct hij haar aankeek, wist ze dat hij al een tijdje wakker was. Ze probeerde haar eigen ogen scherp te stellen en glimlachte opnieuw. 'Het voelt zo goed,' fluisterde ze, nog dichter tegen hem aan kruipend. 'Jij voelt zo goed.'

Hij streek met een hand over haar rug, haar heup en haar dij. Het voelde inderdaad goed. 'Zacht,' zei hij kalm. 'Zo zacht en glad.' Hij vroeg zich af hoe hij het zoveel jaren had kunnen stellen zonder haar op die manier aan te raken, precies zo, als ze loom en warm en naakt was. Hij voelde geen spanning meer in haar, niets van de subtiele tekenen die hij inmiddels had leren herkennen. Zijn behoefte om die spanning zo lang mogelijk weg te houden, was allesoverheersend.

Ongewild was ze in een wespennest verzeild geraakt, en op de een of andere manier had hij er ook iets mee te maken. Al was het maar voor één dag, hij zou de problemen op een afstand houden.

Hij ging op haar liggen, zodat ze wegzakte in het matras en lachend begon te protesteren. 'Maak jij het ontbijt?' vroeg hij.

Met haar handen gevouwen achter haar hoofd keek ze hem hooghartig aan. 'Je lust mijn eten niet.'

'Ik heb besloten om vanochtend verdraagzaam te zijn.'

'Bof ik even,' zei ze ironisch.

'Slappe bacon en spiegeleieren,' zei hij, voordat hij haar een zoen in haar nek gaf.

'Wat?' vroeg ze verbluft, genietend van de baardstoppeltjes tegen haar huid.

'Ik houd niet van knapperige bacon en doorbakken eieren.'

Met een zucht deed ze haar ogen weer dicht. Ze wilde dit ogenblik opslaan in haar geheugen, zodat ze het te voorschijn kon halen telkens wanneer ze een opkikkertje nodig had. 'Ik heb mijn bacon het liefst zo knapperig dat hij verbrokkelt, en van eieren houd ik helemaal niet.'

'Ze zijn goed voor je.' Zijn mond gleed omhoog, zodat hij in haar oorlelletje kon bijten. 'Dan krijg je wat vet op je lijf.' Onder het praten liet hij zijn hand weer langs haar zij naar beneden glijden.

'Heb je klachten?'

'Hm-m.' Zijn hand gleed weer omhoog, en zijn vingers streken langs de onderkant van haar borst. 'Je bent een beetje aan de magere kant, maar met drie fatsoenlijke maaltijden per dag en wat lichaamsbeweging hebben we je zo in vorm.'

'Niemand heeft drie maaltijden per dag nodig,' zei ze verontwaardigd. 'En wat die lichaamsbeweging betreft –'

'Houd je van dansen?'

'Ja, maar ik –'

'Niet veel spieren,' merkte hij op, in haar arm knijpend. 'Hoe is je uithoudingsvermogen?'

'Dat zou jij moeten weten.'

Lachend drukte hij zijn mond op die van haar. 'Je hebt een scherpe en bijzonder verdorven geest.'

'Dank je.'

'Maar nu over dat dansen. Heb je wel eens in een rij gedanst?'

'In een rij?'

'Dat dacht ik al.' Met een meewarige blik keek hij haar aan. 'Country dancing, Maggie.'

'De quadrille?' vroeg ze met gefronst voorhoofd.

'Nee.' Het was tijd om haar op te voeden, dacht hij. Hij trok haar overeind, zodat haar haren verward over haar schouders golfden. 'Country dancing is minder formeel, aan minder strenge regels gebonden dan de quadrille, maar er wordt wel traditionele muziek gespeeld en er is een leider die de passen afroept.'

Met een vinger over zijn borst strijkend, opperde ze: 'Draai je partner in het rond en do-si-do?'

Onder haar vinger begon zijn huid te tintelen. Hij vroeg zich af of ze dat wist. Naar het lachje dat om haar lippen speelde te oordelen maar al te goed. 'Onder andere.'

Ze sloeg haar handen om zijn nek en liet haar hoofd achteroverzakken, zodat ze hem vanonder haar neergeslagen wimpers kon aankijken. 'Ik ben ervan overtuigd dat het bijzonder boeiend is, maar ik snap niet waarom we hier zitten te praten terwijl je me zou kunnen kussen.'

Ter antwoord gaf hij haar een lange vurige kus, die haar de adem benam. 'Omdat ik met je wil gaan dansen,' zei hij vervolgens.

Met een tevreden zucht genoot ze van het gevoel van haar sneller stromende bloed. 'Waar en wanneer?'

'Vanavond, in het park buiten het dorp.'

'Vanavond?' Ze deed één oog open. 'Dansen in het park?'

'Het is een traditie.' Hij liet haar weer op haar rug zakken maar bleef zelf zitten, zodat hij haar lichaam kon strelen. 'Een combinatie van lenteriten en de viering van Founder's Day. Bijna het hele dorp zal komen opdagen en iedereen brengt iets te eten mee. Tot middernacht wordt er gedanst, daarna wordt er gegeten. En daarna...' Hij legde een hand om haar borst, genietend van de manier waarop haar ogen wazig werden toen hij met een vingertop over haar tepel wreef. 'Daarna wordt er tot zonsopgang gedanst door iedereen die daar nog de puf voor heeft.'

'Tot zonsopgang?' vroeg ze, opgewonden haar rug krommend.

'Je hebt toch wel eerder tot zonsopgang gedanst?'

Blijkbaar had hij iets verkeerds gezegd of de verkeerde toon gebruikt, want haar lichaam verstijfde. Omdat hij nu hun verschillen niet ter sprake wilde brengen en ze die op dat moment trouwens nauwelijks kon onderscheiden, ging hij weer naast haar liggen. Met zijn armen om haar heen geslagen fluisterde hij: 'We kunnen de zon zien opkomen en de sterren zien doven.'

Hoewel ze tegen hem aan bleef liggen, was haar hoofd nu helder. De twijfels waren teruggekeerd. 'Daar heb je het nooit eerder met me over gehad.'

'Ik verwachtte niet dat je belangstelling zou hebben voor volksdansen en eten wat de pot schaft. Nu realiseer ik me dat ik me heb vergist.'

Het was opnieuw een soort verontschuldiging. Ze accepteerde die, net zoals ze zijn eerste verontschuldiging had geaccepteerd. Weer glimlachend, boog ze haar hoofd achterover. 'Wil je een afspraakje met me maken?'

De half plagende, half uitdagende blik in haar ogen wond hem mateloos op. 'Daar lijkt het wel op.'

'Ik ga dolgraag mee.'

'Oké.' Haar haren vielen op zijn schouder. Afwezig draaide hij de uiteinden om zijn wijsvinger. 'En nu dat ontbijt.'

Grinnikend bracht ze haar mond naar die van hem. 'Dat stellen we uit tot lunchtijd.'

Hoewel ze niet wist wat ze moest verwachten, verheugde ze zich op een avondje uit, weg uit het huis, een avond tussen andere mensen.

Na haar korte poging om als een kluizenares te leven, had ze ontdekt dat ze inderdaad in haar eigen behoeften kon voorzien. Dat ze in staat was om lange tijd achtereen met geen ander gezelschap dan zichzelf te leven, toonde haar dat ze dat niet altijd hoefde te doen om te bewijzen dat ze onafhankelijk was. Misschien had ze geen bewuste poging gedaan om van haar drastisch veranderde levenswijze iets te leren, maar desondanks had ze er iets van opgestoken. Ze kon de kleine bijzonderheden van het dagelijkse leven, die ze vroeger altijd aan anderen had overgelaten, zelf regelen, maar daarvoor hoefde ze zich niet af te zonderen van de wereld.

Nee, ze wist niet wat ze moest verwachten. Misschien een curieus festival met snerpende muziek en warme limonade in kartonnen bekertjes. Ze verwachtte niet dat ze bijster onder de indruk zou zijn, en al helemaal niet dat ze enthousiast zou worden.

De rij auto's die op de kronkelige weg naar het park geparkeerd stond, verraste haar, want ze had verwacht dat de mensen uit het dorp te voet zouden zijn gekomen. Toen Cliff zijn pick-up achter een gele bestelwagen parkeerde, zei ze er iets over, maar hij haalde zijn schouders op.

'Ze komen vanuit de hele regio, en zelfs uit Washington en Pennsylvania.'

'Echt waar?' Nog nieuwsgieriger dan eerst stapte ze uit de auto de warme avondlucht in. Het zou volle maan zijn, maar nu was de zon net begonnen onder te gaan. Ze vroeg zich af of het dorp het zo had gepland, of dat het toeval was. In ieder geval genoot ze daardoor des te meer. Hand in hand met Cliff begon ze naar de top van de heuvel te lopen.

Onder het lopen zag ze de zon langzaam wegzakken achter de bergen in het westen. Ze had de zon schitterend in de zee zien zakken en was onder de indruk geweest van de kleuren van zonsondergangen in de met sneeuw bedekte Alpen. Ze had de woestijn zien vibreren van de kleuren in de schemering en steden zien glanzen bij het vallen van de avond. Bij het zien van de gouden en paarsroze gloed over wat nauwelijks meer dan heuvels aan de voet van een grote bergketen waren, was ze echter dieper ontroerd dan ooit tevoren. Misschien was het belachelijk, misschien was het denkbeeldig, maar ze voelde zich meer deel uitmaken van waar ze nu was, meer betrokken bij het vallen van deze avond, dan ze ooit bij enige andere was geweest. Spontaan sloeg ze haar armen om Cliffs nek.

Lachend legde hij zijn handen op haar heupen. 'Waar heb ik dit aan te danken?'

'Het voelt goed,' zei ze, haar woorden van die ochtend herhalend.

Plotseling werd de stilte verbroken door schallende muziek. Als musicienne herkende ze ieder afzonderlijk instrument: een viool, een banjo, een gitaar, een piano. Als muziekliefhebster voelde ze haar opwinding stijgen.

'Dat is geweldig!' riep ze. 'Schiet op, ik wil het zien.' Opgetogen greep ze zijn hand en trok hem mee de heuvel op.

Haar eerste indruk was dat er een menigte mensen, tweehonderd, misschien wel tweehonderdvijftig, opeengepakt stond in een paviljoen. Toen ze beter keek, zag ze dat ze in rijen stonden, zes, nee, acht, concludeerde ze nadat ze ze snel had geteld. Tegenover elke rij mannen stond een rij vrouwen opgesteld, en er stonden zoveel rijen als de dansvloer kon bevatten. Ze bewogen op de maat van de muziek, in een patroon dat er zowel verwarrend als vloeiend uitzag.

Sommige vrouwen droegen rokken die uitwaaierden wanneer ze bogen, zwaaiden of draaiden. Anderen waren gekleed in spijkerbroek. De kleding van de mannen was even gevarieerd en even informeel als die van de vrouwen. Sommige dansers droegen sportschoenen, maar veel meer droegen ouderwetse zwarte leren schoenen met dikke stevige hakken. Weer anderen hadden schoeisel aan dat eruitzag als oosterse slippers met een riempje over de wreef. Het leek er overigens niet toe te doen wat ze aanhadden. Iedereen was in beweging. Petticoats piepten onder wijde rokken uit, hakken stampten, en er werd uitbundig gelachen.

Voor het orkestje, op de rand van een klein houten podium, stond een vrouw instructies te roepen. Hoewel Maggie de meeste woorden niet begreep, begreep ze wel het ritme. Ze stond al te popelen om mee te dansen.

'Hoe weten ze wat ze moeten doen?' schreeuwde ze boven de muziek uit. 'Hoe begrijpen ze haar?'

'Het is een reeks bewegingen die steeds opnieuw wordt herhaald,' legde Cliff uit. 'Zodra je de volgorde weet, heb je eigenlijk geen dansleider meer nodig, maar die maakt het alleen maar leuker.'

Een reeks, dacht Maggie, en ze probeerde die te ontdekken. Eerst zag ze alleen maar lichamen die bewogen in een ogenschijnlijk wanordelijk patroon, maar langzamerhand begon ze inderdaad een herhaling te zien. Terwijl ze de maten telde, concentreerde ze zich op één danspaar en probeerde vooruit te lopen op hun volgende passen. Het deed haar genoegen dat ze de volgorde kon ontdekken, net zoals de muziek een genoegen was voor het oor en de rondwervelende kleuren een genoegen waren voor het oog. Ze rook een mengeling van allerlei soorten aftershave en parfum, en de geuren van de lentebloemen die om het paviljoen heen groeiden.

Toen de zon nog lager zakte, flitsten de lampen aan die aan het plafond van het paviljoen hingen. De vloer trilde onder haar voeten, zodat ze het gevoel kreeg dat ze zelf al aan het dansen was. Met Cliffs arm om haar schouders geslagen keek ze met onvervalste fascinatie naar het nieuwe en opwindende schouwspel. Ze herkende de postbeambte. De vrouw was van middelbare leeftijd en zag er nogal streng uit, maar ze tolde langs Maggie heen als een derwisj en flirtte als een jong meisje.

Flirten maakte ook deel uit van de dans, besefte Maggie toen ze naar de gezichten in plaats van naar de voeten en de lichamen begon te kijken. Oogcontact was essentieel, net als de uitdagende lachjes en het snelle schudden van het hoofd. Zoals alle dansen misschien altijd al waren geweest, was het een soort paringsritueel.

Hij had niet verwacht dat ze geboeid of opgewonden zou zijn, maar in haar ogen zag hij dat ze allebei was. Het schonk hem voldoening dat hij haar dat had gegeven. Haar wangen bloosden, haar lichaam bewoog al op de maat van de muziek, en haar ogen waren overal tegelijk. Nu deed ze hem niet meer denken aan Maggie Fitzgerald, de dochter van sterren en zelf een glamoureuze beroemdheid, maar aan Maggie, een vrouw met wie hij kon dansen tot de zon weer opkwam.

Toen de muziek ophield, barstte Maggie net als alle andere aanwezigen in applaus uit. Lachend pakte ze zijn hand. 'Ik wil de volgende proberen, zelfs al maak ik me onsterfelijk belachelijk.'

'Luister gewoon naar wat er afgeroepen wordt en volg de muziek,' zei hij toen de rijen zich weer opstelden. 'Ze nemen de dans trouwens altijd een keer door voordat de muziek begint.'

Ze luisterde aandachtig toen de dansleidster de volgorde van de passen van de volgende dans uitlegde. Hoewel ze nog niet de helft van de uitdrukkingen begreep, probeerde ze ze in gedachten te verbinden met de bewegingen die erop volgden. Met Cliff die haar langzaam door de stappen leidde, genoot ze van het gevoel van kameraadschap en het gebrek aan geremdheid om haar heen.

Hoewel ze merkte dat er nieuwsgierig naar haar werd gekeken, trok ze zich daar niets van aan. De mensen hadden het recht om te kijken, vond ze. Ze woonde per slot van rekening voor het eerst een dorpsfeest bij, en ze werd vergezeld door een man die iedereen scheen te kennen.

'Deze dans heet Whisky Before Breakfast,' kondigde de dansleidster aan. 'Als jullie dat wel eens hebben uitgeprobeerd, weten jullie dat dat niet zo goed voor jullie is als dansen.' Ze stampte met haar voet op het podium, één, twee, drie, waarna de muziek inzette.

Het was een snelle en uitbundige dans. Maggie was al helemaal verdiept in de passen voordat ze ze goed en wel in zich had opgenomen. Eerst naar links en dan naar rechts; geef je buur je linkerhand en draai twee keer in het rond. Loop door. Wieg en swing.

De eerste keer dat Cliff haar in het rond draaide, begon ze te lachen toen ze de lucht langs haar gezicht voelde strijken.

'Kijk naar mijn ogen,' waarschuwde hij. 'Anders word je zo duizelig dat je niet meer op je benen kunt staan.'

'Ik vind het leuk! Oei!' riep ze toen ze de volgende pas miste en moest rennen om de rest van de rij bij te houden.

Ze had geen last van de verwarring of de menigte om haar heen. Schouders stootten tegen elkaar, voeten raakten verward, haar middel werd gegrepen, en ze werd rondgedraaid door mensen die ze nog nooit had ontmoet. Tieners dansten met grootmoeders. Vrouwen in strookjesjurken zwierden in het rond met mannen met kleurige zakdoeken in hun achterzakken. Kennelijk was iedereen welkom om in de rij te gaan staan en mee te dansen, en Maggie had al gezien dat vrouwen net zo vaak mannen ten dans vroegen als andersom. Het was een dans voor iedereen, en de regels waren soepel.

Naarmate de passen vaker werden herhaald en ze instinctiever danste, begon ze er nog meer plezier in te krijgen. Haar bewegingen werden geanimeerd, haar concentratie minder gericht op de passen en meer op de muziek, die mensen aanzette tot dansen, of je wilde of niet. Voeten konden niet stil blijven staan wanneer dat ritme schetterde. Toen Cliff haar weer vastgreep en snel in het rond draaide, had ze het gevoel dat ze uren zou kunnen dansen.

'Dat was het,' zei hij, in de lach schietend toen ze zich aan hem vastklampte.

'Nu al?' Hoewel ze buiten adem was, had ze nog lang geen zin om op te houden. 'Het was geweldig, maar veel te kort. Wanneer doen we nog een dans?'

'Wanneer je maar wilt.'

'Nu,' zei ze prompt, en ze trok hem met zich mee toen er nieuwe rijen werden gevormd.

Alsof ze haar hele leven volksdansfeesten in parken op het platteland had bijgewoond. Misschien had hij niet verbaasd hoeven te zijn. Steeds opnieuw had ze bewezen dat zijn vooroordelen over haar ongegrond waren. Toch had hij in andere opzichten gelijk gehad, dacht hij. Ze bezat een elegantie die zo ingeworteld was dat je die niet over het hoofd kon zien, of ze nu linoleum van de keukenvloer bikte of in zijn armen in bed lag. Ze bezat een verfijning, het resultaat van rijkdom en deftige scholen, die haar onderscheidde van de vrouwen om haar heen. Dagenlang had hij zichzelf voorgehouden dat het dat verschil was dat hem evenzeer aantrok als afstootte. Voor geen van beide kon hij de reden geven. En nu, terwijl ze de volgende dans inzette alsof ze zich haar hele leven had bewogen naar de instructies van dansleiders, kon hij niet verklaren waarom ze hem een onbehaaglijk gevoel gaf.

Het kwam door de omstandigheden, hield hij zichzelf voor terwijl hij haar in het rond draaide. Bijna vanaf het moment waarop ze elkaar hadden ontmoet, waren de omstandigheden ongemakkelijk geweest. Het was onvermijdelijk dat dat invloed had op hoe hij zich voelde wanneer hij naar haar keek – wanneer hij aan haar dacht. En hij moest zichzelf bekennen dat hij vaker aan haar dacht dan goed voor hem was, en dat hij minder vaak naar haar keek dan hij zou willen.

De dagen dat hij met haar onder één dak had gewoond, hadden hem de vreemde gewaarwording gegeven dat hij iets bezat waarvan hij niet had geweten dat hij het wilde hebben. Het was een klein beetje te aantrekkelijk om iedere ochtend wakker te worden naast haar warme lichaam, om iedere avond thuis te komen bij haar en haar muziek. Het zou verstandiger zijn, veel verstandiger, als hij zich de verschillen tussen hen bleef herinneren. Geen gemeenschappelijke basis, hield hij zichzelf opnieuw voor. Wanneer ze echter lachend rondzwierde in zijn armen, was het alsof hij zijn hele leven op haar had gewacht.

De eerste paar dansen gingen voorbij in een waas van kleuren en geluiden en muziek. Maggie liet zichzelf gaan, beseffend dat ze zich al weken niet meer zo vrij van spanning en problemen had gevoeld. Ze had in trendy clubs met beroemdheden gedanst, in balzalen rondgewerveld met prinsen, maar nog nooit had ze zoveel plezier gehad als nu, dansend op de muziek van de vedel en de instructies van de dansleidster opvolgend.

Toen ze zich omdraaide naar haar volgende partner, werd haar hand gegrepen door Stan Agee. Zonder zijn politiepenning en zijn pistool had hij een aantrekkelijke atleet in de kracht van zijn leven kunnen zijn. Om een reden die ze niet kon analyseren verstrakte ze echter zodra haar hand contact maakte met die van hem.

'Ik ben blij u hier te zien, Miss Fitzgerald.'

'Dank u.' Vastbesloten om niet toe te geven aan haar onbehagen, legde ze glimlachend een hand op zijn schouder, en hij begon rond te draaien. Ze snoof zijn geur op, de bekende goedkope aftershave, maar deze keer stelde die haar niet op haar gemak.

'U leert het vlug.'

'Het is geweldig. Ik kan niet geloven dat ik dit mijn hele leven heb gemist.' Vanuit een ooghoek zag ze Cliff rondgaan met Joyce. Het gespannen gevoel ging maar niet weg.

'Reserveer een dans voor mij,' beval hij, voordat ze terugdraaiden naar hun oorspronkelijke partners voor de volgende figuur.

Zodra Cliff haar aanraakte, voelde hij dat haar spieren verkrampt waren. 'Wat scheelt eraan?'

'Niets.' Het is niets, hield ze zichzelf voor omdat ze het niet kon verklaren. Terwijl ze rondzwierde en van het ene paar armen naar het andere draaide, liet de gedachte haar echter niet meer los dat iedereen met wie ze danste een moordenaar kon zijn. Hoe kon ze weten wie? Het kon iedereen zijn: de makelaar die haar het huis had verkocht, de slager die haar nog pas gisteren de varkenskarbonaadjes had aanbevolen, de postbeambte, de kassier van de bank. Hoe kon ze het weten?

Haar hoofd begon te tollen. Eén ogenblik ontmoetten haar ogen die van inspecteur Reiker, die aan de kant van de dansvloer stond te kijken. Waarom hier? vroeg ze zich af toen ze opnieuw in het rond werd gedraaid. Waarom was hij hierheen gekomen? Misschien hield hij haar in de gaten – maar waarom? Misschien beschermde hij haar – maar tegen wat?

Toen was ze weer in Cliffs armen, dankbaar voor het feit dat haar voeten inmiddels automatisch de danspassen konden herhalen terwijl haar gedachten in tientallen richtingen afdwaalden. Had Cliff niet gezegd dat mensen vanuit het hele district naar dit festival kwamen? Misschien was Reiker wel een liefhebber van country dancing. Het was echter waarschijnlijker dat hij alle dorpeling bij elkaar wilde zien, hen wilde observeren, ontleden. Bij die gedachte liep er een rilling over haar rug. Het was zijn werk, stelde ze zichzelf gerust. Hij deed slechts zijn werk. Uit de grond van haar hart wenste ze echter dat hij wegging.

Louella was er ook. Ze leek eerder te zweven dan te dansen. In plaats van enthousiasme straalden haar bewegingen een beheerste waardigheid uit die zowel mooi als griezelig was om te zien. Mooi omdat Louella de gratie van een geboren danseres had, en griezelig omdat Maggie de indruk kreeg dat er onder die zelfbeheersing iets school wat vrijgelaten wilde worden, al kon ze niet precies zeggen wat het was.

Ze zag spoken, vermaande ze zichzelf. Ze stelde zich aan en beeldde zich dingen in die er niet waren. Het onbehaaglijke gevoel liet zich echter niet verdrijven. Ze wist dat ze in de gaten werd gehouden, maar door wie? Door Reiker? Door Stan Agee, door Joyce, door Louella? Waarschijnlijk door iedereen. Iedereen kende elkaar; iedereen had William Morgan gekend. Zij was de buitenstaander die had blootgelegd wat tien jaar lang dood en begraven was geweest. Het was logisch dat minstens één van de dorpelingen haar dat kwalijk nam, en misschien wel allemaal.

Plotseling was de muziek te luid, waren de passen te snel en was de lucht te geurig.

Toen werd ze gevangen in Bogs korte pezige armen en in een adembenemend tempo in het rond gedraaid. 'U spint goed, Miss Maggie,' zei hij, zo breed lachend dat ze kon zien dat hij een paar voortanden miste. 'Verdraaid goed.'

Ze keek naar zijn gerimpelde gezicht en begon zelf ook te lachen. Ze stelde zich aan. Niemand koesterde wrok jegens haar. Waarom zouden ze? Ze had niets te maken met een tragedie die tien jaar oud was. Het werd tijd dat ze ophield onder de oppervlakte te zoeken en dat ze de dingen accepteerde zoals ze eruitzagen. 'Ik ben dol op spinnen!' riep ze, achteroverleunend. 'Ik zou uren kunnen doorgaan.'

Bog giechelde en liet haar los toen de volgende reeks passen werd afgeroepen. De muziek werd luider, maar leek niet langer te hard. Het tempo werd hoger, maar ze had sneller en sneller kunnen dansen. Toen de dans afgelopen was, sloeg ze lachend haar armen om Cliffs nek.

Nu was ze niet meer gespannen, maar eerder was ze dat wel geweest. Hij meende de reden daarvoor te begrijpen. Doelbewust loodste hij haar bij de Agees en Louella vandaan. 'Ik ben toe aan een biertje.'

'Heerlijk! Naar de volgende dans wil ik trouwens liever kijken. Dit is de beste show van het dorp.'

'Wil je ook een biertje?'

Met opgetrokken wenkbrauwen vroeg ze: 'Mag dat niet?'

Schouderophalend gaf hij een man in een overall een dollar. 'Natuurlijk wel, maar je ziet er alleen niet uit als iemand die bier drinkt.'

'Je staat te snel klaar met je oordeel,' zei ze toen het bier uit een houten vat in bekertjes werd getapt.

'Misschien wel,' zei hij, aan het schuim nippend. 'Amuseer je je?'

'Ja.' Lachend keek ze hem over de rand van het bekertje aan. Het bier was lauw, maar dat gaf niet, want het was nat. Haar voet tikte alweer mee op de maat. Het orkestje was uitgebreid met een mandoline, hoorde ze. Het geluid was melodieus en ouderwets. 'Had je dan gedacht dat ik er niets aan zou vinden?'

Hij leunde tegen de muur, zodat hij haar kon zien met de dansers als achtergrond. 'Ik dacht dat de muziek je zou bevallen en ik dacht dat je toe was aan een uitje. Maar ik had niet verwacht dat je je eraan zou overgeven alsof je nooit iets anders hebt gedaan.'

Ze liet haar halflege bekertje zakken en vroeg met een ironisch lachje: 'Wanneer houd je eindelijk op me in die glanzende glazen kooi te stoppen, Cliff? Ik ben geen teer kasplantje of een verwend Hollywood-kreng. Ik ben Maggie Fitzgerald en ik schrijf muziek.'

Terwijl de muziek onverminderd doorging, keek hij haar lang aan. 'Ik geloof dat ik weet wie je bent.' Hij tilde een hand op en streelde haar wang. 'Ik geloof dat ik Maggie Fitzgerald ken. Voor ons beiden zou het veiliger zijn als je in die glazen kooi zat.'

Meteen raakte ze opgewonden. Een enkele aanraking was al genoeg. 'Dat zullen we moeten bekijken, niet?' Met haar wenkbrauwen nog steeds vragend opgetrokken, tikte ze zijn bekertje aan met dat van haar. 'Op nieuw begrip?'

'Oké.' Hij legde zijn hand onder haar kin en kuste haar. 'We zullen het proberen.'

'Miss Fitzgerald?'

Maggie keek om en zag een kleine man van een jaar of vijfentwintig, die nerveus een vilthoed in zijn handen ronddraaide. Tot dat moment was ze zo opgegaan in Cliff, dat ze niet had gemerkt dat de muziek was opgehouden. 'U bent de pianist!' Haar ogen lichtten op en de glimlach die iemand zo onverwacht de adem kon benemen, deed haar mondhoeken omhooggaan. 'U speelt geweldig.'

Was hij eerst zenuwachtig geweest, nu was hij verpletterd. 'Ik... Dank u,' stamelde hij, haar met zijn ziel in zijn ogen aankijkend.

Ze weet het niet eens, dacht Cliff. Ze was zich er niet van bewust dat ze een man voor zich kon doen kruipen. Hij nipte aan zijn bier en keek naar de pianist, die probeerde zijn stem terug te vinden.

'Ik kon het niet geloven toen ik hoorde dat u hier was.'

'Ik woon hier,' zei ze eenvoudig.

De zakelijke manier waarop ze het zei, trok Cliffs aandacht. Ze had het eerder gezegd, talloze malen op talloze manieren, maar nu besefte hij dat hij nooit goed had geluisterd. Ze woonde inderdaad hier. Net als hij had ze verkozen hier te komen wonen. Het deed er niet toe waar of hoe ze tevoren had gewoond. Nu was ze hier, omdat ze had verkozen hier te zijn. En ze bleef. Voor het eerst geloofde hij dat.

'Miss Fitzgerald...' De pianist frummelde aan de rand van zijn hoed, heen en weer geslingerd tussen opgetogenheid en verlegenheid. 'Ik wilde u laten weten dat we het geweldig vinden dat u hier bent. We willen u natuurlijk niet dwingen, maar als u iets zou willen spelen, het doet er niet toe wat –'

'Vraagt u me om iets te spelen?' vroeg ze, hem in de rede vallend.

De jongeman liep struikelend over onbekend terrein. 'Eh... We wilden u alleen maar laten weten dat u... als u...'

Nadat ze de laatste slok bier had doorgeslikt, zei ze: 'Ik ken geen enkele van die liedjes. Vinden jullie het erg als ik improviseer?'

Zijn mond viel open. 'Erg vinden? Maakt u een grapje?'

Lachend gaf ze haar bekertje aan Cliff. 'Houd vast.'

Hoofdschuddend leunde hij tegen de muur, en hij zag haar met de pianist in haar kielzog naar het podium lopen. Het was haar gewoonte om bevelen te geven, mijmerde hij. Toen dacht hij aan de bewonderende blik van de verbijsterde jongeman. Misschien was het deze keer het beste dat zij de touwtjes in handen had genomen.

Ze speelde ruim een uur. Muziek produceren was even leuk als erop dansen, ontdekte ze. Ze hield van de uitdaging van de onbekende muziek en van de losse stijl ervan. Voordat ze het tweede nummer had uitgespeeld, had ze al besloten om zelf een countryliedje te schrijven.

Vanaf haar hoge positie op het podium kon ze de dansers goed zien. Ze zag Louella weer, ditmaal met Stan als partner. Automatisch zocht ze in de menigte naar Joyce, en ze kreeg haar algauw in het oog, tegenover Cliff. Daarna werd haar blik naar links getrokken, alsof ze had geweten dat Reiker daar zou zijn. Hij stond tegen een stijl van het paviljoen geleund en keek met een sigaret tussen zijn vingers naar de dansers.

Wie? vroeg ze zich af. Wie houdt hij in het oog? Omdat de rijen voortdurend versmolten en van opstelling veranderden, kon ze het niet met zekerheid zeggen, maar het was wel duidelijk dat hij in de richting keek van de plaats waar Stan met Louella danste en Cliff met Joyce.

Als hij een van hen van moord verdacht, was dat echter niet in zijn ogen te zien. Die waren kalm en vast en deden Maggies maagspieren verkrampen. Welbewust draaide ze haar hoofd af, en ze concentreerde zich weer op de muziek.

'Ik had niet verwacht mijn partner aan een piano kwijt te raken,' zei Cliff toen het orkestje weer een pauze had ingelast.

'Ik kreeg niet de indruk dat je om partners verlegen zat,' zei ze met een plagend lachje.

'Een man alleen is hier een gemakkelijke prooi.' Hij pakte haar bij de hand en trok haar overeind. 'Heb je honger?'

'Is het al twaalf uur?' vroeg ze met een hand op haar buik. 'Ik ben uitgehongerd.'

Ze schepten hun borden vol, hoewel het licht zo zwak was dat ze onmogelijk konden zeggen wat ze aten totdat ze het proefden. Op het gras onder een boom gezeten, praatten ze gemoedelijk met de mensen die langskwamen. Er was niets aan de hand, dacht Maggie. Ze waren gewoon mensen die door de muziek waren samengebracht. Opnieuw voelde ze een sfeer van kameraadschap en saamhorigheid. Achterovergeleund, keek ze naar de menigte.

'Ik zie Louella nergens.'

'Stan zal haar naar huis hebben gebracht,' zei Cliff tussen twee happen door. 'Ze blijft nooit later dan middernacht. Hij zal zo wel terugkomen.'

'Mmm,' zei ze nadat ze een hap had genomen van wat Waldorfsalade bleek te zijn.

'Miss Fitzgerald.'

Toen Reiker op zijn hurken naast haar kwam zitten, legde ze haar vork neer. 'Hallo, inspecteur.'

'Ik heb genoten van uw spel.' Hij glimlachte zo vriendelijk, dat ze zichzelf verwenste om haar koele reactie. 'Ik heb jaren naar uw muziek geluisterd, maar ik had niet verwacht u zelf nog eens te kunnen horen spelen.'

'Ik ben blij dat u het mooi vond.' Hoewel ze wist dat ze het beter daarbij kon laten, zei ze: 'Ik heb u niet zien dansen.'

'Mij?' vroeg hij met een verlegen lachje. 'Ik dans niet, maar mijn vrouw wel. Die sleept me altijd hierheen.'

Maggie ontspande zich. De verklaring voor zijn aanwezigheid was dus eenvoudig en onschuldig. 'De meeste mensen die van muziek houden, houden ook van dansen.'

'Ik houd wel van dansen, maar mijn voeten niet.' Zijn blik gleed naar Cliff. 'Ik wilde u nog bedanken voor uw medewerking. Die helpt ons misschien wat losse eindjes aan elkaar te knopen.'

'Graag gedaan,' zei Cliff vlot. 'We willen allemaal dat deze zaak zo snel mogelijk wordt opgelost.'

Reiker knikte, voordat hij met enige moeite weer ging staan. 'Ik hoop dat u vanavond nog wat speelt, Miss Fitzgerald. Het is een waar genoegen om naar u te luisteren.'

Toen hij weg was, haalde Maggie diep adem. 'Het is niet eerlijk dat hij me een onbehaaglijk gevoel geeft. Hij doet alleen maar zijn werk.' Omdat Cliff niet reageerde, begon ze weer te eten. 'Wat bedoelde hij eigenlijk met je medewerking?'

'Ik heb contact opgenomen met mijn moeder. Ze komt maandag hierheen om een verklaring af te leggen.'

'O. Dat moet moeilijk voor haar zijn.'

'Nee,' zei hij schouderophalend. 'Het is tien jaar geleden gebeurd. Ze heeft het achter zich gelaten. We hebben het allemaal achter ons gelaten,' voegde hij eraan toe, 'behalve één.'

Huiverend deed ze haar ogen even dicht. Ze wilde er niet aan denken, niet die avond. 'Ga mee dansen,' zei ze toen de muzikanten hun instrumenten begonnen te stemmen. 'Het duurt nog uren voordat de zon opkomt.'

Ze werd niet moe, zelfs niet toen de maan al begon onder te gaan. De muziek en de beweging gaven haar de uitlaatklep die ze nodig had voor haar nerveuze energie. Sommige dansers kwijnden weg, andere werden alleen maar uitbundiger naarmate het later werd. Het orkestje speelde onvermoeibaar door.

Toen de hemel lichter begon te worden, waren er nog maar een stuk of honderd dansers op de been. Het had iets mysterieus, iets indrukwekkends om de zon vanachter de bergen te zien opkomen terwijl de muziek door de lucht schalde. Toen de hemel roze werd van de nieuwe dag, werd de laatste wals aangekondigd.

Cliff sloeg zijn armen om Maggie heen en wervelde met haar over de dansvloer. Hij kon het leven uit haar voelen opborrelen – opwindend, sterk. Zodra ze was opgehouden met dansen, zou ze uren achtereen slapen, dacht hij, en hij drukte haar dichter tegen zich aan.

Dicht tegen hem aan volgde ze zijn passen. Haar hart klopte regelmatig, haar haren waren zacht. De kleuren van de opkomende zon spreidden zich uit over de bergen in het oosten. Toen boog ze haar hoofd achterover, en ze keek hem glimlachend aan.

En toen hij zich realiseerde dat hij verliefd op haar was, was hij met stomheid geslagen.

Hoofdstuk 12

Als Maggie niet zo vol was geweest van de muziek, dan had ze misschien gemerkt dat Cliff zich abrupt terugtrok. 'Ik kan niet geloven dat het voorbij is. Ik zou nog uren kunnen dansen.'

'Wedden dat je slaapt voordat je thuis bent?' zei hij, zorgvuldig vermijdend haar aan te raken. Hij leek wel gek, verliefd worden op een vrouw als zij! Een vrouw die niet eens kon beslissen of ze ging behangen of de badkamer zou betegelen. Een vrouw die bevelen gaf. Een vrouw die zijden ondergoed onder haar spijkerbroek droeg. Hij moest gek zijn.

Ze was ook een vrouw die de hele nacht met hem kon dansen. Onder haar tere uiterlijk gingen kracht en moed schuil. Ze maakte muziek die deels hemels en deels zondig was. Had hij niet bijna vanaf het begin geweten dat ze een vrouw was die hij nooit meer uit zijn gedachten zou kunnen zetten? En had hij zich juist daarom niet zo heftig tegen haar verzet?

Nu klom ze in de cabine van zijn pick-up, en ze legde haar hoofd tegen zijn schouder alsof het daar hoorde, en dat was ook zo. Ondanks de moeite die het hem kostte dat te accepteren, sloeg hij een arm om haar heen.

'Ik kan me niet herinneren wanneer ik me voor het laatst zo heb vermaakt.' De energie stroomde zo snel uit haar weg, dat ze louter door wilskracht haar ogen nog openhield.

'De muziek speelt nog door je hoofd.'

'Ik geloof dat je me begint te begrijpen.'

'Een beetje.'

'Een beetje is genoeg,' zei ze gapend. 'Het was leuk om vanavond te spelen. Weet je, ik heb nooit willen optreden, vooral omdat ik wist dat het alleen maar aanleiding zou geven tot nog meer vergelijkingen. Maar vanavond...'

Hij was er niet zeker van of de strekking van haar opmerking hem beviel en hij fronste zijn voorhoofd. 'Denk je erover om vaker te gaan optreden?'

'Niet regelmatig. Als ik daar zin in had gehad, zou ik het al veel eerder hebben gedaan.' Ze ging gemakkelijker zitten. 'Maar ik heb besloten om C.J. een plezier te doen en de titelsong van Heat Dance te vertolken. Het is een compromis: geen optreden maar een plaatopname. Bovendien voel ik me persoonlijk betrokken bij dat lied.'

'Heb je dat vanavond besloten?'

'Ik denk er al een hele tijd over na. Je zo strikt aan je eigen regels te houden dat je niet iets kunt doen wat je echt wilt doen, zou dom zijn. Ik wil dat liedje echt zingen.' Knikkebollend, zag ze dat ze haar oprijlaantje in sloegen. 'Het betekent dat ik voor een paar dagen terug moet naar Los Angeles voor de opnamen. C.J. zal in de wolken zijn,' zei ze met een slaperig lachje. 'Vervolgens zal hij alles doen om me ervan te weerhouden terug te gaan naar Morganville.'

Plotselinge angst kneep Cliffs keel dicht. Nadat hij aan het einde van het weggetje had geparkeerd, zette hij de pick-up op de handrem. 'Ik wil dat je met me trouwt.'

'Wat?' Half slapend schudde ze haar hoofd, ervan overtuigd dat ze hem verkeerd had verstaan.

'Ik wil dat je met me trouwt,' herhaalde hij, en hij trok haar ruw bij de schouders omhoog. 'Voor mijn part neem je tien liedjes op, maar je trouwt met me voordat je teruggaat naar Californië.'

Zeggen dat ze verbluft was, zou veel te zwak uitgedrukt zijn. Ze keek hem aan alsof ze het in Keulen hoorde donderen. 'Ik geloof dat ik een beetje versuft ben,' zei ze met slepende stem. 'Bedoel je dat je met me wilt trouwen?'

'Je weet donders goed wat ik bedoel.' De angst om haar te verliezen, nu hij net had beseft dat hij niet zonder haar kon leven, werd hem te machtig. Zijn zelfbeheersing verliet hem. Hij kon niet meer rationeel zijn. Hij kon haar niet laten gaan zonder de belofte dat ze zou terugkomen. 'Je gaat niet naar Californië voordat je met me getrouwd bent.'

In een poging haar hoofd helder te maken schoof ze bij hem vandaan. 'Heb je het over mijn opname of hebben we het over trouwen? Het ene heeft te maken met mijn werk, het andere met mijn leven.'

Gefrustreerd omdat zij haar kalmte kon bewaren terwijl hem dat niet lukte, trok hij haar weer tegen zich aan. 'Van nu af aan is je leven mijn zaak.'

'Nee!' Dat klonk haar te bekend in de oren. 'Ik wil niet dat iemand op me past, als je dat bedoelt. Ik wil niet nog een keer dat soort verantwoordelijkheid, of dat soort schuldgevoelens.'

'Ik weet niet waar je het over hebt,' riep hij kwaad. 'Ik zeg je alleen dat je met me gaat trouwen.'

'Dat is het juist. Je kunt het me niet zéggen!' Ze rukte zich los, en de slaperige blik in haar ogen maakte plaats voor woede. 'Jerry zei me ook dat we gingen trouwen, en ik heb me daarin geschikt omdat het logisch leek. Hij was mijn beste vriend, degene die me over de dood van mijn ouders heen had geholpen en me had aangemoedigd om weer te gaan componeren. Hij wilde voor me zorgen.' Met beide handen woelde ze door haar haren. 'En ik liet hem begaan, totdat het bergafwaarts met hem ging en hij niet eens voor zichzelf kon zorgen. Toen kon ik hem niet meer helpen. De verhoudingen stonden vast, dus ik kon hem niet helpen. Niet opnieuw, Cliff. Ik laat me niet opnieuw in die glazen kooi stoppen.'

'Dit heeft niets te maken met je eerste huwelijk en ook niets met kooien,' zei hij nijdig. 'Je kunt verdraaid goed voor jezelf zorgen, maar je gaat met me trouwen.'

Geforceerd kalm vroeg ze: 'Waarom?'

'Omdat ik het zeg.'

'Dat is het verkeerde antwoord.' Voordat hij wist wat hem overkwam, was ze uitgestapt en ze had het portier met een klap dichtgegooid. 'Je kunt gaan afkoelen of er een nachtje over slapen of wat je maar wilt,' zei ze op ijzige toon. 'Ik ga naar bed.' Ze draaide zich op haar hielen om en beende het gammele trapje naar de voordeur op.

Toen ze de deurknop omdraaide, hoorde ze zijn pick-up de heuvel af rijden.

Laat hem gaan, beval ze zichzelf voordat ze zich kon omdraaien en hem terugroepen. Je kunt je niet de wet laten voorschrijven. Wanneer een man dacht dat hij een vrouw kon bevelen om met hem te trouwen, verdiende hij precies wat zij hem had gegeven. Een flinke schop tegen zijn ego. Stel je voor! Uit het niets met een huwelijk op de proppen komen. Een huwelijk, geen liefde, dacht ze. Hij hield haar een huwelijk voor als een wortel aan het uiteinde van een stok, maar zij hapte niet toe. Als hij haar werkelijk wilde, zou hij met een heel wat beter verhaal moeten komen.

Ik houd van je. Binnengekomen leunde ze met haar hoofd tegen de deur en dwong zichzelf om niet te gaan huilen. Dat was alles wat er nodig was geweest. Dat was alles wat hij had hoeven te zeggen. Begrip. Nee, dacht ze toen ze weer rechtop ging staan. Ze begrepen elkaar nog lang niet.

Waarom blaft de hond niet? vroeg ze zich af. Wat een waakhond! Geërgerd liep ze naar de trap, zich voorbereidend op een heet bad en lekker lang uitslapen, toen een geur haar weerhield. Kaarsvet, dacht ze verbaasd. Rozen? Wat vreemd. Hoewel ze een levendige fantasie had, kon die geen geuren oproepen. Ze liep naar de woonkamer en bleef in de deuropening staan.

In de stoel met de hoge rugleuning zat Louella, kaarsrecht. Ze droeg dezelfde lichtgrijze jurk die ze tijdens het festival had aangehad, en haar handen lagen gevouwen op haar schoot. Haar huid was zo bleek, dat de schaduwen onder haar ogen eruitzagen als blauwe plekken. Haar ogen zelf leken recht door Maggie heen te kijken. Op de tafel naast haar stonden brandende kaarsen, inmiddels weinig meer dan stompjes, en het kaarsvet was over de voet van de kandelaars gedropen. Een vaas met rozen stond ernaast, zodat het briesje dat door het open raam naar binnen kwam, de geur de kamer in blies.

Nadat ze van de eerste schrik was bekomen, probeerde Maggie haar gedachten te ordenen. Van het begin af aan was het duidelijk geweest dat Louella ze niet allemaal op een rijtje had. Ze moest met tact worden benaderd, dacht ze, dus liep ze naar haar toe zoals men naar een gewond vogeltje toe zou lopen.

'Mrs. Morgan,' zei ze zacht, voordat ze een hand op Louella's schouder legde.

'Ik heb altijd van kaarslicht gehouden,' zei Louella zacht. 'Veel mooier dan lamplicht. Ik brandde 's avonds vaak kaarsen.'

'Ze zijn mooi.' Haar stem vriendelijk houdend, knielde Maggie naast de stoel op de vloer. 'Maar nu is het ochtend.'

'Ja.' Louella keek wezenloos naar het door de zon beschenen raam. 'Ik zit vaak de hele nacht op. Ik houd van de geluiden. Het bos maakt 's nachts muziek.'

Als ze er dieper over had nagedacht, had Maggie haar verder geen vragen meer gesteld. Ze zou Louella eenvoudig naar haar auto hebben gebracht en haar naar huis hebben gereden. Ze dacht er echter niet dieper over na. 'Komt u 's nachts vaak hier, Mrs. Morgan?'

'Soms met de auto,' zei ze dromerig. 'Soms, als het een heldere en warme nacht is zoals nu, lopend. Toen ik jong was, liep ik veel. Joyce hield er al van om in het bos te wandelen toen ze nog maar heel klein was.'

Maggie streek met haar tong over haar droge lippen. 'Komt u hier vaak 's nachts terug, Mrs. Morgan?'

'Ik weet dat ik weg moet blijven. Dat heeft Joyce me al een paar keer verteld. Maar...' Ze zuchtte, en er speelde een triest lachje om haar mond. 'Zij heeft Stan. Zo'n goede man – ze zorgen voor elkaar. Dat is wat een huwelijk is, weet u, van elkaar houden en voor elkaar zorgen.'

'Ja.' Hulpeloos keek Maggie naar Louella's handen, die nu zenuwachtig aan haar jurk begonnen te frummelen.

'William was geen liefhebbende man. Hij was nu eenmaal niet zo geschapen. Ik wilde dat Joyce een liefhebbende man zou krijgen, een man als Stan.' Daarna verviel ze in stilzwijgen. Ze deed haar ogen dicht, en haar ademhaling was zo oppervlakkig, dat Maggie dacht dat ze in slaap was gevallen. In de overtuiging dat ze beter de Agees kon bellen, stond ze op, maar toen sloot Louella's hand zich over die van haar.

'Ik ben hem die avond hierheen gevolgd,' fluisterde ze. Plotseling waren haar ogen zo scherp dat Maggies mond droog werd.

'Hem gevolgd?'

'Ik wilde niet dat hem iets overkwam. Joyce hield zoveel van hem.'

Met moeite haar stem in bedwang houdend vroeg Maggie: 'U bent uw man hierheen gevolgd?'

'William was hier,' zei Louella. 'Hij was hier en hij had het geld bij zich. Ik wist dat hij iets vreselijks zou gaan doen, iets wat hij ongestraft zou hebben kunnen doen omdat hij was wie hij was. Er moest een eind aan komen.' Haar vingers verkrampten om Maggies hand. Toen ontspanden ze zich abrupt, en haar hoofd zakte achterover. 'Natuurlijk kon het geld niet samen met hem begraven worden. Ik dacht: als ze hem vinden, mogen ze het geld niet vinden. Dus heb ik het verstopt.'

'Hier,' zei Maggie met verstikte stem. 'Op de zolder.'

'In de oude hutkoffer. Ik was het helemaal vergeten,' zei Louella, met een stem die dik was van vermoeidheid. 'Vergeten, tot een paar weken geleden toen ze in het bekken groeven. Ik ben hierheen gekomen en heb het geld weggehaald en verbrand, zoals ik het tien jaar geleden had moeten verbranden.'

Maggie keek naar de magere hand die slap op die van haar lag. De blauwe aderen staken scherp af tegen de dunne, ivoorwitte huid. Kon die hand een trekker hebben overgehaald en een kogel in het lijf van een man hebben gejaagd? Ze keek naar Louella's gezicht en zag dat ze nu vredig sliep.

Wat moest ze doen? vroeg ze zich af toen ze Louella's hand voorzichtig teruglegde in haar schoot. De politie bellen? Ze keek naar de tengere slapende gestalte in de stoel. Dat kon ze niet. Dat was te harteloos. Ze zou Joyce bellen.

Ze ging naar de telefoon en vroeg de telefoniste haar door te verbinden met Joyces nummer. In het Agee-huis nam niemand op. Zuchtend keek ze over haar schouder de zitkamer in waar Louella nog steeds zat te slapen. Hoewel het haar tegenstond, moest ze inspecteur Reiker bellen. Ook hij bleek echter niet aanwezig te zijn, dus liet ze een boodschap voor hem achter op het politiebureau.

Terugkomend in de woonkamer, hield ze geschrokken haar adem in toen een donkere gedaante op haar af kwam. 'Oh! Je jaagt me de stuipen op het lijf.'

'Sorry.' Een bezorgde Stan keek van Maggie naar zijn schoonmoeder. 'Ik ben door de achterdeur binnengekomen. De hond ligt in de keuken te slapen. Zo te zien heeft Louella hem een slaappil gegeven om hem rustig te houden.'

'O.' Instinctief draaide ze zich om, om naar de keuken te gaan.

'Er mankeert hem niets,' zei Stan geruststellend. 'Hij zal alleen een beetje versuft zijn wanneer hij wakker wordt.'

'Sheriff... Stan,' verbeterde ze zichzelf, hopend dat het gebrek aan formaliteit het makkelijker voor hem zou maken. 'Ik stond net op het punt om je op het bureau te bellen. Ik geloof dat Louella het grootste deel van de nacht hier heeft gezeten.'

'Het spijt me.' Hij wreef over zijn ogen, die rood waren van gebrek aan slaap. 'Sinds dit alles is begonnen, gaat het gestadig slechter met haar, maar Joyce en ik willen haar niet in een verpleeghuis stoppen.'

'Nee.' Meelevend legde ze een hand op zijn arm. 'Maar ze heeft me verteld dat ze 's nachts vaak uitgaat, en –' Zichzelf onderbrekend, begon ze door de kamer te ijsberen. Mocht ze hem vertellen wat Louella had gezegd? Weliswaar was hij haar schoonzoon, maar hij was tevens de sheriff. De penning op zijn borst en het pistool aan zijn riem zorgden ervoor dat ze dat niet kon vergeten.

'Ik heb gehoord wat ze je heeft verteld, Maggie.'

Met een medelijdende en bezorgde blik in haar ogen draaide ze zich om. 'Wat moeten we doen? Ze is zo broos. Ik kan het niet verdragen dat ze door mijn toedoen gestraft zou worden voor iets wat zo lang geleden is gebeurd. Maar toch, als ze iemand heeft vermoord...'

Terwijl haar geweten en medelijden om voorrang streden, draaide ze zich weer om.

'Ik weet het niet.' Over zijn nek wrijvend keek Stan naar Louella. 'Wat ze je heeft verteld, hoeft niet per se waar te zijn.'

'Maar het klinkt zo logisch,' zei Maggie. 'Ze wist van het geld. Als ze het in de hutkoffer heeft verstopt, het toen is vergeten, het heeft verdrongen omdat het haar herinnerde aan...' Haar stem stierf weg. Toen schudde ze haar hoofd, en ze dwong zichzelf om verder te praten. 'Stan, het is de enige verklaring voor de inbraak in mijn huis.' In tweestrijd, sloeg ze haar handen voor haar gezicht. 'Ze heeft hulp nodig,' zei ze toen abrupt. 'Niet van politie of van advocaten, maar van een arts.'

Zichtbaar opgelucht zei Stan: 'Die krijgt ze. De beste die Joyce en ik kunnen vinden.'

Ontdaan en onzeker steunde Maggie met een hand op de tafel. 'Ze is dol op je,' fluisterde ze. 'Ze praat altijd zo lovend over je, over hoeveel je van Joyce houdt. Ik denk dat ze alles zou doen om jullie geluk te garanderen.'

Onder het praten werd haar blik naar beneden getrokken, naar waar haar handpalm op de tafel rustte – op de kleurenfoto van William Morgan en Stan, vlak bij het bekken. Nu zou alles voorgoed begraven worden, dacht ze, terwijl ze naar de foto keek. Louella had genoeg geleden, was genoeg gestraft voor –

Verbijsterd bekeek ze de foto wat nauwgezetter. Waarom het op dat moment bij haar opkwam, zou ze nooit te weten komen, maar opeens herinnerde ze zich Reikers woorden: 'We hebben ook een ring gevonden, een oude ring met graveerwerk en drie kleine diamantjes. Joyce Agee heeft hem geïdentificeerd als de ring van haar vader.'

Op de foto was het echter niet William Morgan die die ring droeg, maar Stan.

Met een begrijpende blik in haar ogen keek ze op.

Hij hoefde niet eens naar de foto onder haar hand te kijken. Haar ogen zeiden genoeg. 'Je had het moeten laten rusten, Maggie.'

Zonder de tijd te nemen om na te denken, reageerde ze instinctief. Alsof de duivel haar op de hielen zat, vloog ze naar de voordeur. Haar actie was zo onverwacht dat ze de gang al door was en haar hand op de deurknop had, voordat hij een voet had verzet. De deur klemde, en ze verwenste de deur en haar eigen nalatigheid. Weken geleden had ze al iets aan die deur moeten laten doen. Op het moment dat ze er een tweede ruk aan gaf, sloot Stans hand zich om haar arm.

'Niet doen,' zei hij zacht. 'Ik wil je geen pijn doen. Ik moet hierover nadenken.'

Met haar rug tegen de deur keek ze hem aan. Ze was alleen in haar huis met een moordenaar. Alleen, dacht ze wanhopig, afgezien van een broze oude vrouw die zo veel van hem hield dat ze hem tien jaar lang de hand boven het hoofd had gehouden. Ze zag hem zijn hand op de kolf van zijn pistool leggen.

'We kunnen beter gaan zitten.'

Cliff nam een slok van zijn tweede kop koffie, wensend dat het bourbon was. Als hij zich moedwillig bij een vrouw had proberen belachelijk te maken, had hij het niet beter kunnen aanpakken. Hij slikte de bittere koffie door en keek kwaad naar de metalen bar van het café. De geur van gebakken eieren en worstjes wekte zijn eetlust niet op.

Hoe had hij het zo kunnen verprutsen? Welke vrouw met enig gezond verstand zou positief hebben gereageerd op een geschreeuwd huwelijksaanzoek? Maggie had hem de bons gegeven, en nu hij een beetje afgekoeld was, kon hij haar dat niet kwalijk nemen.

Hij was echter geen lid van het kringetje waar ze in Los Angeles in had verkeerd en hij weigerde zijn gedrag ter wille van haar te veranderen, net zomin als hij van haar verwachtte dat zij haar gedrag voor hem veranderde. Voordat hij er deel van had uitgemaakt, had zij gekozen om haar leven te veranderen.

Gekozen, dacht hij opnieuw, zichzelf verwensend. Ze had haar woonplaats gekozen, en hij had nog nooit iemand zo snel wortel zien schieten. Hij had niet in paniek moeten raken toen ze het over de opname in Los Angeles had gehad. Ze zou terugkomen. Het land was even belangrijk voor haar als voor hem. Misschien was dat hun eerste band geweest, hoewel ze beiden hadden volgehouden dat ze niets gemeenschappelijks hadden.

Ze zou terugkomen, hield hij zichzelf opnieuw voor. Hij was idioot geweest om te denken dat hij dat alleen maar kon garanderen door haar te dwingen tot een huwelijk. Maggie liet zich niet dwingen, en ze zou in Morganville blijven. Dat waren twee van de redenen waarom hij van haar hield.

Dat had hij haar moeten vertellen, dacht hij, het koffiekopje opzijschuivend. Waarom had hij haar niet verteld dat hij al weken verliefd op haar was en dat hij zich dat bij zonsopgang, toen het ochtendlicht haar gezicht bescheen, opeens had gerealiseerd? Het had hem de adem benomen, hem van zijn verstand beroofd, hem zwak gemaakt. Waarom had hij de woorden niet kunnen vinden om haar dat te vertellen?

Hij ging rechtop zitten en keek op zijn horloge. Inmiddels had ze een uur kunnen slapen. Een vrouw had niet meer dan een uur slaap nodig om een fatsoenlijk huwelijksaanzoek te accepteren. Hij gooide het geld voor de koffie op de bar en liep fluitend naar buiten.

Nog steeds fluitend reed hij door het dorp, totdat Joyce de weg op stormde en hem uitzinnig zwaaiend aanhield.

'Cliff!'

Hoewel ze de auto midden op straat tot staan had gebracht, was hij al half uitgestapt, en hij vroeg: 'Wat is er? Is er iets met de kinderen?'

'Nee, nee.' Met moeite haar zelfbeheersing bewarend, greep ze zijn armen. Ook zij had zich na het festival niet omgekleed, maar haar haren, die ze opgestoken had gehad, waren nu losgeschoten uit de speldjes en hingen wanordelijk om haar gezicht. 'Mijn moeder,' zei ze hijgend, 'ze is de hele nacht niet in bed geweest – en Stan… ik kan Stan nergens vinden.'

'We vinden Louella wel.' Hij streek de haren uit haar gezicht, zoals hij al had gedaan toen ze nog een kind was. 'Misschien kon ze niet slapen en is ze een eindje gaan lopen. Met al die opwinding van gisteravond –'

'Cliff,' zei ze, zijn arm steviger omklemmend. 'Ik denk dat ze naar haar oude huis is gegaan. Ik weet het eigenlijk wel zeker. Het zou niet voor het eerst zijn.'

Een beetje ongerust dacht hij aan Maggie. 'Maggie is thuis,' zei hij echter geruststellend. 'Zij zal voor haar zorgen.'

'Ze wordt steeds slechter.' Joyces ademhaling stokte. 'O, Cliff, ik dacht dat ik deed wat juist was, het enige wat ik kon doen.'

'Waar heb je het over?'

'Ik heb gelogen tegen de politie. Ik heb gelogen voordat ik er goed over had nagedacht, maar ik weet dat ik het precies zo zou overdoen.' Ze drukte haar vingers even tegen haar ogen en liet ze toen weer zakken. Toen ze Cliff opnieuw aankeek, was ze ogenschijnlijk dodelijk kalm. 'Ik weet wie mijn vader heeft vermoord. Ik weet het al weken. Mijn moeder... mijn moeder schijnt het al tien jaar te hebben geweten.'

'Stap in,' beval hij. Nu dacht hij alleen nog aan Maggie, Maggie alleen in het huis, omringd door het bos. 'Vertel me alles onder het rijden.'

Met een stijve rechte rug zat Maggie op een laag bankje. Alleen haar ogen bewogen toen ze naar Stan keek, die door de kamer ijsbeerde. Ze wilde geloven dat hij haar geen pijn zou doen. Tien jaar geleden had hij echter iemand vermoord. Nu had hij de keus tussen haar het zwijgen opleggen en voor zijn misdaad boeten.

'Ik heb nooit gewild dat Joyce dit huis verkocht.' Hij liep naar het raam en vandaar weer terug naar het midden van de kamer. 'Ik heb het nooit gewild. Het geld zei me niets. Haar geld – het geld van haar vader – heeft me nooit iets gezegd. Hoe had ik kunnen weten dat ze het te koop zou aanbieden zodra ik even het dorp uit was?'

Toen hij over zijn overhemd streek, werden er flauwe strepen vocht op zichtbaar. Hij zweet, dacht Maggie. Dat maakte haar des te nerveuzer.

'Ze heeft tegen de politie gelogen over die ring.'

Maggie bevochtigde haar lippen. 'Ze houdt van je.'

'Ze wist het niet. Al die jaren heb ik het haar niet verteld. Toen ik het haar uiteindelijk wel moest vertellen, stond ze achter me. Een man kan niet meer verlangen dan dat.' Hij begon weer te ijsberen, en de zolen van zijn schoenen op de planken vloer maakten het enige geluid in de kamer. 'Ik heb hem niet vermoord,' zei hij ten slotte met toonloze stem. Toen hij Maggie aankeek, waren zijn ogen dof van vermoeidheid. 'Het was een ongeluk.'

Daar klampte ze zich aan vast. 'Als je dan naar de politie gaat en uitlegt –'

'Uitleggen?' vroeg hij, haar abrupt in de rede vallend. 'Uitleggen dat ik een man heb gedood, hem heb begraven en zijn auto de rivier in heb gereden?' Met de muizen van zijn handen wreef hij over zijn gezicht. 'Ik was pas twintig. Joyce en ik waren al twee jaar verliefd op elkaar. Morgan had duidelijk gemaakt dat er niets tussen ons kon zijn, dus ontmoetten we elkaar stiekem. Toen Joyce ontdekte dat ze zwanger was, konden we het niet langer geheimhouden.'

Tegen het raam geleund keek hij de kamer in. 'We hadden moeten weten dat er iets mis was toen hij het zo goed opvatte, maar we waren allebei zo opgelucht, allebei in extase bij het idee dat we konden trouwen en een gezin stichten, dat we het niet doorhadden. Hij zei dat we het een paar weken stil moesten houden terwijl hij de voorbereidingen voor de bruiloft trof.'

Even dacht Maggie aan het strenge gezicht op de foto denkend, en ze zei: 'Maar hij meende het niet.'

'Nee, maar we gingen te veel in elkaar op om ons te herinneren wat voor man hij was.' Stan bleef zich voortbewegen in dezelfde lijn: naar het raam, terug naar het midden van de kamer, weer naar het raam. 'Hij zei dat hij last had van bosmarmotten bij zijn oude huis.

Ik was jong en ik wilde alles doen om hem gunstig te stemmen. Ik zei dus dat ik een keer 's avonds na mijn werk met mijn geweer zou langskomen om met ze af te rekenen.'

Hij zag Maggie huiveren en naar het pistool op zijn heup kijken. 'Het schemerde al toen hij eraan kwam. Ik had hem niet verwacht. Ik herinner me dat ik, toen hij uit zijn auto stapte, dacht dat hij eruitzag als een begrafenisondernemer, helemaal in het zwart en met glimmende schoenen. Hij had een kleine metalen doos bij zich, die hij neerzette op een boomstronk bij het bekken. Hij liet geen tijd verloren gaan,' vervolgde Stan. 'Hij vertelde me op de man af dat hij zijn dochter nooit zou laten trouwen met een boerenpummel als ik. Hij zei dat hij haar zou wegsturen. Naar Zweden of ergens anders heen. Daar zou ze de baby ter wereld kunnen brengen en hem afstaan. Maar hij verwachtte niet dat ik voor niets mijn mond zou houden. Hij vertelde me dat er vijfentwintigduizend dollar in de doos zaten. Die moest ik aannemen en dan moest ik verdwijnen.'

Die vijfentwintigduizend dollar waren dus steekpenningen geweest, zwijggeld. Van de man op de foto kon ze inderdaad geloven dat hij had gedacht dat je met geld alles kon kopen.

'Ik raakte buiten mezelf. Ik kon niet geloven dat hij dreigde me alles te ontnemen wat ik ooit had verlangd. Natuurlijk had hij dat zonder meer kunnen doen.' Stan veegde de zweetdruppeltjes van zijn bovenlip. 'Hij zou het ook zonder te aarzelen hebben gedaan. Ik schreeuwde tegen hem. Ik schreeuwde dat hij me Joyce en onze baby niet kon afpakken. Ik zei dat we zouden weggaan, dat we zijn rotgeld niet nodig hadden. Hij deed het doosje open en liet me al die bankbiljetten zien, alsof hij me wilde verleiden. Ik sloeg het uit zijn handen.'

Zijn ademhaling was nu snel en zwaar, alsof hij dat ogenblik herleefde – de woede, de wanhoop. Ondanks haar angst voelde Maggie haar medelijden opwellen.

'Hij bleef ijzig kalm en verloor geen ogenblik zijn zelfbeheersing. Hij bukte alleen maar en stopte het geld terug in de doos. Hij dacht dat ik meer wilde. Hij heeft het nooit begrepen, was niet in staat om het te begrijpen. Toen hij eindelijk inzag dat ik het geld niet zou aannemen en dat ik niet zou weggaan, raapte hij mijn geweer op met dezelfde kalmte als waarmee hij het geldkistje had opgeraapt. Op dat moment was ik ervan overtuigd dat hij me ter plekke zou vermoorden en dat hij ermee weg zou komen. Op de een of andere manier zou hij er niet voor hoeven te boeten. Het enige wat ik kon denken, was dat ik Joyce nooit meer zou zien, nooit onze baby in mijn armen zou kunnen houden. Ik probeerde het geweer te grijpen. Het ging af over mijn schouder. We begonnen te vechten.'

Zijn ademhaling kwam nu in horten en stoten, en zijn blik was glazig. Maggie kon de worsteling tussen de man en de jongen duidelijk voor zich zien, alsof die zich voor haar ogen afspeelde. Ze deed haar ogen dicht. Toen zag ze de scène voor zich in de film waarvoor ze de muziek had geschreven. Daarin had een allesoverheersend verlangen geleid tot onherroepelijk geweld. Maar dit was echt, en er was geen muziek nodig om het drama kracht bij te zetten.

'Hij was sterk. Wat was die oude man sterk. Ik wist dat het mijn dood zou zijn als ik dat geweer niet uit zijn handen kreeg. Op de een of andere manier –' Stan onderbrak zichzelf en wreef over zijn gezicht. 'Op de een of andere manier had ik het opeens in mijn handen en viel ik achterover. Ik zal het nooit vergeten – het was als een droom, een nachtmerrie. Ik viel achterover, en het geweer ging af.'

Ze kon het zich maar al te duidelijk voorstellen. Meelevend, maar ook bang zei ze: 'Maar het was een ongeluk, zelfverdediging.'

Hoofdschuddend liet hij zijn handen weer langs zijn zijden vallen, terug, trillend, naar het pistool op zijn heup. 'Ik was twintig en had altijd mijn geld bij elkaar moeten schrapen. Ik had net de belangrijkste man van het dorp doodgeschoten, en in een kistje naast zijn lichaam lagen vijfentwintigduizend dollars. Wie zou me hebben geloofd? Misschien kwam het doordat ik in paniek raakte, misschien deed ik het enige verstandige, maar ik begroef hem en zijn geld in het bekken en heb daarna zijn auto in de rivier geduwd.'

'Louella...' begon Maggie.

'Ik wist niet dat ze me was gevolgd. Ik neem aan dat ze Morgan beter kende dan enig ander en begreep dat hij me nooit met Joyce zou laten trouwen. Ik wist niet dat ze vanuit het bos alles had gezien. Als ik dat wel had geweten, zou alles anders zijn verlopen. Het leek alsof ze de schok van het verlies van haar man nooit echt te boven was gekomen, maar nu begrijp ik het beter. Ze had alles gezien. Daarna heeft ze – Joost mag weten waarom – het geldkistje opgegraven en in het huis verstopt. Ik denk dat ze me al die jaren heeft beschermd.'

'En Joyce?'

'Die heeft het nooit geweten.' Hoofdschuddend trok hij aan de kraag van zijn overhemd, alsof die te strak was. 'Ik heb het haar nooit verteld. Je moet begrijpen, ik houd van Joyce. Ik heb van haar gehouden sinds ze klein was. Voor haar zou ik alles doen wat in mijn vermogen lag. Als ik haar alles had verteld, alles wat hij had gedreigd te doen en wat er was gebeurd, had ze misschien gedacht... zou ze misschien niet hebben geloofd dat het een ongeluk was geweest. Daar had ik niet mee kunnen leven. Jarenlang heb ik gedaan wat ik kon om goed te maken wat er hier is gebeurd: ik heb mezelf in dienst gesteld van de wet, van het dorp, ik ben de beste vader en de beste echtgenoot geweest die ik kan zijn.'

Hij pakte de foto van de tafel en verfrommelde hem. 'Die ellendige foto. Die ellendige ring. Ik was zo over mijn toeren, dat ik pas dagen later merkte dat ik hem had verloren. De ring van mijn grootvader.' Hij wreef met een hand over zijn slaap. 'Tien jaar later is hij samen met Morgan opgegraven. Weet je hoe ik me voelde toen ik hoorde dat Joyce hem had geïdentificeerd als de ring van haar vader? Ze wist het,' zei hij emotioneel. 'Ze wist dat hij van mij was, maar ze stond achter me. Ze heeft me nooit ondervraagd, en toen ik haar alles vertelde, heeft ze nooit aan mijn woorden getwijfeld. Al die jaren – ik heb er al die jaren mee geleefd.'

'Je hoeft er niet langer mee te leven,' zei ze kalm, hoewel het hart haar in de keel klopte. Hij was zo gespannen, dat ze niet kon inschatten wanneer hij zou ontploffen en wat hij dan zou doen. 'De mensen hebben respect voor je. Louella heeft alles gezien. Zij zal getuigen.'

'Louella staat op de rand van een zenuwinstorting. Wie weet of ze nog wel in staat is om een samenhangende verklaring af te leggen als dit alles aan het licht komt? Ik moet aan Joyce denken, aan mijn gezin, aan mijn goede naam.' Er begon een spiertje in zijn wang te trekken toen hij naar Maggie keek. 'Er staat zo veel op het spel,' fluisterde hij. 'Ik moet zo veel beschermen.'

Ze zag zijn hand aarzelen boven de kolf van zijn pistool.

Cliff reed plankgas het steile weggetje op, het grind opspattend onder zijn banden. Joyces verhaal had hem één essentieel ding duidelijk gemaakt. Maggie zat boven op een vulkaan van geweld en hartstocht die tien jaar lang ondergronds had geborreld. Als die vulkaan die avond tot een uitbarsting kwam, zou ze alleen zijn – alleen, omdat hij een idioot was geweest. Toen hij de laatste bocht om kwam, stapte er onverhoeds een man voor hem de weg op. Hij remde en sprong vloekend uit zijn auto.

'Goedenavond, Mr. Delaney,' zei Reiker minzaam. 'Goedenavond, Mrs. Agee.'

'Waar is Maggie?' vroeg Cliff, en hij zou langs Reiker heen zijn gestormd, als die hem niet met een verbazingwekkend sterke hand had tegengehouden.

'Ze is binnen. Op het moment mankeert haar niets. Laten we dat zo houden.'

'Ik ga naar binnen.'

'Nog niet.' Nadat hij Cliff met een lange onverzettelijke blik had aangekeken, zei hij tegen Joyce: 'Uw moeder is ook binnen, Mrs. Agee. Ze maakt het goed. Ze slaapt. Uw man is ook binnen.'

'Stan.' Joyce keek naar het huis en deed instinctief een stap naar voren.

'Ik heb de situatie nauwlettend in de gaten gehouden. Uw man heeft Miss Fitzgerald alles verteld.'

Cliffs bloed stolde. 'Waarom hebt u haar dan niet eruit gehaald?'

'We gaan haar eruit halen. We gaan iedereen eruit halen. Rustig.'

'Hoe weet u dat hij haar geen kwaad zal doen?'

'Dat weet ik niet. Ik weet niet wat hij zal doen als hij onder druk komt te staan. Ik heb uw hulp nodig, Mrs. Agee. Als uw man zoveel van u houdt als hij beweert, kunt u de oplossing bieden.' Hij keek om naar het huis. 'Hij moet de auto hebben gehoord. U kunt hem beter laten weten dat u hier bent.'

In het huis had Stan Maggie bij een arm gegrepen. Hij hield haar dicht tegen zich aan en keek uit het raam. Ze kon zijn spieren voelen trekken en zijn adem horen fluiten. Doodsbang deed ze haar ogen dicht, en ze dacht aan Cliff. Als hij was teruggekomen, zou alles in orde komen. Als hij was teruggekomen, zou er een einde komen aan de nachtmerrie.

'Er is iemand buiten.' Stan knikte in de richting van het open raam, en zijn vrije hand opende en sloot zich om de kolf van zijn pistool. 'Ik kan je met niemand laten praten. Dat moet je begrijpen. Ik kan het niet riskeren.'

'Ik zal met niemand praten.' Zijn vingers knepen zo hard in haar arm, dat de pijn haar hoofd helder maakte. 'Stan, ik wil je helpen. Ik zweer dat ik je alleen maar wil helpen. Als je me iets aandoet, komt hier nooit een eind aan.'

'Tien jaar,' mompelde hij, naar buiten turend om te zien of er iets bewoog. 'Tien jaar, en nog probeert hij mijn leven te ruïneren. Dat kan ik niet toestaan.'

'Je leven zal pas echt geruïneerd zijn als je mij kwaad doet.' Wees logisch, hield ze zichzelf voor terwijl de angst haar dreigde te overmannen. Wees kalm. 'Deze keer zou het geen ongeluk zijn, Stan. Deze keer zou je een moordenaar zijn. Dat zou Joyce nooit kunnen begrijpen.'

Nu knepen zijn vingers zo hard in haar arm, dat ze in haar onderlip moest bijten om het niet uit te gillen.

'Joyce staat achter me,' zei hij.

‘Ze houdt van je. Ze gelooft in je. Maar als je me kwaad doet, zal alles veranderen.’

Ze voelde hem trillen, en zijn greep om haar arm verslapte een heel klein beetje. Toen zag ze Joyce over de glooiing naar het huis komen lopen. Eerst dacht ze dat ze hallucineerde, maar toen hoorde ze Stan zijn adem inhouden. Hij zag haar dus ook.

‘Stan.’ Joyces hand ging naar haar keel, alsof ze zo haar stem sterker kon maken. ‘Stan, kom alsjeblieft naar buiten.’

‘Houd je erbuiten.’ Stans vingers sloten weer als stalen banden om Maggies arm.

‘Ik kan me er niet buiten houden. Ik ben er altijd bij betrokken geweest. Ik weet dat je alles wat je hebt gedaan voor mij hebt gedaan.’

‘Verdorie!’ Hij drukte zijn gezicht tegen de ruit en bonsde met zijn vrije vuist tegen het raamkozijn. ‘Hij mag niet alles ruïneren wat we hebben opgebouwd.’

‘Dat kan hij ook niet.’ Voetje voor voetje kwam Joyce dichter naar het huis toe. In al die jaren dat ze haar man had gekend, had ze zijn stem nog nooit zo wanhopig horen klinken. ‘Stan, hij kan ons niets meer doen. We zijn samen. We zullen altijd samen zijn.’

‘Ze zullen me bij je weghalen. De wet.’ Hij kneep zijn ogen dicht. ‘Ik heb altijd de wet gediend.’

‘Dat weet iedereen. Stan, ik zal bij je zijn. Ik houd van je. Je bent alles voor me, mijn hele leven. Doe alsjeblieft niet iets waarvoor ik me zou moeten schamen.’

Maggie voelde hem verstrakken toen hij rechtop ging staan. Het spiertje in zijn wang trok nog steeds. Op zijn bovenlip parelden zweetdruppeltjes, maar hij nam niet meer de moeite ze weg te vegen. Hij keek uit het raam, eerst naar Joyce en daarna naar het bekken.

‘Tien jaar,’ fluisterde hij. ‘Maar het is nog steeds niet voorbij.’

Zijn vingers openden en sloten zich om Maggies arm. Verlamd van angst zag ze hem het pistool uit de holster halen. Zijn ogen, koud en helder blauw, keken haar zonder uitdrukking aan. Misschien zou ze om haar leven hebben gesmeekt als ze niet, zoals iedere prooi, had geweten dat genade afhankelijk is van een luim van de jager.

Zonder dat zijn gezichtsuitdrukking veranderde, legde hij het pistool op de vensterbank. Daarna liet hij haar arm los. Maggie voelde haar bloed weer gaan stromen, snel en warm. 'Ik ga naar buiten,' zei Stan met toonloze stem. 'Naar mijn vrouw.'

Slap van opluchting zakte Maggie op de pianokruk. Ze sloeg haar handen voor haar gezicht, maar ze had zelfs niet meer de energie om te huilen.

'O, Maggie!' Opeens waren Cliffs armen om haar heen, en ze kon zijn hart snel en onregelmatig voelen kloppen. 'Dat waren de langste tien minuten van mijn leven,' fluisterde hij, terwijl hij haar gezicht bedolf onder kussen. 'De langste.'

Ze wilde geen uitleg. Hij was er. Dat was genoeg. 'Ik bleef mezelf maar voorhouden dat je zou komen. Dat voorkwam dat ik gek werd van angst.'

'Ik had je niet alleen moeten laten.' Hij drukte zijn gezicht tegen haar haren en snoof haar geur op.

Ze drukte hem dichter tegen zich aan. 'Ik zei toch dat ik op mezelf kon passen?'

Hij lachte, omdat ze in zijn armen was en er niets was veranderd. 'Dat is waar. Het is nu voorbij.' Hij legde zijn handen om haar gezicht zodat hij het goed kon opnemen. Ze was bleek. Haar ogen stonden triest, maar vast. Zijn Maggie was een vrouw die voor zichzelf kon zorgen. 'Reiker was buiten, lang genoeg om te begrijpen wat er gaande was. Hij neemt hen alle drie mee.'

Ze dacht aan Louella's bleke gezicht, Stans gekwelde blik, Joyces trillende stem. 'Ze zijn genoeg gestraft.'

'Misschien wel.' Hij streek met zijn handen over haar armen, alleen om zich ervan te overtuigen dat ze ongedeerd en in veiligheid was. 'Als hij je kwaad had gedaan –'

'Dat zou hij niet hebben gedaan.' Ze schudde haar hoofd en klampte zich weer aan hem vast. 'Dat had hij niet gekund. Ik wil die vijver, Cliff,' zei ze heftig. 'Ik wil dat je snel die vijver aanlegt, zodat ik de takken van de wilg eroverheen kan zien hangen.'

'Je krijgt je vijver.' Hij duwde haar een beetje van zich af. 'En mij? Wil je mij, Maggie?'

Ze haalde diep adem. Opnieuw, dacht ze. Ze zou opnieuw proberen of hij het begreep. 'Waarom zou ik?'

Hij fronste zijn voorhoofd, maar slaagde erin zijn verwensing in te slikken. In plaats daarvan kuste hij haar vurig en lang. 'Omdat ik van je houd.'

Ze lachte beverig. Ze was inderdaad thuis. 'Dat is het juiste antwoord.'